"너, 여자였던 거냐……!"
그곳에 서있는 사람은, 창문에서 빛을 받아
반짝이는 갈색 머리를 살랑살랑 흔드는 쇼트헤어의 소녀.
조금 전 시빌라가 산 모험가용 옷을 입고 있다.

에미
Emmy
“에헤헤…… 시빌라 씨에게
제일 어울리는 걸로
골라달라고 부탁했거든.”

"나 자신이, 검의 길을
선택했으니까

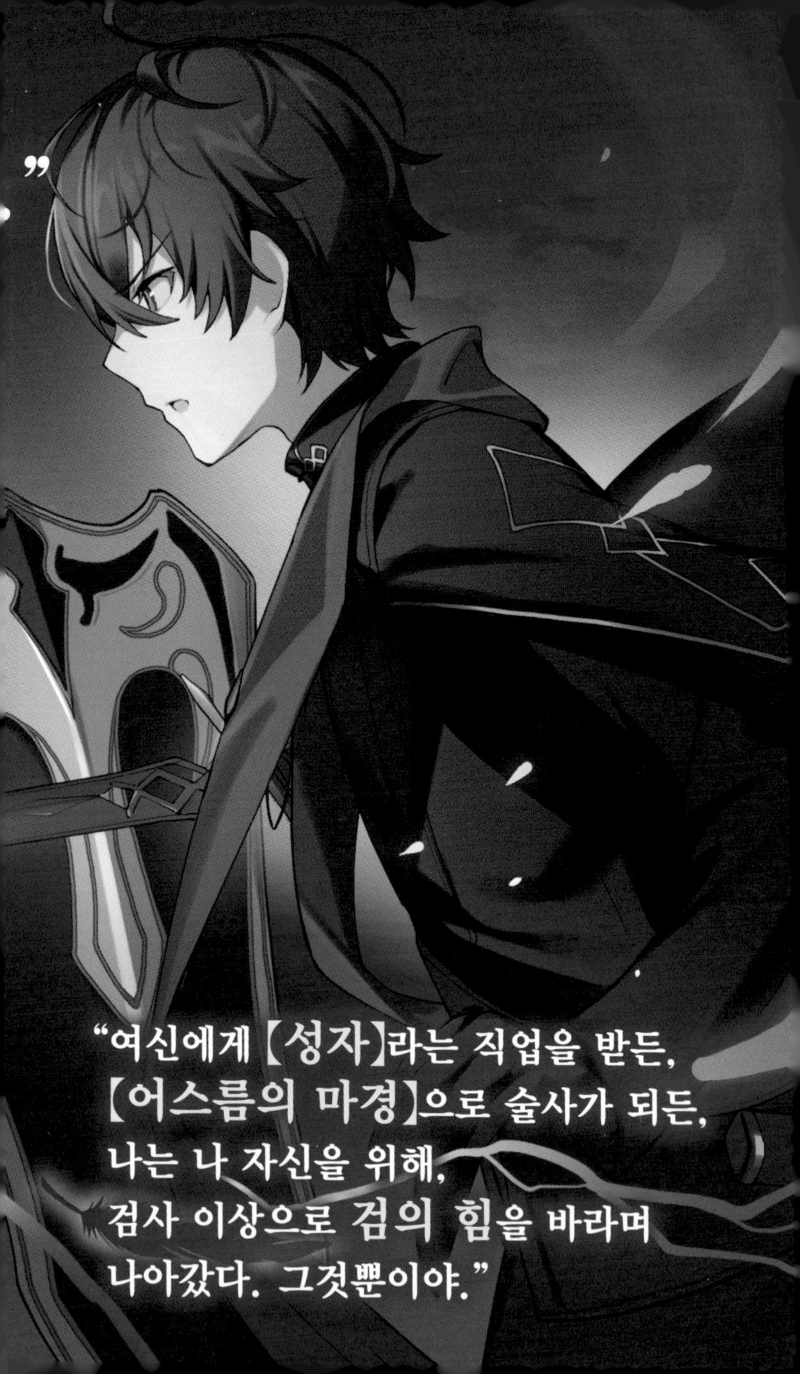
"여신에게 【성자】라는 직업을 받든,
【어스름의 마경】으로 술사가 되든,
나는 나 자신을 위해,
검사 이상으로 검의 힘을 바라며
나아갔다. 그것뿐이야."

흑여우의 성자 2

~ 추방당한 회복술사는 넘치는 마력으로 어둠마법의 궁극에 도달한다 ~

마사미티 지음
이코모치 일러스트
이경인 옮김

Contents

제1장

01 마차를 타고 가는 평온한 시간과, 본 적 없는 세계 011

02 소매치기의 사정과 시빌라가 간파한 그 아이에 대한 것 039

03 파티의 일원이 된 에미와 함께, 우리는 새로운 던전에 도전한다 053

04 에미 : 러셀을 향한 마음, 그 전부. 여신님은 보고 있었다 069

막간 자넷 : 날씨가 자신의 마음을 반영한다면, 이 호우는 그야말로 나의 마음이겠지 081

05 세이리스의 마왕, 그 능력과 성격 091

06 규격 외인 마왕의 힘, 그리고 나는 『주는 자』가 된다 129

07 에미 : 공주님이 아니어도 좋아. 왜냐하면, 나에게는…… 157

08 오늘 처음으로, 나는 무언가를 줄 수 있었다. 그리고, 기다리는 상대는…… 169

제2장

09 분명 그럴 것이라는 선입견 탓에, 가장 잘 보이는 것이 보이지 않게 된다 183

10 그 마왕다움이 드러나는 던전의 탐색과, 예상 밖의 재회 205

11 제4던전에서의 싸움, 그리고 마왕을 궁지에 몰아넣는 시빌라의 한 수 237

12 여자 둘이라도 시끄러운 장신구점 순회. 승리의 열쇠가, 문을 연다 259

13 시빌라가 선언한 마왕의 가격. 그 규격 외의 마왕과의 최종 결전 289

14 에미 : 오늘이 내가, 시작되는 날 301

15 인과응보라는 말이 한없이 어울린다 315

막간 자넷 : 헛돌고 있는 걸까, 이미 늦은 걸까. 그래도 나는 그저 절친의 행복을 바란다 339

16 믿음직한 파트너와, 소꿉친구와. 그리고 뜻밖의 사람과 함께 새로운 도시로 353

Saint of Black Kite
The banished healer masters dark magic with abundant magical power.

제1장

01 마차를 타고 가는 평온한 시간과, 본 적 없는 세계

덜컹덜컹. 평소에는 밖에서밖에 들리지 않는 소리가 목조 차체에 울린다.

도시의 길처럼 포장되지 않은, 자연 그대로의 길. 마치 풀이 바퀴를 지키듯이 다져진 자국이 지면의 요철을 내 몸에 그대로 진동으로 전한다.

우리는 지금, 대절한 마차 안에 있다.

창밖으로 보이는 푸른 하늘을 멍하니 바라보면서도, 흔들릴 때마다 달라붙는 감각. 특히 맞은편 자리에 앉아서 지금도 니히힛 하고 웃을 것 같은…… 이봐, 지금 진짜로 웃었지?

"에미 앞에서는 뾰족뾰족 러셀도 둥글어지나 보네~?"

"밖으로 던져버린다."

"할 수 있으면 해보지 그래?"

……불가능하다. 지금 내 몸을 고정하고 있는 사람은 최상위직 중 하나인【성기사】니까.

내 오른팔에 달라붙어 있는 에미는 소꿉친구로, 여신에게【성기사】의 직업(잡)을 받았다. 그 직업이 부여받은 근력의 가호는 내가 힘을 준다고 해서 간단히 움직일 수 있을 만큼 어설프지 않다.

물론, 그런 힘도 같은 파티 동료라면 충분히 믿음직하지만…… 그건 그렇다 치고.

“에미. 조금 풀어주지 않겠어?”

“우우우…… 미안. 이거, 좀 익숙하지 않아서…….”

최상위 직업을 받았다고 해도, 본인의 적성까지 변하는 건 아니다. 탈것이 거북한 에미는 아까부터 이러고 있었다. 뭐, 딱히 상관은 없지만.

“……에헤헤.”

“아, 에미. 사실은 은근히 괜찮은 패턴이네.”

“흠칫.”

괜찮았던 거냐. 자기가 이렇게 노골적으로 밝혀버리는 게 실로 에미답다.

“에미.”

“넵…….”

나는 한숨을 내쉬면서 에미의 머리에 거침없이 손날치기를 날렸다. 참고로, 이건 쌍방이 합의한 행위다. 나름대로 힘을 줘서 날렸는데, 정작 에미는 어땠느냐면.

“에헤헤~ 러셀의 손날치기다~.”

“정말이지, 어마어마하게 튼튼하단 말이지…….”

어째서인지 기쁜 듯 웃고 있다. 내 술사의 가호 근력 정도로는 아프지도 않은 것 같다.

16세에 받은 여신의 직업, 그 직업의 가호라는 건 정말로 굉장하단 말이지. 함께 목검을 맞댔을 때는 한 번도 지지 않았던 시절이 머나먼 과거의 이야기 같다.

"이야~, 뜨겁네~! 『열사의 나라』로 가고 있는 것도 아닌데 말이지~!"

"자기가 말해놓고서 그러기냐. 조용히 해."

"싫거든!"

그리고, 그런 우리의 모습을 지켜보면서 히죽히죽 웃고 있는 이 녀석이, 시빌라다. 표면적으로는【마도사】레벨…… 21이었던가? 조금 더 올랐을지도 모르지만…… 아무튼, 그런 느낌의 선배 모험가다.

이런 가벼운 느낌의 녀석이지만, 시빌라의 정체는 진짜 여신이다. 게다가, 교회가 신앙하는 태양의 여신과는 다른 검은 날개를 가진『어스름의 여신』이라는 이름을 가진 여신.

실로 열받게도 여신이라 불리기에 어울리는 미녀이며, 실로 슬프게도 여신으로서 직업을 부여하는 능력도 가지고 있다.

대체 어째서 이 여신은 이렇게나 유감스러운 느낌인가. 실로 아깝다. 실로.

"러셀. 너 정말 가차 없네……."

"음, 속마음이 흘러나왔나. 이런 말을 듣고도 자각이 없는 거냐?"

"세계 최고의 완벽 미녀에, 모든 면에서 조신하고 청아한 이 시빌라 님에게 아쉬워할 부분이 대체 어디에 있다는 거야?"

아무래도 내 눈앞에 있는 여자는 내가 알고 있는 시빌라가 아닌 모양이다.

"지금 말하고 있잖아! 날려버린다!"
"어둠마법으로 상대해주마."
"내게 어둠마법이 통할 리가 없잖아? 같은 속성이니까."
진짜냐. 몰랐는데. 빨리 들어두는게 좋은 정보였던거 아닌가?
"우우. 러셀이 또 시빌라 씨하고 사이좋게 지내고 있어……."
"그런 거 아니야."
이 녀석과 사이가 좋을 리가 없잖아. 아직 만난 지 얼마 되지도 않았는데도 무척이나 스스럼없어졌다고 생각하긴 하지만, 이렇게라도 하지 않으면 휘둘리니까 말이지…….

나는 원래 회복술사(힐러)의 최상위직인【성자】로서 파티를 맺고 있었다. 그러나 공격마법을 쓰지 못하는 나는 전원이 하위 회복마법을 쓸 수 있는 파티에 공헌하지 못해서 쫓겨나고 말았다.
그로부터 여러 일이 있었지만…… 그때, 나는 시빌라에게【성자】로서의 레벨 4를 바치고【어스름의 마경】이라는 직업을 받게 되었다.
일찍이 동경했던, 공격마법. 용사와 비견되는 힘을 가지는 이 속성은 모든 마물을 유린할 수 있을 만한 힘을 내게 주었다.
결과적으로 나는 어둠마법과 회복마법을 모두 사용하는『흑연의 성자』가 되었다.
그 이름을 준 사람은, 내가 회복술사를 포기하지 않게 해준, 어느 의미로는 최고의 은인이다.
분명 상대도 나를 은인이라고 생각하고 있겠지. 그런 관계,

나쁘지 않다.

"어머, 러셀은 뭔가 고민이라도 있어?"

"응? 아아, 브렌다는 건강하게 지내고 있을까 생각하고 있었을 뿐이야."

내가 그 소녀의 이름을 꺼내자, 시빌라는 무척 부드러운 표정을 지었다.

"빅토리아 씨의 딸이잖아. 건강할 거야. 분명 너보다도 더 다부지게 자랄걸."

"그렇겠지. 너보다도 다부지게 자랄 것 같네."

그렇게 서로 반박하면서 살짝 웃었다. 이런 거리감 조절이 절묘하게 능숙한 것이 이 시빌라라는 여자다. 그래서 이렇게 밉살스러운 소리를 해도 미워할 수 없다.

만난 지 얼마 되지 않았는데도 자연스레 『파트너』라 부를 수 있는 존재가 되었다. 그것이, 어스름의 여신이 아니라 평범한 모험가인 『시빌라』라는 존재에 대한 나의 감각이다.

차체가 다시 크게 흔들렸고, 에미가 다시 내게 달라붙었다.

……왠지 내가 흔들리지 않게 고정해주는 느낌도 든다. 아니, 이건 혹시 그런 건가? 그렇다면…… 일부러 말하는 건 촌스럽겠지.

아아…… 한동안 계속 싸워와서 그런지 오랜만의 평온한 시간이다.

시빌라처럼 실제로 가지고 있는 건 아니지만, 가끔은 이렇게 날개를 쭉 펴고 쉬어야겠지.

◆

고아원의 동갑내기. 언제나 함께였던 소꿉친구 4인조.

붉은 머리의 빈스, 금발의 에미, 푸른 머리의 자넷.

엄하지만 잘 돌봐주던 젬마 할머니와, 모두의 누나를 대신하던 포용력 있는 프레데리카.

옷은 남녀 모두 똑같고, 갈아입는 옷에 변화도 없다.

어제와 같은 사람들끼리 목검을 부딪치는, 변하지 않는 매일.

……그래도.

우리는 모두, 그 나날을 충실히 보내고 있었다—.

◆

……무척 그리운 꿈을 꿨다.

마차의 흔들림에도 익숙해져서 어느새 꾸벅꾸벅 졸고 말았다. 에미도 내 어깨에 머리를 기대고 잠든 모양이다. 역시 그렇게 거북한 건 아니었던 거겠지. 나도 다시 잘까.

그런 흐름을 반복하면서 몇 번째인지 모를 기상과 함께, 나는 위화감을 눈치챘다.

"……이 느낌은, 뭐지?"

나는 옆에서 마찬가지로 자고 있던 에미를 깨웠다. 어깨를 두드리자 「응……」 하는 소리를 내며 졸린 눈을 뜬 채 천천히 일어나서 눈을 비볐다.

"에미, 일어나."

"……응…… 어, 어라…… 나, 자고 있었어?"

긴장감 없이 하품을 하는 에미를 시빌라가 흐뭇하게 보고 있었다. 뭐야, 계속 일어나 있었던 건가. 아니, 지금은 그보다도 묻고 싶은 게 있다.

"시빌라. 뭔가 위화감이 느껴지지 않아?"

"어머, 뜬금없이 뭐야…… 아, 아아. 혹시『냄새』말이야?"

시빌라에게 듣고서야 깨달았다. 지금까지 맡아본 적이 없는 냄새가 난다. 나와 마찬가지로 에미도 놀랐다.

"정말이네. 뭐야, 이게…… 뭐지? 신기하네……."

나와 에미가 얼굴을 마주 보자, 시빌라는 큭큭 웃었다.

"으음~. 이야~ 역시 시골뜨기를 밖으로 데리고 나오는 순간은 언제가 되어도 즐겁다니까~."

"이봐, 시빌라. 슬슬 해답을 가르쳐주지 않겠어?"

"아아, 그거라면 곧 알게 될 거야."

시빌라가 그렇게 말한 동시에, 마차가 멈췄다. 도시의 문지기가 있는 곳까지 온 거다. 그로부터 조금 시간이 지난 뒤, 마차의 문이 열렸다.

그 순간 들어온 세찬 바람, 그리고…… 신기한 냄새.

그러나, 그 이상으로 우리를 놀라게 한 건—.

"오랜만에 온…… 바다다—!"

—눈앞에 펼쳐진 것은, 끝없이 이어지는 푸른 수면이었다.

우리의 새로운 거점은 『항구도시 세이리스』. 시빌라가 고른 바다에 인접한 도시였다.

눈앞에 펼쳐진, 푸르고 태양의 빛을 반짝반짝 반사하는 신기한 광경…….

“이야기로는 들은 적이 있지만…… 이거, 설마 정말로 전부 물인가?”

“서, 설마~, 러셀, 그럴 리가…… 어, 그럴 리 없지?”

문자 그대로 시골뜨기티를 풀풀 내는 우리를 보며 시빌라가 웃음을 터뜨렸다.

“아하하! 이야~, 좋은 반응 고마워. 두 사람 다 만점이야! 맞아. 눈앞에 있는 것 전체가, 대륙을 둘러싼 끝없이 크고 넓은 소금물. 그것이, 바다야.”

나와 에미는 시빌라의 설명에 대답하지 못한 채, 그저 멍하니 『바다』라 불리는 거대한 호수 같은 것을 바라봤다.

“참고로, 세계는 육지보다 바다가 넓어서, 굳이 표현하자면 넓고 너~얿은 바다 안에 대륙이 있다고 해야 할 만큼 차이가 난다고 할 수 있어.”

“책에서 봤을 때는 반신반의했지만…… 농담, 은 아니겠지.”

“물론. 속이는 게 아니라, 그저 사실이야. 우리가 사는 곳은 훨씬 작아. 게다가 왕국 같은 게 있는 이쪽 대륙보다, 바다 저편의 대륙이 몇 배는 더 넓어.”

몇 배…… 몇 배?! 가도 가도 끝이 없는 왕국과 비교해도?!

"거짓말이지? 왕국과 공국, 제국보다 큰 나라라니…… 하몬드에서 제국까지 가는 거리도 터무니없이 멀다고."

"시빌라 씨. 하몬드에 있었다면서요? 그 도시보다, 커다란 성 아랫마을 같은 곳을 전부 포함한 것보다 바다 저편에 있는 보이지 않는 대륙이 더 크다는 건가요?"

시빌라는 그런 우리의 질문에 대답하지 않은 채 어딘가 달관한 듯한 시선으로 이쪽을 바라봤다.

바다를 등지고 머리를 쓸어 올리면서, 바닷바람에 흔들리는 여신은 그저 하나의 사실을 말했다.

"다시 말해…… 너희가 보지 못한 『진짜 세계』는, 이렇게나 넓다는 거야."

그 말은 내 마음속에 무겁게 얹혔다. 그 말이 그저 사실이라는 걸 이해했다. 그런가…… 세계는 이렇게나 넓었나.

어린 시절에는 고아원이 세상의 전부였다. 모두 개성이 있고, 프레데리카 씨의 요리도 언제나 맛있었다. 그게 내 세상의 전부였다.

도시로 나오자, 내가 살던 마을이 얼마나 작았는지 깨닫게 되었다. 태어나고 자란 아드리아 마을의 주민 전원의 이름을 암기하지 못했는데, 여신의 직업 선정이 있었던 하몬드는 그와 비교도 되지 않을 정도로 컸다. 타인의 얼굴을 모두 기억하는 건 불가능할 것 같았다.

게다가, 하몬드는 세상에서 제일 큰 도시도 아니었다. 다른 도시와 비교하면 오히려 작은 편이다.

그리고 시빌라가 데리고 온 세이리스에서 보게 된 바다는, 우리가 사는 세계는 얼마나 작은 환경인 것인지 압도적인 설득력으로 보여줬다.

—진짜 세계는, 너무나, 너무나…… 넓다.

"왠지 말이지."

시빌라가 양손을 펼쳐서 바닷바람을 전신으로 받았다.

"바다를 보고 있으면, 우리처럼 사람의 형태를 한 생물의 기억 중추와 논리 사고가 이런저런 고민을 하는 건…… 굉장히 조그맣네! 라고 생각하게 되니까 좋아해."

재킷이 소리를 내며 바람을 받아내고, 태양빛을 받은 은발이 반짝반짝 빛났다.

그 머리카락 사이에서 보이는 얼굴은, 하늘과 마찬가지로 흐림 한 점 없이 쾌청하다.

시빌라를 가만히 보고 있으니, 에미가 힘차게 시빌라 옆으로 뛰쳐나왔다.

갑작스러운 행동에 나만이 아니라 시빌라까지 놀라고 있는데, 에미는 양팔을 쫙 펼쳐서 바람을 받아내는 자세를 취했다.

"와아—!"

그리고…… 외쳤다. 에미가, 갑자기, 바다를 향해 외치기 시작했다. 깜짝 놀랐다.

내가 아직 놀라는 사이, 시발라는 이미 뭔가 깨달았는지 에미를 보면서 기쁜 듯 입꼬리를 올렸다.

에미는 뭔가 만족스럽다는 듯이 외치는 걸 마치고는 빙글 회전해서 이쪽을 돌아봤다.

"……응! 나도, 바다, 좋을지도!"

외침을 끝낸 그 얼굴은, 마치 품고 있던 고민을 외침과 함께 날려버린 것처럼 조금 맑아져 있었다.

"음~! 에미는 참, 정말 귀엽다니까~! 아~, 나도 에미 같은 여동생을 갖고 싶었어~."

"꺄앗. 우왓, 시빌라 씨……?!"

뭐가 그리 기쁜지 시빌라는 에미를 끌어안고 머리를 마구 쓰다듬기 시작했다.

에미는 처음에는 곤혹스러워했지만, 바로 기분 좋은 듯이 시빌라에게 몸을 맡기기 시작했다. 그야말로 사이좋은 자매처럼.

"……러셀. 사이에 끼고 싶어?"

"끼겠냐."

아무리 그래도 그런 부끄러운 일은 못 해. 그러자 어째서인지 에미가 「에이~」라며 항의의 목소리를 높였는데, 대체 왜 유감스럽다는 표정을 짓고 있는 건지 모르겠다.

그나저나…… 바다, 라. 나도 바다를 보면서 바람을 맞아봤다. 햇빛이 심한데도, 바람 덕분인지 무척 선선하다. 꽤 좋은 기분이다.

"러셀은 와~, 라고 안 외쳐?"

"안 해. ……우왓!"

갑자기 커다란 바람이 불어와서 내 로브를 펄럭였다. 두 사람

의 복장보다도 바람의 영향을 받기 쉬워서인지, 방심했다……!

내가 버티고 있자, 균형을 잡고 있던 다리가 갑자기 편해졌다. 대체 무슨 일이 일어난 건가 했는데, 아무래도 옆에서 에미가 내 몸을 부축해준 모양이다.

"러셀, 괜찮아?!"

"그래…… 살았네. 고마워."

"천만의 말씀! 에헤헤, 바로 러셀을 지켜버렸네."

뭐가 그리 기쁜 건지 에미는 오히려 자기가 감사의 말을 들은 것처럼 표정을 풀었다— 그러더니 단호한 얼굴로 입꼬리를 들어서 나를 올려다봤다.

"이제 절대로 러셀의 손가락 하나, 머리카락 하나도 다치게 두지 않을 거니까!"

"머리카락은 다치지 않을 것 같은데…… 뭐, 마음은 고맙게 받아둘게."

그렇게 선언하는 에미의 표정은 흐림이 걷히고, 기합도 충분해 보였다.

"상대에게 달라붙어서 움직이지 못하게 만들다니 에미도 참, 대담하네~."

"하윽?!"

시빌라가 한마디 던지자, 에미의 얼굴이 파이어 드래곤의 불을 맞은 주전자 같은 스피드로 달아올랐다.

시빌라는 그런 에미의 어깨를 끌어안으면서 깔깔 웃었다.

……열심히 익숙해지라고? 그 여신님은 장난칠 수 있는 부분

에는 성큼성큼 밀고 들어오니까.

……그나저나.

"—정말로, 넓네."

한 번 더 바다를 돌아보며 실감했다.

이 바다의 광대함에 비하면 내 인생의, 그것도 길지 않은 시기의 고민은 정말로 사소하게 느껴진다. 단순하게 비교할 수 있는 건 아니지만……. 이 끝없이 흔들리는 수면과 주기적인 소리를 오감으로 느끼고 있으면, 자신의 모든 것이 이 광대함에 감싸이는 것 같아서…….

아아…… 이런 마음이 들게 된 것만으로도 여기에 오기 잘했다는 생각이 든다. 어쩌면 나와 에미를 바다에 데려온 것은 이런 목적이 있어서였나.

그렇다면, 역시 시빌라는 머리도 좋고 눈치도 빠른 녀석이다. 입으로는 전하기 힘들지만, 고맙다. 시빌라는 그런 내 생각도 눈치 챘는지 내가 입꼬리를 살짝 들어 올리면서 끄덕이자 어깨를 으쓱하며 가볍게 웃었다. 시빌라에게 어울리는, 선배 모험가다운 반응이었다.

나란히 늘어선 하얀 건물이 하늘의 푸르름과 어우러져서 상쾌함을 연출하는 거리. 갑옷을 입은 병사들이 투구 속에서 눈을 빛내며 그 거리를 순찰하고 있었다.

좀 과하게 엄중한 인상은 받았지만, 그것이 이 자유로움이 느껴지는 도시의 일상을 지키고 있다고 생각하니 저 다부진 병사들도 도시의 일환이라는 느낌이 든다.

그렇게 생각하고 있는데 병사 한 명이 내 쪽으로 다가왔다.

"도시 밖에서 오신 분입니까?"

나는 외모의 엄중함에 비해 목소리에서 다정한 인상이 드는 남자에게 고개를 끄덕였다.

"최근에는 없습니다만, 소매치기를 조심하세요. 그 밖에도 약간이지만 위조 화폐에 의한 체포자도 나오고 있습니다. 소지만으로도 엄벌에 처해지니, 부디 주의하세요."

"위조 화폐라……."

분간하는 법을 가볍게 알려준 병사는 내 대답을 듣고는 인사하고 떠나갔다.

"소매치기를 조심해야 하는건 언제나 그렇지만, 위조 화폐는 꽤 위험하네. 소지만으로도 엄벌이라는 건, 만들어서 쓰는 쪽만이 아니라 받은 쪽도 붙잡힌는다는 거잖아. 무엇보다—."

시빌라는 팔짱을 끼고 시장 쪽으로 눈을 돌렸다.

"—노동의 가치를 날조하다니, 『사람들의 노력』 그 자체를 부정하는 셈이야. 위조 화폐라니, 정말 최악이라니까. 세이리스도 변해버렸네~."

지금 이야기는 최근의 일인지, 시빌라도 투덜거렸다. 개방적인 도시지만, 모든 것이 깔끔하게 정리되어 있다는 건 아닌가 보다. 이 도시도 밝은 부분과 어두운 부분이 있는 것이겠지.

나와 에미는 하몬드와는 다른 활기가 감도는 세이리스를 돌아다녔다. 시장은 신기해서 그만 눈길이 가고 마는데, 이래서 시골뜨기라는 걸 바로 알아보는 걸까.

“아아, 혹시 빤히 바라보는 걸 신경 쓰고 있어? 세이리스는 상업의 도시이기도 하니까 사람의 왕래가 많아. 너무 신경 쓰지 않아도 돼.”

“그런가? 그렇다면…….”

나도 사양하지 않고 재미있는 것을 찾아보기로 할까. 참고로 에미는 딱히 그런 시선을 신경 쓰지 않고 거침없이 이곳저곳을 보고 있었다.

그 시선이 어느 한 점에 멈췄다. 나도 그쪽을 보니…….

“……그 말랑말랑한 건 뭐야?”

“아와와, 러셀. 저거 분명 마물 부류야…….”

그 마물은 상점 남자가 건드리자 표면의 문양을 얼룩무늬로 바꿨다. 꾸물꾸물 움직이며 색상을 바꾸고 있다…… 저건 분명 마물이다. 틀림없다. 저런 걸 파는 건가?

참고로 시빌라는, 시선 너머에 있는 걸 확인하더니 히죽히죽 웃으며 이쪽을 보고 있었다. ……저건 분명 뭔가를 아는 얼굴이다.

활기 넘치는 시장을 빠져나가자, 눈앞에는 하얗고 네모난 건물이 나왔다. 그야말로 깔끔한 고급 여관이다. 접수대에 모험가 태그를 보여주고, 등록된 정보를 통해 마법으로 요금을 지불했다.

태그를 통해서 맡아둔 돈을 지불한다는 모험가 길드의 구조. 나는 별로 써본 적이 없지만, 시빌라는 사용에 익숙한 모양이었다.

"『어스름의 서약』님, 세 분이 맞으시죠?"

"응. 제일 위쪽 방, 잘 부탁해."

"알겠습니다."

명백하게 좋아 보이는 방으로 안내를 받아서 들어가 보니…… 넓은 방과 깔끔한 가구, 도시를 내다볼 수 있는 커다란 창문. 완전히 관광하러 온 기분이다.

"그럼, 지금부터 이곳에서의 활동 방침을 설명할 건데."

드디어 시작하나. 나와 에미가 시빌라의 대답을 기다리자—.

"우선은! 세이리스의 거리에 있는 음식을 다 먹어 치울 거야!"

—생각지도 못한 대답이었기에, 나와 에미는 나란히 휘청거렸다.

역시 이 녀석, 나를 위해서라든가 그런 이유가 아니라 단순히 자기가 관광하러 온 게 아닐까? 그게 아니더라도, 결국은 『시빌라답다』라는 생각이 드는 것이 이 녀석의 재미난 부분이지만.

하지만 나 자신도 이 도시를 즐기고 싶기는 했다. 관광이 우리의 최초 활동이라면, 그 방침을 전력으로 따르도록 할까.

시빌라는 방의 벽을 대부분 점유하는 창문으로 시선을 돌리며 세이리스의 거리를 바라봤다. 나와 에미도 시빌라를 따라 전망 좋은 여관 최상층의 창문에서 거리를 내려다봤다.

"……굉장한데."

바다를 바라볼 때도 기분이 좋았지만, 높은 곳에서 거리를 내려다보는 것도 각별했다.

하몬드의 거리와는 또 다른 느낌의, 아름다운 거리. 항구와 조금 높은 산을 따라 나란히 세워진 하얀색의 거리를, 이 여관에서 볼 수 있다. 지붕의 색도 푸른색으로 통일되어 있어서 상쾌한 인상이다.

"도시의 위신을 걸고, 이 도시의 색을 통일시킨 거야. 굉장히 예쁘지?"

"후와아, 예쁘다…… 이 도시, 대단하네에."

에미는 완전히 넋을 잃고 창밖을 보고 있었고, 감탄의 목소리를 들은 나도 말없이 수긍했다.

"그리고, 우리의 목적지는 저곳! 저쪽, 저 동그란 데 옆에 있는 네모란 녀석!"

"그럴싸한 건물이 많아서 모르겠는데. 색을…… 아니, 전부 하얀색이잖아."

"……그~렇긴 하지. 전체적인 아름다움은 최고지만, 분간하기는 어렵단 말이지~."

통일감 있는 도시의 생각지 못한 약점이었다. 시빌라는 한 발짝 물러나서 손뼉을 쳤다.

"가까이에서 보면 세련된 간판이 보일테니까 괜찮아. 마침 딱 좋은 시간이니까, 어슬렁어슬렁 돌아다니면서 가보자!"

시빌라는 짐을 침대에 내던지고 허리춤의 무기는 휴대한 채 방을 나왔다.

"장비, 러셀은 검을 차고 있는 게 좋아. 에미는…… 맨손이라도 괜찮기도 하고, 들고 갈 수가 없겠네."

"아무리 그래도 식당까지 들고 갈 장비는 아니니까요……."

에미는 미스릴 코팅된 넓적한 용의 이빨과 결국 나는 쓰지 못했던 무겁고 커다란 용의 방패를 들고 있다.

에미라면 저 중량 있는 용의 장비도 본래의 힘을 마음껏 발휘할 수 있을 거라고 생각했다. 나는 처음에 산 가벼운 장검이 손에 익으니까 그쪽을 쓰기로 하자.

"모험가끼리 문제를 일으키는 건 위법. 어느 쪽이 먼저 공격했는지 알 수 있게 되어있으니까, 기본적으로 그렇게 호들갑스러운 무기는 필요 없어."

"그런 부분을 정확하게 파악하는 이 모험가 태그는 굉장하단 말이지……."

"그렇다니까~……뭐, 그건 접어두고, 그래도 소매치기를 대비하기 위해 최소한의 무기는 들고 있어야 해. 참고로 비싼 여관에 묵는 이유는 그쪽도 관계되어 있어."

과연. 하몬드에서는 우리에게 시비를 거는 녀석은 없었지만…… 아마 자넷이 항상 신경을 쓰고 있었겠지. 그 녀석이 그런 지식을 가지고 있지 않을 리가 없다.

……정말로, 자넷에게도 조금 더 감사의 말을 하고 싶다.

자넷은 축적해둔 다양한 지식을 활용해 우리를 도와주었다. 아마 지금의 빈스는 자넷 없이 파티를 운영하는 건 불가능하지 않을까?

그런 의미에서도 에미가 이쪽으로 왔기에 자넷이 걱정되지만, 이 건에 관해서는 최종적으로 내 곁에 와준 에미의 의지를 존중하고 싶다.

시빌라의 뒤를 따라가면서 세이리스의 거리를 다시 차분히 돌아봤다. 하몬드의 거리에서도 종종 봤던 생선이나 검은 벌레 같은 게 진열되어 있는데…… 저것도 먹는 건가?

"새우가 신기해? 하몬드에서 살았잖아. 그렇게 해산물을 먹어본 적이 없어?"

"하몬드에서 용사 파티에 있었던 시간은 반년뿐이야. 생선밖에 먹은 적이 없어."

에미도 내 말을 듣고 고개를 끄덕였다. 뭐, 당연히 똑같은 반응이겠지.

시빌라는 우리의 반응을 보더니 고개를 끄덕이고는 무척 멋진 미소를 지으며 걸어갔다. 이거야 원, 이번에는 대체 뭐가 나오려는 건지.

반년 정도 살았던 하몬드에서도 레스토랑은 당연히 갔다. 그래서 항구도시 세이리스의 레스토랑도 비슷한 분위기의 가게일 줄 알았는데……

"괴, 굉장해…… 전혀 다르네요."

에미가 놀라는 것도 납득했다. 분위기가 전혀 다르다.

처음에는 하몬드처럼 요리가 차례차례 나오는 코스 요리를 떠올렸다.

그러나 여기에는 갓 완성된 요리가 담긴 커다란 접시가 큰 방에 비좁게 진열되어 있었다.

“여기는 말이지. 처음에 계산을 끝낸 뒤에는 직접 요리를 자유롭게 가져와서 먹을 수 있는 타입의 가게야!”

“여관과 같은 셀프 서비스식인가?”

“그래, 셀프 서비스야. 다양한 음식이 있는 바다의 대중식당이라는 느낌이지.”

셀프 서비스는 여관에서도 본 적이 있지만, 그건 빵과 수프와 물 정도밖에 없어 점원이 없더라도 식사할 수 있는 정도의 것이었다. 그것과 비교하자니 규모가 너무나 다르다.

요리는 이미 하몬드의 레스토랑에서 모든 메뉴를 고른 것 같은 많은 요리가 진열되어 있고, 그 품질도 여관과는 비교가 되지 않을 정도다.

“헤~이, 거기 오빠! 세 명!”

“알았다고!”

시빌라는 혼자서 재빨리 결제를 마치고는 점원에게 뭔가 목걸이 같은 걸 받아왔다. 보석 대신 눈에 띄는 색상의 플레이트가 달려있다.

“이건 가게 셀프 서비스권을 증명하는 패야. 목에 걸어.”

“네!”

에미는 패를 손에 들고는 까치발을 들어서 내 목에 걸어줬다.

“오, 고맙다.”

“천만의 말씀…….”

에미는 보란 듯이 나를 빤히 바라봤다. ……뭐야? 걸어주길 바라는 건가?

패를 받아서 에미의 목에 걸어주자, 뭐가 그리 기쁜지 「우후후……」 하고 웃고 있었다. 뭐, 행복해 보이니 좋은 일이다.

그러자, 시빌라가 내 눈앞에 플레이트를 내밀었다.

"자자, 사이가 좋은건 좋지만, 다음. 여기에 요리를 담는 거야."

"아아, 미안. 알았어."

그래. 요리를 즐기고 싶다. 에미도 수줍어하면서 플레이트를 받았다.

자, 진열된 음식은 어느 것도 맛있어 보인다. 대체 뭐부터 먹어야 좋을지 고민되는데…….

"시빌라. 뭔가 추천할만한 음식이 있나?"

"뭘 추천하느냐보다는, 추천하는 먹는 방법은 있어."

그렇게 말하면서 집게를 들고 눈앞의 요리를…… 아주 조금 접시 위에 올렸다.

"그걸로 되는 거냐?"

"러셀. 외식 한정이 아니라, 식사에서 제일가는 사치가 뭔지 알아? 고급 식재료를 독점하는 게 아니야. 그건 말이지……『한 번에 많은 종류의 요리를 먹는다』야."

접시 위를 보건대, 모든 요리를 조금씩 먹으려는 건가.

"하나하나 조리하는건 수고가 들잖아. 그래서 대량으로 만들어서 나누는게 요리의 기본이야."

한 개의 요리를 2인분 만드는 건 간단해도, 두 개의 요리를 1인분씩 만드는 것은 2인분으로 만드는 것 이상의 시간이 든다. 그걸 이만한 종류에다, 조금씩…… 그 조리 시간을 생각하면 이렇게나 사치스러운 일은 없다 할 수 있다. 역시 시빌라, 자기가 좋아하는 것에 관해서는 힘을 빼는 여자가 아니다.

"좋아, 그럼 나도 슬슬 먹, 어볼……."

요리를 담으려고 했을 때, 믿을 수 없는 것을 목격한 나는 얼어붙었고 말았다.

이것에는, 웬일로 시빌라마저 얼어붙었다.

"아, 러셀. 나는 먼저 자리를 찾으러 갈게~."

그곳에는, 해산물 요리로 야트막한 산을 만들어버린 에미가 있었다. 점원이 「남기는 것은 엄금, 남길 시 추가 요금이 발생합니다」라고 말했지만, 전혀 주눅 들지 않고 「네~, 알겠습니다~」라고 대답했다.

"……생각하지 말기로 하자."

"……그러자."

나와 시빌라는 생각을 맞추고, 요리를 조금씩 담아서 모든 요리를 제패하고는 에미가 앉은 자리를 찾았다.

비교적 가까운 자리에 앉은 에미는 이미 요리를 먹고 있었다.

"러셀, 이거 맛있어!"

맛있는 것에 사족을 못 쓰는 에미가 그렇게 말했으니 기대할 수 있을 것 같다. 나는 먼저 가까이에 있는, 뭔가 빨갛고 울퉁불퉁한게 돋아난 신기한 형태의 요리를 먹었다.

"……앗!"

그 요리는, 탄력 있는 식감과 올리브유의 풍미와 뭔가 신맛이 뒤섞인, 산뜻한 맛이었다. 뭐라 표현할 순 없지만, 맛있다고 말할 수밖에 없다.

"아, 러셀도 그거 먹었어? 쫀득쫀득하고, 씹으면 소금기가 있는 맛? 이 나오는데, 그래도 굉장히 맛있지~."

"이런 독특한 모양인데 의외로 먹기 쉽군. 시빌라, 이건 뭐냐?"

시빌라는 내 손을 보더니…… 이를 드러내며 입꼬리를 들었다. 그야말로 무지막지하게 멋진 웃음이었다. ……아, 틀림없다. 터무니없는걸 먹었군.

"마물은 아니야."

"……뭐?"

"마물이 아니라 바다 생물, 문어야. 아까 두 사람도 시장에서 봤잖아? 그 동그란 머리에 꾸물꾸물 뻗은 다리. 그걸 자른 거야."

나와 에미는 얼굴을 마주하고 앞쪽의 요리를 봤다. ……이, 이 선명한 붉은색과 하얀 알맹이를 가진 맛있는 요리가, 만지면 색이 변하던 수수께끼 생물의 조각……?!

"그리고, 그 빨간 건 조리한 새우야. 삶으면 색이 없던 몸이 새빨개지고, 마지막에 껍질을 벗기면 그렇게 돼."

시빌라가 다음에 가리킨 건, 붉은색과 하얀색 문양이 예쁜 요리. 조리 후의 새우를 보니, 조금 전 시장에서 본 모습을 연상할 수 없었다. 조심조심 입에 넣었다.

"……놀라운데. 이것도 괜찮아."

씹을수록 맛이 나오고, 삼킨 뒤의 느낌도 나쁘지 않다. 적절한 탄력도 있어서 조금 전 문어보다도 먹기 쉬운 것 같다. 무엇보다…… 굉장히 맛있다. 문어도 그렇고 새우도 그렇고, 이런 모습에서 이런 맛이 나올 줄이야. 해산물, 생선 이외의 신기한 생물이 많던 요리가 이렇게나 식감이 좋다니. 놀랍다.

그로부터 나와 에미는 시빌라에게 요리 질문을 자주 던지면서 모든 요리를 맛있게 먹었다.

과연…… 이건 확실히, 가장 사치스러운 식사 시간이었다. 다른 도시에서는 체험할 수 없는 메뉴를 먹었다. 이 한 번의 식사만으로 세이리스의 음식을 모두 먹은 느낌이 든다. 만족도가 높은데.

참고로 에미는 그 산더미처럼 쌓인 요리를 나보다 먼저 다 먹었다. ……그랬다. 에미는 꽤 대식가였지…….

다 먹은 뒤에는 부끄러워했지만, 이런 뒷일을 생각하지 않고 돌진하는 모습이 에미다워서 흐뭇했다.

배가 불러온 우리는 적당한 시간이 되었기에 여관으로 돌아가기로 했다. 시빌라는 할 일이 있다면서 따로 행동한다고 했다. 정보 수집은 맡기는 방향으로 가자.

나와 에미는 거리라도 걸을까 했지만, 아직 건물 위치 관계에 밝지 않은 상태에서 멀리 나갔다 돌아오지 못하는 사태를 마주하는 걸 피하고 싶다.

게다가 후일 던전에 가는 건 결정된 사항이다. 나와 에미의 장비 확인에도 어느 정도 시간을 들이는 게 좋겠지.

결국 나와 에미는 밤늦게까지 서로 장비를 점검하거나 여관 바로 근처까지만 거리를 한정해서 가게를 보고 돌아다녔다.

시빌라가 돌아온 건 저녁 식사 전. 세이리스에서의 첫날은 시빌라의 선언대로, 관광으로 끝났다.

다음 날, 시발라에게 세이리스의 가게를 소개받으면서 거리를 걸었다.

"어제 얼추 확인했지만, 지난번과 거리가 달라지지 않아서 다행이야. 세이리스는 중심이 영주가 사는 곳이고, 관청 등도 거기에 있어. 거기를 사이에 둔 건너편 서쪽이 어부가 사는 곳이고, 동쪽이 모험가의 거리야."

우리가 지금 있는 거리가 동쪽 거리인 건가.

시빌라에게 설명을 들으면서 셋이서 밖을 걷고 있는데, 갑자기 뒤에서 뭔가 부딪쳤다.

"우왓……."

헛발을 디디며 버텨서 무슨 일인가 보니…… 에미가 눈앞에서 소년의 등에 무릎을 올리고 지면에 억누르고 있었다. 그녀석이 내게 몸통박치기를 날린 건가?

"이, 이거 놔!"

"그 손에 든 걸 꺼내면 말이지."

"……크."

그 소년의 손에 있는 건, 익숙한 내 은화 주머니. 시빌라만 돈을 내게 하는 것도 어떤가 싶어서 가지고 나온 것이다.

그런가. 지금 그 순간에 소매치기를 당한건가…… 주의하고 있었는데, 내 불찰이었다. 꽤 빠른 소매치기였지만, 지금 이것에 반응하다니. 역시 에미다.

자, 그럼…… 이 소년, 어떻게 할까?

02 소매치기의 사정과 시빌라가 간파한 그 아이에 대한 것

이미 저항할 기력이 없는지 소년은 축 늘어졌다. 시빌라는 그 손에서 주머니를 빼앗아 내용물을 확인했다.

"어머, 돈 내는 건 맡겨도 된다고 했는데…… 이거, 왜 가지고 나온 거야?"

"아니…… 그렇긴 하지만, 돈을 계속 내게 하는 것도 미안하다고 생각해서."

"그건 신경을 쓰게 했나 보네. 그보다도, 원래 내 돈은 러셀의 것이잖아."

"……뭐?"

"파이어 드래곤 토벌 보수라든가, 하층에 있던 리빙 아머의 마석 말이야."

시빌라의 말을 듣자, 그러고 보니 운영이나 보고는 시빌라에게 맡기고 있던 걸 떠올렸다. 【어스름의 마경】이라는 직업을 가진 내가 당당하게 나설 수는 없으니까.

"재산을 낭비하면 곤란하니까 파티 활동 자금은 내가 관리하고 있었던 건데…… 넌 낭비하지는 않을 것 같고, 자기가 사고 싶은 것도 있을 테니까. 그럼 태그 들어. 그래, 내 것하고 붙여. 《트랜스퍼 : 100만》."

시빌라는 그 목소리와 함께 자기 태그를 들고, 내 태그를 만지며 자금 양도 마법을 사용했다. 본인의 의지로 본인의 태그를 사용하면 상대의 태그에 금액을 양도할 수 있다. 모험가 길드에서 배포하는 태그의 기능 중 하나다. 그리고 자신의 잔고를 확인하자…… 지금까지 본 적도 없는 자릿수가 나왔다.

"나는 집착하지 않는 편이니까 다음에 돈을 지불할 때는 러셀이 내줘. 멋있게 전액을 내주는 모습, 기대하고 있을게."

"그…… 그래. 알았다."

생각보다 가볍게 거금을 넘겨받아서 놀라고 있는데, 시빌라가 소년을 돌아봤다.

"자, 그럼. 보통은 도시의 병사에게 넘겨줘야겠지. 하지만."

시빌라는 쪼그려 앉아서 소년을 가만히 바라봤다. 소년도 기가 눌린 채 시빌라를 마주 봤다.

뭔가 납득했는지 시빌라는 훗 웃으면서 소년의 후드를 약간 난폭하게 쓰다듬었다. 갑작스러운 행동에 소년은 놀란 모양이었다.

"에미, 일단 그 아이의 손을 잡아서 같이 일어서봐."

"엥? 네……."

에미는 전개를 따라잡지 못했다. 나도 전혀 따라가지 못하고 있다.

그리고 시빌라는 얼굴을 내밀고 소년에게 단호하게 선언했다.

"내 말대로 해준다면, 병사에게 넘겨주지 않고 오늘 중에 풀어줄게."

"……사실을 말하는 거라고, 믿을 것 같아?"

"믿지 못하겠다면 이대로 병사에게 넘겨줄 뿐이야. 세이리스의 병사는 엄격하니까, 소매치기가 걸렸으면 무사히 넘어가지 못한다는 건 현지인이라면 알잖아?"

세이리스 병사에 대해 잘 알고 있는지, 소년은 거북한 듯이 시선을 돌렸다. 겨우 선택권이 없다는 걸 깨달았는지 마지못해 시빌라를 따르겠다고 했다.

"좋아. 그럼 다음 목적지로 가자."

나와 에미는 의문과 함께 얼굴을 마주 보면서 시빌라를 따라가게 되었다.

처음에 향한 가게는…… 옷가게다.

"잠깐만 기다려."

시빌라는 소년의 몸을 좌우에서 양손으로 팡팡 두들기고는 혼자 가게 안으로 들어갔다. 그로부터 순식간에 옷을 고르더니, 착착 결제를 마치고 나왔다. 시착도 무엇도 없었다.

"자~ 다음으로 가자~."

마이페이스의 여신은 우리의 대답을 기다리지도 않고 성큼성큼 걸어갔다. 나와 에미는 물론이고, 소년까지 눈을 마주하며 고개를 갸웃했다.

"저 사람, 언제나 저래?"

"그렇게 오래 알고 지낸 건 아니지만, 거의 매번 저런 식이지."

"……이상하네."

"동의해……."

내가 그렇게 말하자, 소년이 후드 속에서 살짝 웃은…… 기분이 들었다. 딱히 거리가 줄어든 건 아니지만…… 시빌라도 무슨 이유가 있어서 받아들인 거겠지. 미움 받는 것보다는 낫다.

"윽……!"

소년이 가슴을 살짝 누르면서 신음했기에, 나는 후드 위에서 마법을 사용했다.

"《엑스트라 힐》. 그리고, 《큐어》도 필요한가."

"……어?"

소년이 자기 몸을 만지면서 나를 올려다봤기에, 「신경 쓰지 마라」라고 답했다. 에미가 입힌 상처고, 시빌라가 돌봐줄 생각인 모양이니까, 치료해도 되겠지.

"도착했어."

고민하는 사이에 시빌라가 데려간 가게는…… 아니, 여기는 여관이잖아.

우리가 놀라는 걸 제쳐놓은 채, 시빌라는 바로 건물로 들어갔다.

"하~이, 돌아왔어."

"어서 돌아오십시오. 『어스름의 서약』님. ……그쪽은?"

어딜 봐도 가난하다는 걸 알 수 있는 슬럼가 후드를 뒤집어쓴 소년을 보자 접수대 남성이 미간에 주름을 잡았다. 그 반응을 본 소년이 주먹을 조금 강하게 움켜쥐는 것 같았다.

시빌라도 그 반응을 알아챘는지 접수대에 다가갔다.

"이 아이, 잠깐 돌봐주기로 했거든. 꾸며줄 거라고~?"

시빌라는 익숙한 모습으로 카운터 너머 남성에게 고개를 내밀고는 태그를 들고 가볍게 테이블의 마구를 두드렸다. 지근거리에서 윙크하고는, 접수대 남성이 쑥스러워하며 굳어진 틈을 타서 슬쩍 이탈했다. 정신을 차린 남성은 책상에 있는 도구를 보고 경악하고 눈을 크게 떴다. 그리고 고개를 들었을 때는 만면의 접수원 스마일로 소년을 바라보더니 한 발짝 물러나서 가슴에 손을 대고 인사했다.

"어서 오십시오. 세이리스 최고위 호텔 『바다 거리의 휴식정』에서 편안히 쉬시길 바랍니다."

"어…… 어?"

우리는 그 태도 변화에 깜짝 놀라면서도 시빌라를 따라갔다. 언제나 그렇지만, 오늘은 특히나 시빌라의 페이스다. 방에 짐을 놓자, 먼저 시빌라가 나를 가리켰다.

"러셀이 여기저기 깨끗하게 해줬네. 장해! 여관에도 들어가기 쉬워졌으니까 살았어. 그러니까 지금부터는 내 차례. 너는 잠깐 나갔다 와."

"뭐? 어째서?"

"됐·으·니·까!"

시빌라는 마치 내가 잘못했다고 말하려는 듯이 허리에 손을 대고 우뚝 섰다. 사정은 모르겠지만…… 그렇게까지 말한다면 뭔가 이유가 있겠지.

"뭐, 나도 거리를 돌아보고 싶으니까. 알았어. 언제 돌아오면 되지?"

"한 시간 정도면 되지 않을까?"

내가 수락하고 나가기 위해 문에 손을 대자, 에미가 입후보했다.

"아, 그럼 나도 같이."

"에미는 이쪽이야."

"에, 에엑……?"

시빌라는 이번에는 나와는 정반대로 에미를 방에 남길 방침인 모양이다. 점점 더 모르겠다. 모르겠지만, 시빌라가 이러는 데는 의미가 있겠지. ……아마도.

"러셀은 이유를 묻지 않네."

"이제 와서 이유가 없으면 믿을 수 없는 사이인 것도 아니니까. 뭔가 하려는 거잖아? 그럼 하면 돼."

"……응, 그러네."

웬일로 말을 흐리면서 농담으로 대답하지 않은 시빌라는 머리카락을 손가락으로 꼬아서 빙글빙글 돌렸다. ……뭐지?

"우우~……."

"에미, 무슨 일이야? 아아, 맞다. 아까는 고마웠어. 정말로 너는 무척 대단한 녀석이 되어버렸구나. 에미의 신체 능력, 의지하고 있어."

"앗, 응! 물론이지. 나를 좀 더 의지해줄 수 있어?"

"너와 똑같이 의지할 수 있는 건, 자넷의 두뇌 정도밖에 없어."

"정말?! 그럼, 저기, 다녀 와!"

손을 가볍게 들어서 그 목소리에 답했다. 나는 방 안에서 들려오는 에미의 「괜찮아, 나 아직 안 졌어……!」라는 중얼거림을 들으며 여관을 나왔다.

자, 그럼…… 오랜만에 단독 행동이다. 어디에 가볼까…….

시장은 식사 때와 변함없이 사람으로 넘쳐났고, 집에서 조리하는 여성들이 많이 있었다.

근처에는 그런 음식을 그 자리에서 먹게 되어있는 꼬치구이 등의 노점. 그 밖에도 해산물 이외의 요리나 음료수에, 채소나 조미료만 파는 가게 등 여러 가게가 있다.

아까 막 식사를 한 참이어서 별로 끌리지 않았기에 그것들은 멀리서 지켜만 보고 다른 시장도 돌아봤다. 이번에는 세공인가. 금은이나 보석이 박힌 장신구들이 비좁게 진열되어 있다.

……생각해보면, 에미에게 이런 선물을 준 적이 없었다. 옛날에는 작은 장난감 티아라를 마음에 들어 했었으니까, 역시 좋아하겠지. 모처럼 시빌라가 눈치 있게 환금한 돈을 내게 넘겨줬으니까, 하나 정도는 사도 괜찮겠지.

장신구에 그리 조예가 있는 건 아니다. 나는 조금 망설이면서 상품 하나를 들었다.

"이걸 하나. 태그 지불이라도 괜찮나?"

"물론이죠. ……사랑스러운 연인에게?"

"그런 상대는 아니야. 그저, 평소에 신세를 지고 있어서."

"음음. 괜찮습니다, 괜찮아요. 풋풋해서 좋네요."

뭔가 착각하고 있는 것 같은데……. 나는 장식품을 하나 사서, 이번에는 도둑맞지 않게 허리에 감아둔 주머니에 넣어서 제대로 끈으로 묶었다.

"중앙 거리에 본점이 있으니, 혹시 괜찮으시다면 방문해 주십시오."

그 말을 듣고 시빌라가 떠올랐지만…… 뭐, 그 녀석은 딱히 상관없지 않을까.

그렇게 생각한 동시에 머릿속에서 시빌라가 항의하는 모습이 선명하게 떠올라 그만 입가가 풀어졌다.

"내키면 말이지."

나는 가게 남자에게 가볍게 한 손을 들며 대답했다.

"그나저나, 장신구의 세세한 차이는 모르겠어. ……응?"

문득 돌아보자…… 어딘가에서 만난 듯한 분위기의 인물이 있었다.

"……지인, 인가?"

눈을 비비면서 시선을 돌리자, 그곳에 있는 건 후드를 쓴 덩치 큰 남자. 부드럽고 귀족 같은 차림새의 남자는 금색 브레이슬릿을 두 개 들고는 금화를 주머니에서 꺼내서 유유히 돈을 지불했다.

사는 세계가 달라 보이는 그 남자는 나보다 비싸 보이는 브레이슬릿을 허리춤에 단 주머니에 대충 집어넣고는 그대로 경계도 하지 않은 채 걸어갔다. 응, 저런 지인은 절대로 없다.

"유복한 사람은 다르군……."

나는 그 뒷모습을 보면서, 슬슬 시간이 됐다는 걸 떠올리고 여관으로 돌아갔다.

여관으로 돌아가서 먼저 처음으로 알게 된 것이 하나. 시빌라가 나를 쫓아낸 이유다.

"너, 여자였던 거냐……!"

그곳에 서있는 사람은, 창문에서 빛을 받아 반짝이는 갈색 머리를 살랑살랑 흔드는 쇼트헤어의 소녀. 조금 전 시빌라가 산 모험가용 옷을 입고 있다.

"뒤로 묶어둔 장발은 내 천재적인 테크닉으로 귀엽게 잘라주기도 했지만…… 오히려 러셀이 이 아이를 남자라고 생각했었다는 게 놀라운걸."

"머리까지 후드를 깊게 뒤집어쓰고 있었고, 힘도 꽤 셌으니까."

"그러게. 이 아이는 확실히 힘이 있어."

몰라보게 달라진 소녀는 불안한 듯 시선을 움직였다. 시빌라는 그 정면에서 팔짱을 꼈다.

"먼저, 이브에게 말해둘게 있어."

이 아이는 이브라고 하나.

"우리가 유복하게 보였겠지. 힘도 있고, 돈도 있고, 무척 행복해보였을 거야."

"……윽, 그래……! 아무런 부자유도 없이, 좋은걸 입고 말이야……!"

"우리는 세 사람 모두, 부모의 얼굴을 몰라."

"어……?!"

시빌라는 우리가 고아라는 사실을 밝혔고, 이브는 예상 밖의 대답에 놀랐다. ……시빌라는 고아원에서 자란 사람이 아니지만, 아무리 나라도 지금 그걸 지적하는 것은 촌스럽다는 건 알고 있다.

"너는 우리보다 불행할지도 몰라. 하지만, 자기가 세상에서 제일 불행하다든가, 『내가 불행한 만큼 상대의 행복을 빼앗을 권리가 있다』라고 생각해선 안 돼. 왜냐하면—."

시빌라는 쪼그려 앉아 이브와 같이 시선을 맞추고는, 살랑살랑해진 갈색 머리를 쓰다듬었다.

"—만약 상대가 불행해진다면, 분명 이브처럼…… 그래, 너처럼 배를 곯는 다른 아이를 위해 애쓰는 다정한 아이는, 분명 후회할 거야."

"윽! 어째서 그걸……!"

"흐흐~응. 뭐든지 알고 있는 세계 제일의 미소녀인 나를 얕보면 안 되지~? 뭐, 고아원이 곤궁하다는걸 대략적으로 파악한 정도지만."

장난스럽게 다시 일어나고는 이브의 손에 은화 주머니를 올렸다.

"이브에게는 힘이 있어. 금방은 어렵겠지만, 분명 장래에는 풍족한 생활을 할 수 있을 거야. 그때는 대낮을 당당하게 걸으면서 존경의 시선을 받을 수 있게 되렴."

"나, 나는……."

"세계 제일 귀여운 내가 보장해줄게. 너는 귀여워. 분명 좋은 여자가 될 거야. 가슴을 펴고 걸을 수 있는 마음을 가진다면, 믿음직스러운 동료가 이브를 의지하러 찾아올 거야. 너희 고아원 아이들의 미래도 분명 크게 달라질 거야. ……그러니까.”

그리고 시빌라는 이브를 일으켜 세워서 함께 밖으로 나왔다. 도중에 접수대 남성이 이브를 보고 놀랐다. ……역시, 소년으로 봤던거, 나뿐만이 아니었지?

시빌라는 여관 밖까지 나오더니 은화 주머니를 주며 이브의 등을 찰싹 두드렸다.

“모험가가 되어서, 세이리스 제1던전으로 가봐! 제1층에 있는 마물은 이브라면 분명 여유로울 거야!”

“그, 그래도, 나, 이렇게나 친절한 대우를 받으면…….”

“답례를 하고 싶다면…… 스스로 벌어서 해야지! 먼저 그 은화로 나이프를 사서, 자기 손으로 벌고 나서 생각할 것! 그때까지는 쫓아낼거야!”

이브는 그 말을 듣자, 고개를 숙이고는…… 깊이 인사한 뒤에 말없이 저편으로 달려갔다. 떠나가는 순간, 눈물의 자취가 태양빛을 받아 반짝이는게 보였다.

일련의 일이 끝난 뒤, 나는 옆에 있는 녀석에게 당연한 의문을 던졌다.

“시빌라. 이브나 고아원에 대한 것, 언제 알게 된 거냐?”

“어제 해산 이후야. 거리의 정보를 모으고 정리한 뒤에 들렀거든. 조금 위험해졌다는 걸 알게 되었으니까, 임시변통으로 넘기지 않게 손을 쓴 건데…… 보는 대로, 이브는 그 고아원의 연장자야. 초조감과 책임감으로 움직인 거겠지.”

저 아이에게 그런 절박한 사정이 있었나…….

“저 아이, 자기가 자기를 몰아세우고 있었던거야. 그래도 도둑질은 임시변통에 불과해. 자신의 힘으로 벌게 되는게 제일 지름길이야. 하지만, 지금부터는 저 아이에게 달렸어. 미래를 선택하는 건 이브의 자유 의지에 맡겨야지.”

그랬군. 그래서 시빌라는 차림새만 고쳐주고, 나이프는 스스로 사라고 한 건가.

자신의 의지로 던전 공략에 나서게 하려고.

나는 다시금 자신의 환경이 고아였음에도 축복받았다는 걸 인식했다. 피가 섞인 가족이 없었을 뿐, 우리 고아원에는 모두가 있었고, 고생다운 고생도 없었다. 그런데 저 아이는, 자기보다 어린 아이들을 위해 혼자서…….

미래를 선택하는건 이브에게 달렸다. 그러나 그 미래를 선택할 단계에조차 오지 못한 녀석도 많이 있다. 시빌라는 이브를 그 『스타트 지점』으로 데려다준 거다.

시빌라…… 이 녀석이 정말 훌륭한 녀석이라는 것도 재인식했다. 역시 너는 아무리 장난스럽게 굴어도 여신이야. 그 아이와 고아원을 구하는 계기를 주었고, 어제 이미 모종의 대책을 세우고 있었겠지.

옆에서 에미가 훌쩍훌쩍 우는 소리가 들려왔다. 나는 눈물 같은 건 메말랐다고 생각했지만, 나와 환경이 비슷해서 그런지 영향을 받을 것 같아서 방으로 돌아왔다.

아무도 없어진 방과 소유자의 과거가 된 싸구려 후드. 그걸 시야 한구석에 두고, 나는 창문을 통해 거리를 내려다보면서 소녀의 뒷모습을 떠올렸다.

—이브, 힘내라.

03 파티의 일원이 된 에미와 함께, 우리는 새로운 던전에 도전한다

에미는 눈이 조금 부은 채로 돌아왔고, 시빌라는 에미의 머리를 마구마구 쓰다듬어줬다. 침대에 앉아서 에미가 진정할 때까지 기다리자, 시빌라는 손뼉을 치며 주목을 모았다.

"자, 그럼. 약간 소동이 있었지만 당초 목적대로 향후 예정을 세우자."

시빌라의 말에 따르면, 이 주변에는 던전이 세 개 있고 각각 『세이리스 제1던전, 제2던전, 제3던전』이라고 불리는 모양이다.

"우리가 향하는건, 제3던전이야."

"제3던전에는 뭔가 있는 건가?"

"뭔가 있는게 아니라, 단순히 그쪽 마물이 강해. 그러면, 당연히…… 사람이 적겠지."

"아아, 그런가. 나는 되도록 다른 사람과 만나지 않는 편이 싸우기 쉬우니까."

나는 현재 【어스름의 마경】이라는, 어둠마법을 전문으로 하는 직업을 얻었다. 그러나 그 이름대로 『태양의 여신교』 쪽에서 보면 어둠의 힘은 이단이다. 실제로 적대적인 건 아니지만…… 만약 예전의 내가 어둠마법을 본다면 납득할 자신이 없다.

"그러고 보니, 에미에게는 어느 정도 이야기한거냐? 어둠마법을 쓰게 되었다는 건 설명했다고 들었는데."

"에미한테는, 러셀에 대한 건 얼추. 경위 같은 것도."

"……이상한 소리를 하지는 않았겠지?"

"오호호호. 노 코멘트하겠사와요."

이 녀석, 분명 쓸데없는 소리를 했겠군.

에미 쪽을 보자, 어떻게 해석해야 좋을지 모를 만큼 활짝 웃고 있었다. 일단, 빠짐없이 이야기했다고 생각하는 게 좋겠다…….

"그러니까, 오늘은 이제 시간도 늦었으니 내일부터 돌입하자. 나는 혼자 준비하고 있을 테니까 두 사람은 마음대로 보내. 해가 지기 전에 돌아오면 돼."

그렇게 말하자마자 시빌라는 혼자 방에서 나가고 말았다.

"……마이페이스인 사람이네."

"정말."

우리만 방에 남게 되자, 에미는 불안정하게 시선을 움직이면서 조마조마하게 손을 맞댔다가 떼었다.

옛날이었다면 아무런 거리낌도 없이 자연스럽게 권유했겠지만…… 그런 일이 있은 지 아직 오래 지나지 않았다. 특히 에미의 마음을 생각하면, 나와 단둘이 있는 건 조금 거북할 거다.

이럴 때는 내가 먼저 말을 걸어야겠지.

"우리도, 어디 가볼까?"

"러, 러셀하고? 응, 갈래 갈래!"

나와 에미는 결국 둘이서 외출하기로 했다.

시장은 이미 돌았으니까, 시장에서 나와 바다를 볼 수 있는 곳으로 향했다.

"와…… 저녁노을이 지는 바다, 예쁘다……."

나도 에미 옆에 서서 하늘을 바라봤다. 붉은 빛을 발하는 불꽃같은 해수면은 저물어가는 태양빛을 반사해서 눈부실만큼 빛나고 있었다.

멀리 보이는 바다는 입체감이 없고, 수면이라기보다는 그림처럼 보인다.

"에미."

"응? 왜에?"

나를 돌아본 에미도 태양빛을 받아서 주변에 뒤지지 않을만큼 전신이 주홍빛으로 물들었다. 말투는 자넷에 비하면 아직 어린애 같지만, 가만히만 있으면 완전히 어른스러워진 소꿉친구는 나를 보며 웃었다. ……너무 신경 쓰는 것도 이상한가.

"아까 사봤는데…… 받아주겠어?"

"어? 이, 이건……!"

나는 아까 시장에서 산 간소한 브레이슬릿을 건네줬다. 금색의, 얇은 금속 타입이다.

"이런건 잘 몰라서 말이야. 방해가 되지 않을 만한 걸 골라봤는데……."

에미는 내 손을 가만히 바라보고 있었지만, 갑자기 놀라더니 내 손에서 브레이슬릿을 급하게 받아 갔다.

"이, 이거, 나한테……?"

"뭐, 그렇지. 예전 파티에서는 짐짝이었으니까, 이런 걸 사 줄 수가 없었던 것 같아서. 일단 이런저런 사과와 감사 대신이야. 대단한 게 아니라서—."

"아냐! 그렇지 않아! 기뻐, 정말 기뻐!"

에미는 바로 브레이슬릿을 착용해서 저물어가는 태양을 향해 들었다. 그 금색의 광채는, 내 눈에도 눈부시게 느껴질 만큼 반짝반짝…… 아니, 그게 아닌가.

"고마워, 러셀. 소중히 할게!"

"그래."

브레이슬렛의 금빛보다 에미의 금발이 더 밝고 예쁘다. 웃음이 반짝이게 보여서 그런가. 빛의 길을 가는 더러움 없는 【성기사】의 모습이, 잠깐이지만 마음마저도 어둠에 물들 뻔했던 나는, 역시 여신에게 사랑받은 모습이 눈부시고, 어딘가 멀게 느껴졌다.

그러나, 그 금빛의 눈부심이 갑자기 확 사라졌다. 해가 저문 것이다. 향수에 젖었던 주홍빛 하늘을, 에미의 전신을, 조용한 푸른색이 침식해나갔다.

—어스름의 시간이다.

"내일부터는 에미도 『어스름의 서약』 파티야. 믿고 있겠어."

"응, 맡겨둬!"

단호한 미소를 보인 에미가 주먹을 움켜쥐었다. 그 긍정적인 표정은 예전 용사 파티에서는 내가 빠지기 전까지 보여준 적이 없던 것이었다. 이거라면 분명 괜찮겠지.

밝은 에미를 되찾았다는 안도와 함께, 둘이서 여관으로 돌아왔다.

다음 날 아침, 여행의 피로가 빠진 몸으로 기지개를 켜면서 창문 근처에 있던 시빌라와 눈을 마주쳤다.

"좋은 아침. 그래도 이제 마왕전의 피로는 없어 보이네."

"먹고, 관광하고, 좋은 여관에서 자고…… 오랜만에 놀았다는 느낌이야."

게다가, 마음 편히 쉴 수 있었던 시간은 정말로 오랜만이었다.

"좋네. 해산물은 영양가가 높거든. 문어는 피로를 풀어주고, 생선은 머리 회전에 좋아."

시빌라에게 그 말을 듣고 설마 하면서 눈치챘는데, 혹시 이곳을 고른 이유 중 하나가 여기에 있는 게 아닐까? 그렇다면…… 역시 관광을 즐기는 것도 포함해서 나를 위해 여기를 골랐다는 게 느껴졌다. 그게 아니면 영양 이야기는 하지 않았겠지.

일석이조로, 하고 싶은 일과 해야만 하는 일을 전부 해결한다. 정말이지, 교회의 스테인드글라스로만 이루어진 여신에 비하면 우리 여신님은 근면성실하다.

나와 시빌라의 대화를 들었는지 에미도 일어났다.

"이야기하고 있네~, 좋은 아치임~."

"그래, 좋은 아침."

에미도 기지개를 켜고는 잠기운이 느껴지지 않는 움직임으로 바로 일어났다.

양손을 쥐었다 펴면서 「응, 괜찮아」라며 혼잣말을 중얼거렸다. 창문에 걸터앉은 시빌라가 에미를 바라보면서 만족스럽게 고개를 끄덕였다. 음, 좋아. 다들 몸 상태가 좋아 보인다.

준비를 마치고 길드로 향했다. 이 도시는 아드리아 마을은 물론이고, 하몬드와 비교해도 활기가 넘쳐 보인다. 이 도시에 사는 사람들의 인품 때문일지도 모른다.

시빌라는 이쪽에서도 익숙한 모습으로 태그를 보여주고는 파티를 도시에 등록했다.

"—거기 너, 진짜 이쁘잖아! 저기, 어디서 왔어? 나랑 놀러 가지 않을래?"

갑자기 경박한 남자의 목소리가 끼어들었다. 목소리 주인을 찾자, 그곳에는 빈스와 비슷한 키를 가진, 그야말로 놀러 다니는 분위기의 남자가 서있었다.

시빌라는 무시하고 갈 줄 알았는데 팔짱을 끼고는 고민에 잠겨있었다. 어이, 설마 여기까지 와서 권유를 받아들이는 건 아니겠지?

"으음. 그럼, 에미."

"……네? 저요?"

"여자아이를 그리워하는, 조~금 유감스러운 느낌인 이 사람에게 양손으로 꽉 악수해줘."

에미를 바라보는 시빌라는 무척 멋진 미소를 짓고 있었다.

속삭임을 들은 에미는 나와 눈을 마주치면서도 앞을 보더니, 갑옷에 감싸인 양손을 내밀었다.

"오오! 【중기사】 같은 너도 귀엽네~! 그럼 가까워진 증표로……."

남자가 에미와 악수하려고 한 걸음 내밀었다. ……이 녀석, 허리로 손을 뻗지 않았나?

내가 끼어들려고 했으나…… 남자의 손이 에미의 양손에 감싸였다.

"……응, 이봐, 지금…… 아야야야야야야얏!"

에미의, 【성기사】가 가진 압도적인 힘. 당연히 터무니없는 괴력이어서, 주변 사람들도 남자의 비명에 놀라 시선이 모였다.

"지금 만지려고 했어! 정말~, 실례라니까!"

에미답게 그리 박력이 느껴지지 않는 분노였지만, 악력은 보는 그대로다. 두 사람의 모습을 보던 시빌라는 히죽히죽 웃으며 남자를 도발했다.

"나를 꼬시고 싶은 마음은 굉~장히 이해하지마안? 미안해~ 선약이 있거든. 이제 이상한 접촉은 하지 않겠다고 말하면 놓아줄 수도 있는데에~?"

"아야야, 알았, 알았다고! 내가 잘못했어 이제 말 걸지 않을 게 아니 무서워어어!"

에미가 손을 놓자, 남자는 손을 파닥파닥 털면서 밖으로 달아났다.

"뭐, 너도 조금은 상대의 레벨을 알아볼 수 있게 되라고~?"

그 뒷모습을 향해 즐거운 듯 말을 하는 시빌라도 이어서 길드를 나갔다.

“으음. 헌팅남이 말을 걸어오다니, 곧바로 세이리스의 명물을 보고 말았네!”

“자주 있는 일인가…….”

“응응. 이 도시에는 많거든. 뭐, 이렇게 길드에 사람이 많을 때 격퇴했으니까 이제는 섣불리 얽혀올 일도 없겠지.”

이 녀석, 거기까지 계산했나…… 하긴, 이 녀석이라면 그럴 법하다. 에미는 조금 전 남자의 반응을 보고 무척 시무룩해진 모습이었다. 아무리 그래도 그 반응은 좀 아니어서 말을 걸었다.

“에미, 괜찮은거냐?”

“러셀, 나, 무섭지 않지……?”

“무서울 리가 있냐. 적어도 그 남자보다는 훨씬 믿음직하다는 건 알고 있으니까.”

에미는 안심한 듯이 가슴을 쓸어내렸다. 실제로 그 남자도 결코 약한 건 아니었을 거다. 그래도 비교하면 이렇게나 차이가 생긴다. 정말 믿음직하다니까.

목적지에 도착한 시빌라는 세이리스에 있는 세 개의 던전에 대해 설명해줬다.

제1던전은 완전 초심자용 코스. 파란 슬라임과 보라색 최약체 고블린이 나오는 정말로 간단한 던전이다. 초심자용이라서 마물 환금액도 낮고, 경험치도 낮다. 단, 중층 밑으로 내려가면 난이도가 올라간다. 아마도, 이브가 향한 곳이다.

제2던전은 숙련자를 위한 던전. 상층에서부터 자칫 방심했다가는 목숨을 잃는 토끼형 마물『니들 래빗』이 배회하고, 중층부터는 멧돼지형 마물 니들 보어가 나온다. 하층은 어지간히 목숨 아까운 줄 모르거나 자신감이 지나친 바보가 아니라면 보통 들어가지 않는다고 한다.

마지막으로, 제3던전. 세이리스의 모험가들은 거의 들르지 않는다는, 거인으로 넘쳐나는 고난이도 던전. 최상위 모험가만이, 상층만을 사냥터로 삼는다—.

“—그러니까, 지금부터 우리는 이곳 제3던전에서 첫 3인 파티를 즐기려는 거야. 두근두근하네.”

“지금 설명으로 그런 반응을 보이는 게 실로 너답네…….”

정말로 이 머릿속이 꽃밭인 여신을 믿어도 괜찮을까? 실로 불안하다.

그런 나의 심정까지 알고 있는지, 시빌라는 허리에 손을 대고 만족스럽게 고개를 끄덕였다.

참고로 에미는 이 웃기는 여신이 무척이나 불안한 모양이었다.

“이 던전 말인데, 입장에 엄격한 검문이 있거든.”

“이봐, 괜찮은거냐?”

“뭐, 보기만 해. 러셀은 직접 태그를 만지면 안 돼.”

시빌라는 마치 감옥처럼 견고하게 만들어진 던전의 철창 근처 오두막에서 한가하게 있는 수염 난 남자에게 향했다.

"하~이, 수고가 많네. 던전 입장 희망할게!"

"……댁들, 못 보던 얼굴인데. 이 『제3던전』이 어떤 곳인지 알기는 하는 건가?"

문지기에게 다가간 시빌라는 에미의 모험가 태그를 가리켰다. 에미는 그걸로 알아챘는지 고개를 끄덕이고는 자신의 태그에 등록된 스테이터스를 표시했다.

【성기사】 레벨 25. ……알고는 있었지만, 역시 압도적으로 강하다.

물론 조금 전까지 두 사람을 어딘가 놀리듯이 바라보던 남자도 경악해서 눈을 크게 떴다.

"서, 성기사님?!"

"그래. 우리는 이 최상위직인 성기사 에미의 파티야. 다들 강하다고~. ……그럼, 당신의 안목에 맞을까?"

"무, 물론이고말고……. 만약을 위해, 두 사람도 확인해봐도 될까?"

"응, 좋아."

시빌라는 자신의 태그를 내밀었다. 【마도사】 레벨 26. 이봐, 굉장히 올라가지 않았어? 그보다 시빌라, 에미보다 레벨이 높았나. ……아니, 잠깐만. 애초에 나는 어떻게 되는 거지?

내가 곤혹스러워하는 것과는 달리, 시빌라는 내 태그를 들고는 뭔가 가만히 눈을 감았다. 그 순간 나타난 건…….

"【성자】 레벨 8! 형씨도 굉장한 녀석이었구만."

그 목소리에 반응하지 못할 만큼 놀랐다. 내가 만졌을 때는

【어스름의 마경】이었는데, 의식해서 고를 수도 있었나. 시빌라는 바로 표시를 끄고 가볍게 흘러가는 말을 던졌다.

"고마워 고마워~. 그러고 보니 오늘, 따로 들어온 사람 있어?"

"댁들보다 한참 전에 5인조가 들어갔었지."

"음…… 그렇구나. 알았어."

시빌라는 손을 하늘하늘 흔들면서 당당하게 무거운 철창문을 열고 안으로 들어갔다.

"그럼, 에미는 앞으로! 가자!"

"네!"

레벨 25의 에미를 전위로 두고, 우리는 던전으로 발을 들였다.

던전은 평소의 흙색을 하고 있고, 천장까지는 검을 들고 뻗어도 두 배는 더 높아서 전혀 닿지 않는다. 가로 폭도 넓어서, 길 자체가 커다란 던전이다.

참고로 조금 전 내 태그에서 【성자】만 나온 건, 시빌라가 가진 마법 중 하나라고 한다. 직업 변환도 그렇고, 아직 모르는 마법이 많은 것 같다.

"그러고 보니 이 던전을 굉장히 자세히 알고 있던데, 전에 온 적이 있는 거냐?"

"응. 아드리아 던전은 막 생겼던 거니까 전혀 정보가 없었지만, 여기라면 괜찮아. 제3던전의 마물은 크긴 해도 느려. 타우로스나 갑옷하고 가까운데……."

시빌라가 말을 멈추고 안쪽으로 시선을 보냈다. ……뭔가,

있다.

나와 에미가 집중하는 가운데, 시빌라는 에미의 옆에서 손을 내밀어서 파이어 볼을 던졌다. 마물에 맞은 순간, 쿵쿵 소리를 내며 다가온 것은……!

"저 녀석이 이곳의 마물, 기간트야."

"느긋하게 설명할 때냐!"

박력 있는 거구가 에미를 표적으로 삼았다. 시빌라는 뒤에서 에미에게 말을 걸었다.

"상층은 아직 약해. 에미, 지금 당신에게는 러셀이 있어. 제대로 의식해야 해."

"아……, 네!"

에미가 방패를 들자, 길이가 2미터는 족히 넘을 법한 기간트가 주먹을 쥐고 방패를 두들겼다. 내가 회복마법을 의식하며 에미의 무사를 기원하자…… 에미의 방패가 빛나더니 기간트의 거구가 천장에 부딪히며 머리부터 떨어졌다.

"……역시, 쓰러뜨릴 정도는 아닌가. 그래도 충분해. 에미, 팔은 괜찮아?"

"네. 아무렇지도 않아요!"

진짜냐. 굉장한데. 에미의 방어력인지, 지금 쓴 스킬의 힘인지는 모르겠지만, 저 기간트의 공격 정도라면 아무렇지도 않은 모양이다.

그로부터 시빌라가 중심이 되어 공격마법을 사용했고, 에미는 방어와 공격을 교대로 반복했다. 무영창, 구두 영창……

어쩌면 이중 영창을 쓰고 있을지도 모른다. 마지막으로 시빌라의 파이어 재블린이 상대의 가슴에 박히자, 기간트는 가슴에서 피를 흘리며 쓰러졌다.

그 모습을 몇 초 동안 가만히 확인한 에미는 숨을 내쉬며 방패를 내렸다.

"에미, 괜찮을 것 같아?"

"네. 마물은 강하지만, 신기하게도 저번 파티보다 버티기 편할 정도예요."

저번 파티라면, 【용사】 빈스, 【현자】 자넷 두 사람이 공격마법으로 지원해줬을 때보다 편하단 말인가? 아무리 그래도 그건 너무 배려하는 말 아닐까?

그걸 전하자, 에미는 오히려 자기도 의아하다는 듯 고개를 갸웃했다.

"아냐. 정말로 몸 상태가 더 좋아."

"믿어도 되겠지?"

"그야 물론! 무리 같은 건 아니거든?"

정말인가…… 무척 밝아졌지만, 그래도 나를 구하기 위해 달려왔을 때의 에미의 상태를 떠올리자 아무래도 걱정이 된다.

—에미는 한 번, 나를 지키기 위해 목숨의 불을 꺼버렸다. 그때, 내가 전설의 성녀와 동등한 『소생마법』을 쓰지 않았다면, 에미는 지금쯤…….

그런 내 걱정을 읽었는지, 시빌라가 지금 에미의 상태를 설명해줬다.

"아, 참고로 러셀, 네 덕분이기도 해."

"나의……? 뭔가 에미의 도움이 될만한 일을 했었던가?"

"러셀은 쓰지 못했으니까 모르겠지만…… 에미는, 이거야."

시빌라가 에미가 든 방패 표면의 코팅된 부분을 손등으로 가볍게 두드렸다.

"방패를 새로 마련한 게, 굉장히 커."

아아, 그러고 보니…… 지금 에미가 사용하고 있는 방패는 파이어 드래곤의 비늘로 만든 대방패다. 갖고 싶다고 돈을 쌓아둔다 해도 간단히 입수할 수 있는 물건이 아니다.

"이 대방패는 비교적 가벼운데도 상대의 충격을 받아내는 힘이 있어. 그리고 마력을 전달하는 힘도 가지고 있지. 에미가 지금 사용하는 스킬과도 상성이 좋아……야 하는데 말이지."

"……무슨 문제라도 있는 거냐?"

"단순하게, 상층의 기간트 정도라면 쓰러질트릴 수 있을 정도로 강하게 날려버릴 수 있으리라 생각했거든. 그래서 생각보다는 소극적인 기술이구나 싶어서."

그 말의 의미를 알아챈 에미가 미간에 주름을 잡자, 시빌라는 가볍게 웃어넘겼다.

"뭘~ 그렇게 심각해지는 거야! 에미는 우리 술사조에게는 정말로 믿음직하고 굉장한 여자아이라니까. 자신에게 자신감을 가지지 못하면, 러셀은 조금 불쾌할걸?"

"앗…… 그, 랬었죠. 응, 맞아. 러셀도 앞에 나서 힘을 쓰고, 싶었겠네. 그래도 적의 공격을 받아내는 건 내 역할이니까.

전부, 맡겨줬으면 좋겠어.”

시빌라가 지적하자, 에미는 바로 눈치채고는 내게 미안한 표정을 지었다.

원래 나는 싸움에서 도움이 되지 못한다는 이유로 쫓겨났으니까, 자기가 레벨도 힘도 위라는 게 마음에 걸려서 미안해진 거겠지.

도움이 되지 못했던 과거는 나의 탓이기도 하고, 나를 지키기 위해 자신을 단련했을 에미는 아무런 잘못도 없다고 할 수 있지만…… 역시 전위로서 내 앞에 설 힘을 얻었다는 것에 미안함을 느끼고 있는 건가. 넌 참 다정한 녀석이야.

—그럼, 내 대답은 이래야겠지.

“알고 있어. 지금의 나는 일개 회복술사에 지나지 않지만, 나는 이제 그 현실에 비탄하지 않아. 아주 약간의 상처부터 죽기 직전의 중상까지 단숨에 완벽하게 치료하는 힘…… 그 힘을 나 자신이 바라고 있어. 【성자】인 나만이 할 수 있는 역할이야.”

“러셀의…… 응, 응! 러셀의 회복마법이라면 괜찮을거야. 반드시!”

에미는 내 말을 듣고 웃으면서 답했다.

예전 파티에서는 마지막까지 얻지 못했던, 자신의 자리. 내 회복마법을 필요로 하고, 이렇게나 기뻐해준다는 것. 무엇보다 에미가, 【성녀】의 기적과 같은 마법으로 인해 지금도 내 곁에서 이렇게 웃어준다는 것. ……그 얼굴이, 병이 나은 어머니에게 울면서 달라붙었던 브렌다의 모습과 겹쳐졌다.

정말로— 성자를 그만두지 않아서 다행이다.

나는 『흑연의 **성자**』니까. 에미가 나를 지키듯이, 나도 에미를, 모든 병이나 부상…… 아니, 죽음의 숨결에서도 지켜주자.

우리는 세이리스 제3던전에서 싸워나갈 수 있겠다고 느끼면서 앞으로 나아갔다.

04 에미 : 러셀을 향한 마음, 그 전부. 여신님은 보고 있었다

나는 자신의 몸 상태를 확인하면서 러셀에게 시선을 보냈다.

『흑연의 성자』 러셀. 내가 모르는, 러셀.

……다정한 남자아이라서 좋아하게 되었다. 평소에는 물론이고, 곤란할 때마다 도우러 와주고, 그 사실을 뽐내지도 않았다. 모두를 잘 지켜봐 준다고 생각했다.

그랬던 러셀이, 헤어지고 나서 재회하기까지 단 며칠 사이에 다른 사람이 되어있었다.

원래부터 이걸 위해 사용한 듯한 금실과, 고급감이 넘치는 칠흑에 가까운 — 이게 아마 흑연색이었을 거다 — 로브의 색 이상으로 달라진 것이, 조금 치켜 올라간 듯한 러셀의 눈매다.

생김새가 달라진 건 아니지만…… 표정과 말투가 마치 다른 사람인 것처럼 변했다.

그런 러셀에 대한 건데— 아니아니, 이쪽도 굉장히 멋있지 않아?!

처음부터 홀딱 반했었지만, 내가 생각해도 단순하달까 뭐랄까…… 알고는 있었지만, 자신의 마음에 거짓말은 할 수 없다. 쿨 계열이 되어버린 러셀은 어마어마하게 멋있었다. 남자다움도 올라가서, 솔직히 말해서 단번에 다시 반해버렸다.

나, 너무 단순하지 않아? 아니, 원래부터 나는 파티에서 제일 단순했다. 데헷.

러셀은 그늘이 지긴 했지만, 비관적으로 삐뚤어진 게 아니라 제대로 긍정적이고 거침없어져서 멋있었다. 그러면서도 자신감이 있어서— 내 마음에 작은 가시가 박혔다.

러셀을 처음에 그렇게까지 어둡게 만든 건, 틀림없이 우리 파티. 그리고 주된 원인은…… 전부, 나다. 밝고 다정한 남자아이는 없어졌고, 과묵한 청년이 태어났다. 그러나, 그런 그가 비관적이지 않게 된 이유는, 하나밖에 없다.

—시빌라 씨.

키가 큰 마도사로, 여자인 내가 봐도 세 번은 다시 돌아볼 레벨의 굉장한 미인. 멋있는 계열 미인의 궁극형 같은 사람. 케이티 씨도 미인의 궁극계였지만, 여자아이로서 동경하게 되는 건 단연 시빌라 씨 쪽이다.

그리고, 그런 시빌라 씨와 러셀 사이의 거리감은 굉장히 가깝다. 서로가 서로에게 전혀 사양하지 않아서, 마치 가족 같은 거리감이다. 전투할 때면 이심전심, 상대의 생각을 미리 읽은 것처럼 움직인다. 지금도 시빌라 씨가 시선을 보내며 「러셀!」이라고 이름만 불렀는데, 러셀이 《윈드 배리어》 마법을 사용했다.

나도, 자넷도, 빈스도 러셀의 이름을 부르기만 하고 지원을 받은 적은 한 번도 없었다. 직접 회복마법을 쓸 수 있으니까, 말을 걸 필요가 없었던거다.

지금에 와서는 위안 수준인 하급 회복마법만 익힌 것이 그저 원망스러웠다.

“응? 왜 그래? 에미. 몸이 안 좋아?”

“네?! 아, 아아, 아뇨. 아무것도 아니에요!”

“그래에~? 어차피 러셀의 마력은 남아도니까 사양 말고 치료받아. 에미의 힘하고 멋진 모습에는 러셀도 도움받고 있으니까.”

“그래, 물론이지. 전위가 있기만 해도 이렇게 편할 줄이야.”

“우왓…… 저기, 고, 고마워…….”

내가 조금 풀죽은 얼굴로 시빌라 씨를 보기만 했는데도 이렇다. 좋은 언니처럼 흐림 한 점 없는 얼굴로 나를 격려해주고, 위로해준다. 게다가 시빌라 씨는 나와 비교하면 당연히 러셀과는 알고 지낸 시간이 짧다. 「사랑의」 라이벌이라고 자칭하고 있고, 좀 더 독점하고 싶을 텐데 일부러 나와 러셀의 대화를 유도한다.

케이티 씨의, 정중하지만 안개에 휩싸인 것처럼 아무것도 알 수 없는 감각과는 달리 종잡을 수 없는데도 세세하게 배려해주는 데다가 본인의 생각을 전부 오픈하고 말한다.

정말로 정반대다. 그런 시빌라 씨에게…… 이렇게 잘 대해주는 믿음직한 언니에게, 러셀의 곁에 있는 존재로서 필연적으로 열등감을 품고 만다……. 아아~ 이런 추한 생각을 해서는, 귀여운 공주님은 꿈속의 꿈이겠지…….

그 후에도 우리는 순조롭게 마물을 쓰러뜨렸다. 이 제3던전은 정말로 마물의 레벨이 높다. 제5층인데도 하몬드 던전의 중층 수준의 적이 나온다.

그런 나는, 그 시절과 비교해도 지금이 훨씬 더 여유로웠다. 이유는 분명 시빌라 씨가 설명해준 대로, 이 방패 덕분이다. 설마 이 방패의 재료인 파이어 드래곤의 소재를 러셀이 직접 구했을 줄은 몰랐다. 시빌라 씨의 마법은 화속성이니까, 정말로 러셀이 쓰러뜨렸을 거다. 너무 멋있지 않아? 나 오늘만 대체 몇 번을 러셀이 멋있다고 말한 걸까? 100번 정도 더 말하고 싶다.

아무튼 하나는 이 방패고. 또 하나는…….

"……왜 그래? 《엑스트라 힐》. 피로도 내가 풀어줄 테니까, 너무 무리하지는 마."

"와…… 진짜다! 고마워. 굉장하네!"

러셀이 회복마법을 쓴 순간, 아주 약간의 피로도 남지 않고 몸이 만전의 상태까지 회복됐다. 러셀의 엑스트라 힐, 상처만 치료하는 게 아니었구나. 그동안 중상을 입지 않았기에 회복을 받는다는 발상이 없었다. 우리는 지금까지 얼마나 아까운 짓을 해왔던 건지…….

"파티에 있었던 시절에 알아챘다면 또 달랐겠지만…… 그래도 성녀의 마법은 정보가 감춰져 있어서, 써볼 때까지는 나 자신도 몰랐단 말이지."

성녀의 마법이 비밀투성이인 거, 왠~지 뒷사정을 생각하게 되어버린다니까. 실은 옛날의 용사님은 의외로 바로 지쳐버렸다든가, 과거의 성기사는 성녀 덕분에 여유가 있었을 뿐이지 실은 은근히 타격에 약했다든가. ……앗, 한 발짝만 어긋나도 지금의 나네. 생각하지 않도록 하겠습니다. 네.

"하지만 결과적으로는 나와서 다행이라고 생각하고 있어. 지금의 내가 마음에 드니까."

"응응, 잘 어울려."

"그런가."

가볍게 대답한 순간, 러셀은 훗, 하고……. 정말로, 아주 약간 입꼬리를 들었다. 그 얼굴을 본 순간, 심장이 확 올라가는 감각. 그만둬주세요, 혈액 씨. 저한테 허가 없이 고개를 들지 말아줘요. 수줍어하는 걸 들켜버리니까. 그보다 시빌라 씨한테는 분명 들켰을 거다.

옛날에는 평소에도 웃던 것과는 달리, 지금의 러셀은 눈초리가 날카롭고 입을 꽉 다물고 있다.

러셀의 웃음이 귀해진 만큼, 어른스럽고 새까매진 러셀의 웃음 한 번의 파괴력은 굉장하다. 그 웃음을 상상하기만 해도 힘이 샘솟는다.

……뭐, 이렇게까지 연애 망상 같은 생각을 강하게 하고 있지만— 지금의 나는 러셀을 의식하는 것만으로도 마물의 공격을 되받아치는 스킬을 발동하게 된다.

뭐야 이 부끄러운 스킬은. 그야 『사랑의 힘』은 영웅담의 묘미지만, 그래도 자신이 마치 진지하게 싸우지 않는 것 같은 느낌이 들어서 곤란해진다고?! 태양의 여신님, 은근히 분위기에 휩쓸리는 성격? 연애 이야기를 좋아하나? 뭐, 덕분에 발동하기 엄청 편하지만!

"에미, 정말로 굉장하네. 제5층까지 왔는데도 그렇게 여유롭다니. 기간트 세 명 정도는 상대하는 것도 여유로워 보이잖아."

"아하하. 저도 놀랐어요."

오히려 내가 합류하지 않았다면 둘이서 이 던전에 도전할 생각이었던 모양이라 그쪽이 걱정됐다. 두 사람 모두 술사인데도 앞에 나서는 타입이라서 꽤 무리할 것 같으니까.

"이크, 에미. 다음이 왔어!"

"맡겨주세요! 어, 어라……?"

내가 뒤를 돌아보자…… 놀랍게도 기간트가, 이미 지나왔던 뒤에서 오고 있다!

러셀이 협공당하고 있어! 나는 어떻게 러셀을 지켜야 할지 몰라서 패닉에 빠졌지만, 정작 러셀은 냉정하게 허리춤에 찬 검을 뽑았다.

"시빌라."

"알고 있어. 아무래도 선행 파티는 아래층에 있는 것 같으니까, 허가할게."

"좋아…… 《인첸트 다크》!"

러셀이 외친 순간…… 검은 장검이 확연히 달라졌다. 빛을 흡수하는 듯한, 신기한 보라색. 밤 같은 색. 저게…… 【어스름의 마경】의 어둠마법이구나.

그 검을 양손으로 쥔 러셀이 기간트와 마주했다.

"에미, 먼저 정면을."

"네, 네! 이게……!"

나는 러셀의 위기에 조바심을 느끼면서 가장 가까운 기간트에게 파고들었다. 대망치를 튕겨내고, 그 팔에 검을 내리쳤다. 이 용의 이빨로 만든 검도 정말 굉장하다. 무게와 예리함을 실은 일격에 맞자, 마물의 팔은 손쉽게 잘려버렸다.

『오오오오오오!』

표정 변화가 적은 마물이 내 검에 커다란 대미지를 입고 울부짖었고, 시빌라 씨는 승기를 잡았다.

"오른손을 쓰지 못하게 됐네. 그럼 마무리로 《플레어 소드》!"

시빌라 씨의 고위력 마법이 기간트의 가슴에 꽂혔다. 우와, 기본직인 【마도사】인데도 굉장히 강하다. 그러나 나는 느긋하게 감탄하며 보고 있을 수는 없었다.

"러셀!"

"문제없어."

조바심을 감추지 못한 목소리로 이름을 부르며 돌아보자…… 러셀이 기간트를 압도하고 있었다. 마물의 팔은 이미 양쪽 모두 없고, 몸은 구멍투성이가 되었다.

"끝이다."

러셀은 조용하게 그렇게 말하고는, 기간트의 가슴 중심에 검을 쑤셔 넣었다. 힘을 잃은 마물은 몸에서 완전히 힘을 잃어버리고는 천천히 뒤로 쓰러졌다.

……와아, 러셀이 싸우고 있어. 마물을 검으로 압도하는 술사 러셀, 멋있다아.

그렇게 느긋하게 생각하고 있던 나는— 바로 달려가지 않았던 걸 후회했다.

"윽……!"

마물이 쓰러진 직후, 순간 러셀이 아픈 듯한 목소리를 냈고…… 나는 단숨에 핏기가 가셔서 러셀의 곁으로 황급히 달려갔다.

"괜찮아?! 어디를 당했어?!"

"아니, 문제없어. 부러진 대망치의 조각에 맞은 건데, 바로 회복마법을 썼으니까."

"……미안해. 러셀을 아프게 해버려서……."

"오히려 오늘은 전혀 아픈 적이 없어서 무서웠을 정도야. 고맙다, 에미."

러셀의 말과 작은 미소를 보자, 쉬운 여자인 나는 구원받은 것처럼 단숨에 얼굴이 새빨개졌지만, 그래도 미안한 마음은 다 씻어내지 못하고 남아버렸다.

—그런 나를, 시빌라 씨가, 보고 있었다.

신기하게도 제5층에 플로어 보스는 없었다. 그저 넓기만 하고 아무것도 없는 공간이어서, 우리는 일단 그곳에서 휴식하기로 결정했다. 러셀은 그 넓은 공간에서 쉬면서 마법을 연습한다고 말했고, 시빌라 씨는 잠깐 밖을 보고 온다고 한다.

여기서 나는 시빌라 씨의 권유를 받아서 함께 제5층을 다시 조사하는데 동행했다.

방에서 나와서 마물이 없는 던전 통로를 잠시 걸었다. 플로어에서 조금 떨어진 곳에서 멈춘 시빌라 씨가 나를 돌아봤다. 내게 할 말이 있는 것 같다. 뭘까?

"에미는, 정말로 순수해서 귀엽네."

"네? 저기, 감사합니다……?"

갑자기 칭찬받았다…… 칭찬, 맞지? 단지, 시빌라 씨의 표정은 어째서인지 복잡해 보였다.

"러셀이 마음에 걸리는 건 알겠어. 알기는 하지만."

그런 시빌라 씨가 팔짱을 끼며 내게 날카로운 시선을 보냈다.

"괜히 의식하면 안 돼. 에미가 러셀을 어떤 아픔에서도 지켜주고 싶다고 생각하는 마음도, 후회로 정신이 나갈 만큼 러셀에게 책임감을 느끼고 있는 마음도 알아. 하지만, 러셀은 오히려 에미가 다치는 걸 무엇보다도 괴롭게 느낄 거야."

—나는, 순간 말의 의미를 이해하지 못했다.

슬금슬금 내용이 이해되자…… 나는 시빌라 씨와 눈을 마주하면서도 그 내용이 뜻하는 의미에 경악하며 숨을 삼켰다.

자넷처럼 오래 알고 지낸 것도 아니면서…… 시빌라 씨는, 내 뿌리에 있는 마음과 초조감을 눈치채고 있었다……!

"러셀은 말이지. 에미가 일어나지 못했을 때, 완전 회복마법을 두 번 사용했어. 완전히 착란에 빠졌었다고."

"……어, 러셀이……?"

"당연하잖아. 러셀이 사용한 리저렉션이라는 마법은 성녀 전설『한결같은 사랑의 장』에서 사용된 기적 중의 기적이야. 상대를 향한 마음이 없으면 발동하지 않아. 에미의 방패 스킬 같은 거야. 그걸 쓰지 못했으면 부활할 수 없었어."

맞, 다. 나는 그때, 진심으로 러셀을 위해 죽어도 좋다고…… 그리고, 정말로—.

—그때를 떠올린 순간, 두 뺨이 동시에 소리를 내며 울었다. 시빌라 씨가 뺨을 때린 것이다. 따귀를 날린 게 아니라, 격려 같은 느낌으로.

"러셀에게 있어서 에미는 말이지, 에미에게 있어서 러셀인 거야. 기억해둬. 너의 목숨은 이미 너 혼자만의 것이 아니야."

"시빌라, 씨……."

"게다가…… 나도 에미가 마음에 들었으니까, 멋대로 자기 희생 정신을 발휘해서 무모한 일을 하면 싫어. 언제나 남겨진 쪽은 괴로워. 나는『남겨진 사람』을 여럿 봐왔으니까……."

그렇구나…… 시빌라 씨는, 여신님이니까. 당연히 그런 이별을 몇 번이고 봐왔을 거고, 그래서 어둠마법에 손을 뻗은 사람도 있었을 거다.

"그러니까."

그리고 시빌라 씨가, 머리를 툭툭 두드렸다.

"러셀을 믿어줘. 그리고, 러셀이 믿는 에미를, 에미가 믿어줘. 너는 굉장히 강하고, 다정하고, 충분할만큼 노력하는 아이야. 완벽하지 않더라도, 러셀에게는 제일 믿음직한 전위니까……

알겠지?"

—완벽하지 않더라도, 러셀의 제일.

그 말은, 나의 가장 부드러운 곳에 살며시 꽂혔다.

……아아, 어쩌지. 이 사람, 굉장히 좋은 사람이라는 건 알고 있었지만…… 정말로 정말로, 무지막지하게 좋은 사람이다……. 러셀이 마음을 열 만하네…….

왜냐하면, 내 마음도 이렇게 바로 열려버렸으니까…….

"……으, 으으, 재송해여 시빌라 씨……"

"응응, 그런 반응을 보이니까 역시 귀엽단 말이지~. 역시 러셀의 소꿉친구야."

시빌라 씨는 쓴웃음을 지으면서도 머리를 다정하게 쓰다듬어줬다. 그 온기에 감싸이면서, 이렇게 좋은 파티에 들어오게 되었다고 생각하니 또 몸속에서 눈물이 찔끔찔끔 나왔다.

이런 얄팍한 마음을 가진 나를, 이렇게나 다정하게 받아들여주다니……. 이게 러셀을 바꾼…… 아니, **바뀌지 않게 해준** 여신님이구나. 못 당하겠어…….

러셀도 있고, 제대로 나를 봐주고.

나, 이렇게 좋은 대우를 받고 있어서, 정말로…… 행복하다.

너무 행복해서, 필연적으로 그 마지막을 후회하게 되었다. 자넷…… 어딘가에서 사과해야 하는데……. 아무리 그래도 불안해서 편지만큼은 남겼지만…….

지금쯤 뭘 하고 있을까…….

막간 자넷 : 날씨가 자신의 마음을 반영한다면, 이 호우는 그야말로 나의 마음이겠지

하늘이 울고 있다는 표현이 있다.

태양의 여신이 천체의 여성이라고 한다면, 총애하는 인간이 시야에서 사라져서 우는 걸까 아니면 빛나는 자신의 모습이 사람들에게서 가려져서 우는 걸까. 그 내면에 흥미가 솟구치지 않는다고 말하면 거짓말이 되겠지만, 그러나 지금의 내게 중요한 건— 편지 배달부가 무사한지, 그것 하나뿐이었다. 우리 인간의 의지와는 상관없이, 하늘은 통곡한다. 여신이란 이렇게나 자유로운 법이다.

우리 용사 파티는 너무나도 거센 비가 와서 오늘은 휴업. 통에 든 물을 뒤집은 것 같이 비가 질리지도 않고 계속해서 지붕을 때렸다. 비의 덩어리가 인접한 여관을 두드려서 벽에 걸린 화분이 떨어져 깨졌다. 태양의 혜택도 비의 은총도 하늘의 기분 하나로 파탄이 난다.

"비, 굉장하네요~."

"그러게요. 아무리 그래도 이런 날이어서는 다들 밖에 못 나가겠죠."

여관 현관에는 우수를 띤 여신상 같은 금발 미녀. 밖에 용건이 있었는지, 그 모습은 옷을 입고 수영이라도 한 것이 젖어있었다. 옷이 젖어 달라붙은 모습은 천재 예술가가 기술력의 정수를 결집한 대리석 조각 같아서, 색기의 폭력이라고 표현하는 게 나을 것 같다.

빈스도 아까부터 말없이 케이티 씨를 뚫어져라 보고 있었는데, 이미 불평할 생각도 들지 않았다. 오히려 케이티 씨에 관해서는, 이 사람 덕분에 빈스가 내 가슴을 불쾌하게 응시하지 않게 되었기에 그 점에 대해서는 감사 인사를 하고 싶을 정도다.

그나저나, 케이티 씨의 볼일은 뭐였을까?

"자넷 씨. 무슨 일 있었나요?"

"……앗, 아뇨. 어디에 가셨나 궁금해서요. 말하기 힘드시다면 말하지 않으셔도 괜찮아요."

"후후. 자넷 씨는 정말로 눈치 있고 귀여운 분이네요."

케이티 씨는 자신의 몸을 끌어안듯이 — 은근히 가슴을 강조하는 포즈를 — 부여잡고는, 이후에 몸을 데우고 나서 향후 예정을 공유하고 싶다고 했다.

"그러니까, 방에서 기다려주세요."

"음, 알겠습니다. 억지로 물어본 것 같아서 죄송하네요."

"아뇨아뇨~, 신경 쓰지 마세요."

케이티 씨는 젖은 옷과 갈아입을 옷을 들고 욕실을 향했다.

밝기는 하지만…… 여느 때와 같이 어딘가 들뜬 폭렬(팝콘) 옥수수 같은 밝음은 보이지 않았다.

역시, 에미가 자기 탓에 궁지에 몰려있었던걸 후회하고 있는 걸까.

정말로, 그런 걸까. ……정말로? 일부러 그런 게 아니라?

……모르겠다. 현재 모든 조건이 『의혹』에 지나지 않는다는 건 내가 제일 잘 알고 있다. 저 사람을 의심하는 것 자체가 얼마나 실례이고 오만한 건지도. 하지만…… 머릿속에서 몇 번이고 반복(리프레인)되고 있다. 에미의, 마치 세상 모든 것을 포기한 듯한 얼굴이.

나는 케이티 씨를 앞으로도 계속 의심하게 될까? 아니면…… 다음은, 바로 나 자신이……. ……아니, 지금은 거기까지 생각하지 말자. 마음이 부정적인 방향으로 쏠리고 있으니까, 사고의 결론이 어둡고 어둡게 변해가는 느낌이 든다. 좋지 않은 경향이다.

“빈스. 우리도 돌아가자.”

“어, 어어…….”

나는 물에 젖은 정부(情婦) 같은 모습을 넋을 잃고 바라보며 이야기를 듣지 않던 빈스를 데리고 방 안으로 들어갔다.

문을 닫고 방구석으로 이동했다. 나는 빈스에게 충고하지 않으면 안 된다.

“러셀의 정보는 절대로 꺼내면 안 돼. 전부터 회복술사에 집착하던 케이티 씨가 러셀 쪽으로 가버릴지도 몰라.”

“……그러고 보니, 그랬지. 알았어.”

“그나저나…… 에미에게는 미안한 일을 했네…….”

아무리 빈스라도 무슨 일인지는 짐작 가는 게 있었는지 어두운 얼굴이었다.

……내가 보는 빈스는, 체격이 좋고 검술도 능숙하다는 걸 제외하면 여자를 밝힌다는 것 정도밖에 용사다운 부분이 없다. 남자와 다퉜던 것도 알고 있고, 여자를 너무 바라봐서 옛날부터 경계를 받고 있었던 것도 안다. 내게 빈스는 여전히 개구쟁이다.

솔직히, 왜 빈스가 용사인가 싶다. 하지만, 아무리 그래도 그가 극악인에 범죄자나 다름없다는 건 아니다.

"옛날에 찼던 내가 할 말은 아니지만, 에미와는 가망이 없었다고 생각해. ……나도 놀랐어. 좋아하는 사람을 떠올리는 것이 스킬 발동 조건이었다니."

"……에미는, 마지막에 뭐라고 말했어?"

"잘 있어, 라고 했어. ……러셀의 곁으로 간다면, 분명 러셀은 에미를 용서해줄거야. ……자포자기하지 말았으면 좋겠는데."

"……젠장."

빈스는 안절부절못하는 모습이었다. 그래도 갈 수는 없다.

전부 러셀을 내쫓았기 때문이다. 아무리 빈스라도 이 상황에 죄책감은 있겠지. 그런 마음이 전혀 들지 않는 남자라면 벌써 포기했을 거다.

"다시 말하지만, 그때의 판단 자체가 잘못된 건 아니었다고 생각해. 단지…… 운이 너무 안 좋았어. 그야말로 여신님이라도, 이런 사태는 예상하지 못했을 거야."

"……."

"에미라면, 아마 무사하다면 편지를 보낼 거야. 그래서 두 사람이 함께 있다면, 나는 상관없다고 생각해. ……빈스도 그걸 부정하는 건, 설마…… 설마 그러지는 않겠지?"

조금 책망하는 말투가 나왔다. 아니, 좀 더 책망해도 좋을 정도다. 두 사람이 서로 좋아하고 있었다는 건 본인 말고는 뻔히 보였으니까. ……아니, 빈스가 끼어들겠다고 생각한 시점에서 명확하게 알고 있었던 건 나뿐이었을 가능성이 있나.

러셀도 러셀대로 그렇게나 에미를 신경 쓰고 도와줬으면서 무자각 같았으니까. 뭐, 상담이라는 의미에서는 에미와 똑같을 만큼 나도 신경 써주기는 했지만.

……러셀이 나를 좋아했을 가능성? 없어없어. 그런 꿈은 빨리 깨는 게 좋다. 에미보다 공주님이 되다니, 그렇게까지 자만하지는 않는다.

"……그래, 역시 졌네. 에미는 러셀 거야."

여자아이를 자각 없이 누구 거라고 부르니까 빈스는 안 되는 거다. 적어도 러셀은 에미를 대등하거나, 어쩌면 자기보다 신분 높은 레이디로 존중하며 대하고 있었다.

한 번은 영웅담 토론에서『위기에 처하는 걸 보고 나서 도와주는 건 상대의 존엄을 상처입히는 게 아닐까?』라는 말을 들었을 때는, 너무나도 다른 배려의 레벨에 졸도할 뻔했다. 아무리 그래도 그건 역으로 화가 나서 러셀에게 손날치기를 날렸다. 그야 상대의 체면을 세워주는 것도 좋기는 하지만 말이지.

빈스에게는 러셀의 새끼손가락의 손톱 때라도 달여서 먹이고 싶다.

그나저나, 정말이지…… 에미도 에미다.

여자아이는 조금 빈틈이 있어서 손이 가는 덜렁이가 귀엽고…… 나도 러셀에게 몇 번이고 도움을 받은 적이야 있지만, 그래도 에미만큼은 아니다.

역시 그런 귀여운 아이는 이득을 본다.

……그리고, 소중한 소꿉친구에게 이런 천박한 생각을 하면서 귀여움은 조금도 남기지 못한 채 성장해버린 자신에게 혐오감이 들었다.

솔직히, 내게 에미의 절친이 될 자격은 없다고 생각한다.

그래서…… 그렇기에, 에미가 바라는 미래가 있다면, 나는 전력으로 그 미래를 지켜주고 싶었다.

분명, 러셀이라면 괜찮겠지.

공주님을 부탁해. 무자각 왕자님.

그런 생각을 곰곰이 하던 중, 빈스와 맞바꿔서 케이티 씨가 나왔다. ……변함없이 네글리제 차림으로 복도를 당당히 걸어왔다.

"일부러인가요? 옷은 제대로 입어주세요."

"미안해요. 목욕하고 나와서 옷을 입으면 아무래도 후끈후끈해서……."

음. 그렇게 말하면 반박할 수 없네…….

케이티 씨는 침대에 앉더니, 조용히 마법을 써서 젖은 머리를 말리기 시작했다.

……. ……어? **조용히** 마법을 써서 말리고 있다?

"케이티 씨. 지금, 뭘 하시는 거죠?"

"네? 평범한 생활마법인데요? 구두 영창이라면 《드라이》겠네요."

그 마법은 당연히 알고 있다. 마도사의 마법인데 현자인 내가 모를 리가 없다. 그게 아니라, 왜 당연한 듯이 『구두 영창』이라고 말을 고친 거지.

……아니, 그게 아니다. 지금 말투로 짐작하건대, 케이티 씨에게 목소리를 내지 않는 영창 지식은 『아는 게 당연』한 거다.

"아, 혹시 『무영창』 말인가요? 머릿속으로 집중해서 마법의 말을 발음하고 마력을 의식하면 할 수 있어요."

"……지도편달, 감사합니다."

"아뇨아뇨. 저도 확인이 부족했네요."

내가 모르는 지식을 태연하게 당연한 것처럼 말하고, 아까워하지도 않는다.

명백하게, 지식의 수준이 다르다. ……그래. 『수준』이다.

그저 지식량이 많은 것만이 아니라, 질도 높다. 회복술사의 중요성 이야기라든가 마왕 토벌을 위한 직업 구성에서 신관의 필요성. 그리고…… 마왕조차도, 마치 알고 있는 듯한 혼잣말.

즉…… 이 사람은, 『아는 게 당연한 것』의 수준이, 나보다

월등히 높은 레벨에 있다.

—자신이, 너무나 무능해 보였다.

하늘에서는 변함없이 비가 내린다.

날씨가 사람의 마음을 반영한다는 건, 그저 날씨에 영향을 받기 때문이라고 일컬어진다. 당연하다. 기후는 모두가 공유하는 것. 어느 개인의 것을 반영할 리가 없다.

……그래도, 지금은. 내 마음의 날씨가 현실과 연동하는 듯한 착각을 하게 되는 걸 부디 허락해줬으면 좋겠다.

태양의 여신은, 이런 내가 자신과 동등하게 서려고 하냐며 불손하다고 생각할까?

“그런데, 제 용건에 대해 이야기하기로 했었죠.”

맞다. 무영창 건은 접어두고, 케이티 씨의 용건에 관해 물어봐야 한다.

“아무리 저라도, 저 때문에 파티 멤버가 줄어든 것에 대해 책임감을 느끼고 있어요. 그래서, 성기사를 대신할 수 있을지는 모르지만…….”

성기사를, 대신한다고? 혹시…….

“제 친구를, 빈스 씨에게 소개하고 싶어서요.”

내 머릿속에서 경계의 뿔피리가 다시 울리는 소리가 들렸다.

케이티 씨의 친구? 혹시, 그 사람하고 계속 함께하고 있지 않았나? 어째서 이렇게 타이밍 좋게, 구멍을 메우듯이 나타나지?

우연? 아니면 계획대로? 설마…… 우연에 의한, 필연?

모르겠다…… 이 의문은, 나만이 막다른 골목에서 멋대로 혼자 바보처럼 헤매고 있는 건지, 그것조차 아닌지도 모르겠다.

자신이, 너무나 무능하게…… 그리고, 우스꽝스럽게 보였다.

곁에는 에미도, 러셀도 없다. 빈스에게는 미안하지만 상담해서 해결되리라고는 도저히 생각할 수 없다. 그건 마지막의 마지막이 되어서겠지.

그리고 나는, 지금 상황을 되짚어보고…… 자신이 기댈 만한 상대가 없어졌다는 걸 겨우 깨달았다.

하늘은 아직, 울음을 그치지 않았다.

05 세이리스스의 마왕, 그 능력과 성격

시빌라가 에미를 데리고 순회 중인 사이에 마법 연습을 해두자. 시빌라 덕분에 요 며칠 완전히 기력을 보충했다. 그만큼 노력해야겠지.

"먼저, 《다크 애로우》."

'……. ……《다크 애로우》'.

머릿속으로 시간차를 의식하며 화살을 날렸다.

오른손과 왼손에서 하나씩 검은 마력 화살이 발사되어 벽에 맞아 소멸했다.

"좋아. 문제없이 쓸 수 있군. 이후에는……."

나는 시빌라가 즉흥적인 발상으로 한 번 언급했었던 이중영창을 떠올렸다.

어둠마법을 사용하는 이상 남들 눈에 띄는 곳에서 연습할 수는 없었지만, 지금이라면 아무도 없는 이 공간을 마음껏 쓸 수 있다. 우선 손목을 조금 바깥 공기에 내놓고, 살짝 상처를 냈다.

"《다크 애로우》."

'《히, 일—'

내가 시험해본 것은 예전에 시빌라가 말했던 『공격마법과 회복마법의 동시 사용』이다. 쓸 수 있게 되면, 연전에 의한 부상과 피로라는 개념이 통째로 날아가게 된다.

먼저 사전 단계인 힐부터 연습해봤는데…… 어둠마법은 발동했지만, 손목의 상처는 낫지 않았다. 실패한 모양이다.

"금방 능숙해지지는 않나. 한 번 더. 후우……《다크 애로우》."

'……《힐》.'

다시 어둠마법이 벽으로 날아가는걸 지켜보면서 내 손목을 봤다. 작지만, 그러나 확실하게 냈던 상처가 사라졌다. 좋아…… 우선 제1단계 성공이다.

처음부터 완벽하지 않아도 된다. 착실하게, 한 발씩 전진한다면 반드시 마지막에는 결과가 나온다. 지금의 내게는 그걸 위한 길이 있다.

—그러니까 에미도, 그렇게 생각해줬으면 좋겠다.

완벽하지 않더라도 한 발씩 천천히, 우리 파티의 일원이 되어주면 된다.

에미가 나와 시빌라의 대화를 보고 있다고 느낀 것은 기분 탓이 아닐 거다. 아마 에미는 나와 시빌라의 호흡이 맞는 모습을 보고 생각하는 바가 있겠지.

내가 이 마법을 습득하려고 생각한 또 하나의 이유는, 에미가 꽤 무리하고 있어서 걱정됐기 때문이다. 내 엑스트라 힐은 스태미나 차지라는 피로회복 마법도 겸하고 있다. 조금 전에 사용했을 때 피로가 없어졌다고 신고한 건, 다시 말해서 **피로를 느끼고 있었으면서 말하지 않았다**는 거다.

피로가 쌓이면 위험하다. 가급적 에미는 제일 좋은 컨디션을 유지하기를 바란다.

밝고 느긋한만큼 기운찬게 에미의 장점이다. 마왕의 자폭을 맞은 직후 말 못 하는 에미 앞에서 느낀, 그 일상이 소리를 내며 무너지는 듯한 감각.

이제 두 번 다시 그런 경험은 하고 싶지 않다.

"《다크 애로우》."

'《엑스트라, 힐—'

머릿속에서 마법이 끊어지는 감각이 났다. 금방은 어렵겠지만, 최종적으로 엑스트라 힐 링크를 실패 없이 무영창으로 쓸 수 있게 되고 싶다.

그로부터 몇 번 연습해서, 엑스트라 힐을 몇 번에 한 번 정도는 발동할 수 있게 된 무렵에 플로어의 문이 열렸다. 순회가 끝난 건지 평소처럼 부담감 없어 보이는 시빌라의 표정을 보자 무사했던 것 같아서 한숨이 나왔다.

"하~이, 다녀왔어~. 귀가했다고~."

"그래, 어서 와…… 아니, 집이 아니라고."

"으음, 러셀이 있는 곳이 집이라고 해도 되지 않을까?"

내가 있는 곳이 집. 순간 그 관계를 상상했다가…… 내가 조금 말을 흐린 순간을 이 녀석이 놓칠 리가 없다. 꿍꿍이를 떠올렸다는 듯이 히죽히죽 죽으면서 내게 뺨을 들이댔다.

"……아! 어라아~? 혹~시, 혹시 쑥스러워? 시빌라와 러브러브한 망상을 해서 말을 흐렸어? 둘이서 한 지붕 아래에서 생활하는 걸 상상하고 쑥스러워하꺄앙!"

"너도 질리지를 않는단 말이지……."

매번 손날치기를 하면서 이렇게 말하기는 좀 그렇지만, 이 녀석은 나에게 얻어맞는다는걸 알면서도 장난을 친단 말이지……. 머리를 누르는 시빌라 옆에서 에미가 슬쩍 몸을 내밀었다. 머리를 이쪽에 돌리고는, 퉁명스러운 표정을 짓고 있다.

"응!"

에미의 눈이 『알아줘』라고 말하고 있다. 내가 당혹스러워하면서 손날치기를 날리자, 에미는 뺨의 힘을 풀면서 돌아갔다. 정말로 저래도 되는 건가……? 나는 오래 알고 지냈다고 생각한 너를 점점 알 수 없게 되고 있어…….

그나저나, 조금 전보다 두 사람의 거리가 가까워진 것 같다.

"시빌라. 에미와 뭔가 이야기라도 한 거냐?"

"응? 뭐~, 맞아. 에미하고 친해졌어. 그치?"

"네!"

에미는 시빌라에게 조금 전과는 명백하게 다른 미소를 보냈다. 그건, 친해진 것 이상으로…… 그래. 위태로운 면이 없는, 에미의 맑은 미소였다.

아아, 그런가. 그렇지. 고아인 이브가 품고 있던 사정을 바로 파악하고 도와줬던 네가, 나조차도 눈치챈 에미의 위태로움을 눈치채지 못할 리 없지.

에미는 기합이 충분하다고 말하려는 듯이 방패를 들고 플로어 너머의 문을 향해 걸어갔다. 나는 시빌라 옆으로 가서 작은 목소리로 말을 걸었다.

"시빌라, 고맙다."

"……다음에는 네가 도와주라고."

내가 하려던 말도 당연히 눈치 채고 있었나. 내 소중한 소꿉친구에 대한 것까지 눈치채주는 너는, 아무리 우쭐대더라도 배려심 많은 여신님이야.

그러나 에미에 관해서는 내가 더 오래 알고 지냈다. 믿음직한 파트너라고 해도, 양보하고 싶지 않은 것 정도는 있다. 다음에는 내가 도와줘야겠다.

에미가 방패를 들고 문을 열었다. 그 너머에는, 역시 아래로 가는 계단이 있었다.

"……자, 그럼. 제일 신경 쓰이는게 있는데…… 모두 알고 있겠지?"

"선행하던 파티가 상층에 없었던 것 말인가."

"응."

시빌라의 염려. 그건 이 『세이리스 제3던전』이라는 최고 난관 던전에서, 절대로 중층 이하로는 내려가지 않는 모험가 파티와 상층에서 만나지 않았다는 것이다.

"제3던전은 내가 예전에도 공략해서 실패한 적이 있어. 그때 조사했는데, 상층에 우회로는 없어. 있는 곳은, 막다른 길뿐."

"그렇다면, 틀림없이 중층에 있겠군."

시빌라가 고개를 끄덕이자, 에미도 진지한 표정으로 사정을 파악해서 아래로 가는 계단을 내려갔다.

"다음은 검은 고블린 혼성이 나타날거야. 러셀."

"알았다. 《윈드 배리어》."

"상층은 낌새를 보는 것도 겸해서 괜찮다고 판단했으니까 보고 있었지만, 에미도 만약을 위해 물리 방어 마법을 걸어 놔. 방패로 충격을 다 받아내지 못할 가능성도 있으니까."

"네! 그럼…… 《프로텍션》!"

에미가 그 방어마법을 발동했다. 그러자 노란빛이 에미의 몸을 덮었고, 그 빛은 곧바로 사라졌다.

내가 원했던 또 하나의 힘, 파티를 지키기 위한 방어마법이다. 부러우냐고 묻는다면, 그야 내가 가지지 못한 능력은 부럽다. 그러나, 그것뿐이다.

아마 시빌라는 내가 다치는 것을 과도하게 신경 쓸 필요는 없다고 말했겠지. 그렇다면, 나도 에미를 과도하게 걱정하는 건 실례일지도 모르겠다.

최상위 방어마법 2종은 누군가를 지키고 싶다고 바란 성기사인 에미를 위해 존재한다. 그렇다면, 에미 자신의…… 그래. 에미의 마음을 위해서라도, 에미가 써야 하는 마법이다.

"에미. 일단 설명하겠는데, 내 윈드 배리어는 투척공격과 공격마법을 어느 정도 튕겨내. 이중 영창을 했으니까 나름대로 괜찮을거다."

"그거 굉장하네……! 알았어, 고마워!"

감사를 표해야 하는 건 내 쪽이다. 성기사라는 거창한 직업을 받았는데도, 이런 부분에서는 착실한 것이 에미의 좋은 점이다.

계단을 내려가자 아까와 마찬가지로 최초의 적인 기간트가 나타났다. 에미가 앞으로 나서자, 눈앞에서 바람의 벽에 튕겨난 화살이 벽에 맞아 새된 소리를 냈다.

"검은 고블린이 있어. 보는 대로 러셀의 마법에 걸리면 대단하지 않고, 아무리 특수한 맹독이라도 단숨에 나아. 에미!"

"알겠습니다!"

에미가 기간트에게 몸통박치기를 하듯이 돌진해서 공격을 방패로 막았다. 물론 그러는 사이에도 오른손의 용아검을 사용한 공격도 늦추지 않았다.

어딘가에서 다른 파티와 마주칠지 모르는 이상, 아직 어둠 마법을 쓴다는 판단은 할 수 없다.

시빌라의 공격마법이 검은 고블린을 쓰러뜨렸고, 비교적 빨리 적을 전멸시켰다.

"좋아. 중층도 문제없네."

"네! 러셀의 방어마법이 꽤 강해서 감각적으로는 상층과 별로 다른 게 없네요."

"그 여유, 좋아. 이 계층에서의 기간트는 도중에 녹색에서 붉은색으로 변하며 강해지지만, 에미의 스킬이라면 괜찮을 거야. 부담 갖지마."

나는 만약을 위해 엑스트라 힐 링크를 써서 전원을 만전의 상태로 만들었다.

"……쉿."

시빌라가 갑자기 에미의 어깨와 내 소매를 붙잡았다. 뭔가 알아챈게 있는 모양이다.

"일단 말해두는데, 나는 사전에 색적용 마법인 서치 플로어 마법을 썼어. 레벨이 낮으면 범위가 좁으니까 예전에는 쓰지 않았는데……."

시빌라의 갑작스러운 마법 해설. 내가 그 이유를 질문하기 전에, 시빌라는 놀라운 행동에 나섰다.

"새로운 파티가 탐색을 나왔어—!"

이 마물투성이인 중층에서 느닷없이 고함을 지른 것이다. 나와 에미가 얼굴을 마주하며 놀라자, 바로 시빌라의 의도를 알게 되었다.

『……여기야……!』

확실히, 지금 작은 목소리가 들려왔다.

"좋아. 상대가 이쪽을 인식했어. 동업자끼리의 의미 없는 싸움이 걱정됐으니까, 이제 당당히 가면 돼."

나와 에미가 시빌라가 지시한 방향으로 함께 이동하자, 통로 구석에 좁은 입구가 있었다. 그곳에 웅크려서 들어가자, 작은 방 안에 찾고 있던 사람들이 있었다.

"사, 살았다……."

선행했던 모험가 파티 5인이 그곳을 일시 점거하고 있었고, 파티의 남자가 안심한 듯 중얼거리는 게 들렸다.

선행했다는 5인조 파티는 우리보다 나이가 한참 많아서 보기만 해도 베테랑 같은 풍모였다. 그러나 그 얼굴에는 명백한 피로감이 보였다.

시빌라는 내 시야를 가로막듯이 이동해서 이쪽을 봤다. 알고 있어. 이럴 때 멋대로 마법을 쓸 수는 없다는 거잖아? 교섭은 두뇌 담당인 너에게—.

"전부 맡기겠어."

"좋아."

하고 싶은 말은 전해졌겠지. 시빌라는 내 대답을 듣자 의기양양하게 웃고는 선행 파티를 돌아봤다. 조용한 공간이라 작은 목소리가 묘하게 크게 울린다.

"저기, 대장. 애들도 헤매다 온 거 아냐?"

마도사로 보이는 남자가 소곤소곤 말했지만, 이봐. 다 들린다고.

남자는 나와 눈이 마주치자 거북한 듯이 시선을 돌렸다. 살짝 어깨를 으쓱하며 눈을 돌리자, 옆에 있던 에미가 손끝으로 나를 찔렀다.

"지금, 시빌라 씨하고 무슨 대화를 했어?"

"회복과 치료에 관해서, 저쪽 파티와의 교섭은 시빌라에게 맡긴다는 의미였어."

"……용케 알았네?"

"왠지 모르게, 말이지."

에미는 「우~」 하고 신음하면서 옆으로 돌아왔다. ……뭐, 내가 봐도 묘하게 익숙한 대화였다고 생각한다. 뭐, 에미와 시빌라도 금방 저 정도는 될 수 있게 되겠지.

시빌라의 머릿속 생각까지는 모르지만, 시빌라가 지향하는 게 뭔지는 알기 쉽다. 『항상 최선의 결과』다.

"먼저, 파티의 리더는 누구야?"

"……나다."

30대 전반으로 보이는, 날카로운 표정의 전사가 손을 들었다. 시빌라는 파티를 스르륵 돌아보고는, 여성 한 명을 시선에 담았다. ……과연. 땀을 흘리고 호흡도 얕다.

"당신, 【어새신】이네. 검은 고블린의 독에 당한 게 아닐까?"

"……맞아. 용케 알아챘네."

"나도 바로 얼마 전에 검은 고블린의 독에 당했었거든. 그리고…… 이런 곳에 틀어박혀 나오지 못한 이유도, 그 독 때문이겠네."

남자는 묵묵히, 침통하게 시선을 내렸다. 그 표정이 시빌라가 말한 내용을 긍정했다.

"방어가 아니라 회피로 적을 끌어들이는 타입인 사람에게 움직임을 둔화시키는 독은 위험하지. 평범한 해독제는 통하지 않는게 검은 고블린의 독의 특징이고. 여기서 교섭인데. 보수, 어느 정도까지 낼 수 있어?"

"역시 그쪽 로브 차림의 남자는, 신관인가? 신기한 색의 로브군. 우리를 도와준다면…… 그래. 기간트의 귀 다섯 개, 어떠냐?"

"으음. 아래로 내려갈 거니까 태그 양도로. 당신들, 20개는 낼 수 있지?"

"아무리 그래도 그건 너무 손해야. ……10개면 어떠냐?"

"그걸로 타협하자."

조금 더 버틸 줄 알았는데, 시빌라는 바로 물러났다. 정면의 남자는 안심한 듯 탄식했다. 교섭을 마친 시빌라는 내 태그를 만졌다. 그곳에 나타난 건, 【성자】의 글자. 눈앞의 파티는 전원이 놀랐다.

"서, 설마, 진짜 【성자】……!"

"옆에 있는 아이는 【성기사】야. 우리는 하층을 목표하고 있거든. 헤매다 들어온 게 아니야."

그 사실을 전하자, 여검사로 보이는 사람이 마도사 차림을 한 남자의 머리를 찰싹 때렸다. 뭐, 그다지 신경 쓰지 않으니까 그쪽도 신경 쓰지 마.

"그럼, 러셀. ……**목소리를 내.** 꽤 많이 받았으니까, 회복해 줘도 좋아."

"알았다."

나는 여성 바로 옆에서 발을 멈췄다. 날씬한 몸으로 적의 공격을 끌어들여서 회피하려면 배짱이 필요하겠지. 움직임이 둔해졌을 때의 공포는 중기사와 비교할 수 없을 거다.

"이제 괜찮아. 《큐어》, 《엑스트라 힐》."

내가 가까이에서 마법을 사용하자, 【어새신】 여성은 눈을 깜빡이며 양손의 움직임을 확인했다. 일어나서 그 자리에서 가볍게 점프하고는, 허리를 낮추고— 시야에서 사라졌다.

발소리가 난 후방으로 몸을 돌리자, 이미 여성은 그곳에서 양손을 바라보고 있었다. ……이게, 제3던전에 들어온 회피형 미끼 담당인가. 역시 베테랑이라 그런지 어중간한 실력은 아니다.

"굉장해…… 굉장해! 독도, 상처도 없어졌어!"

"당신은 제일 많이 움직이겠지? 그렇다면, 그러는 편이 나아."

"감사합니다, 성자님!"

"내가 연하야. 호들갑스러운 경칭은 필요 없어. 대가를 받은 만큼 치료받았다고 생각하면 돼."

그 후 파티 전원에게 차례차례 감사의 말을 들었다. ……이렇게 모두가 어새신 한 명을 위해 연하인 내게 고개를 숙이고 있으니, 분명 좋은 파티겠지.

모두에게 인사를, 감사를 받은 기쁨과…… 아주 약간의 욱신거리는 감각을 받아들이던 중 시빌라가 손뼉을 쳤다.

"자자, 그럼 이야기를 정리하자. 먼저…… 어째서 당신들 같은 베테랑 파티가, 제3던전의 중층이라는 자살 지망이 될 법한 곳에 있는 거야?"

그건 나도 줄곧 신경이 쓰였던 참이다. 위기관리 의식이 강한 베테랑 파티가 어째서 이 계층에 있는가. 아래 계층으로 도망치다니, 보통은 있을 수 없는 일이다.

시빌라의 말을 듣자, 파티 다섯 명의 안색이 달라졌다. 조금 전까지 어새신 여자가 독으로 피폐해진 상태였던게 더 낫다고 생각될 정도의, 동요.

그 표정은『공포』에 물들어 있었다.

—뭔가, 미지의 적이 있다는 예감이 든다.

제3던전에 들어온 숙련자 5인조답지 않은, 거스를 수 없는 공포에 질려서 떠는 모습. 그 모습을 후배인 우리에게 숨기지도 않고 드러내고 있다. ……뭔가, 맹렬하게 불길한 예감이 든다.

리더 남자는 자기 무릎을 강하게 두드렸다. 그 순간 다른 사람들이 깜짝 놀라서 리더 남자를 주목했다. 시빌라는 팔짱을 끼고, 에미는 내 소매를 살짝 붙잡았다.

“젠장, 한심해. 하지만, 그건…… 그건 대체 뭐였냐고……!”

남자가, 이야기를 꺼냈다.

5인조 파티『질풍신뢰』는 세이리스에서도 이름이 알려진 파티였다. 전사 세 명과 마도사, 어새신까지 다섯 명으로 구성된 파티는 그 이름이 가진 이미지와는 반대로 신중한 파티다.

베테랑이란 어떻게 성공하느냐……가 아니라, 물러날 때를 어떻게 가늠하느냐가 중요한지를 아는 사람들이다. 물론 시빌라가 했던 말이다.

제3던전을 사냥터로 삼은 세이리스에서도 손꼽히는 베테랑들은, 오늘도 변함없이 제5층까지 가볍게 이동했다가 돌아올 생각이었다.

그러나, 거기서 생각지 못한 전개와 맞닥뜨렸다. 뒤에서 기습을 당한 것이다. 그쪽에 대처하면서 전원이 모여 문에 뛰어들었을 때, 눈앞에 거대한 푸른 기간트가 나타났다.

그 기간트는, 손바닥을 위로 들고는 어렴풋한 빛을 발했다.

"기간트 플로어 보스, 원거리 공격 타입이네."

"……그런가?"

"왜 당신이 거기서 되묻는 거야."

시빌라의 의문은 지당하다. 상층 플로어 보스가 없었으니까, 『질풍신뢰』가 쓰러뜨렸을거다. 당연한 지적을 하자…… 갑자기 다섯 명이 새파란 표정으로 아래를 바라봤고, 여자는 입을 손으로 가렸다. 다음 말을 재촉하듯이 시빌라가 턱짓을 보내자, 남자는 잠시 신음한 뒤에 결의한 듯이 그 말을 꺼냈다.

"……전신이 새까만…… 남자, 같은 게 나타나서, 플로어 보스를 쓰러뜨렸다."

그 순간, 시빌라는 팔짱을 낀 채 그쪽으로 고개를 돌렸다. 아무리 시빌라라도 지금 정보를 듣고 놀랐는지 눈을 크게 떴다.

나도 짐작 가는 게 있다. 하지만, 설마 이런 얕은 곳에서, 나왔다고……?

"그 녀석이, 갑자기 말을 걸어오더군."

—최근, 정말로 한가하단 말이죠. 이제 플로어 보스는 없으니까, 당신들은 중층으로 내려가세요.

—내려가고 싶지 않다?

—그렇다면, 나의 놀이 상대가 되어주시죠. ……아아, 그래도 당신들은 존재가 싸구려 같네요. 싸구려는 싫으니까 말이죠…… 어새신 같은 더러운 직업을 데리고 있는 범인 집단이니까.

—아아, 한탄스럽네요…… 긍지 높은 존재, 오리할콘 검을 든 용사나 미스릴 검을 든 성기사가 나타나지 않을까요?

"갑자기 그런 말을 늘어놓더군…… 우리는, 아무튼 눈앞의 존재에게서 도망치고 싶어서 전원 전력으로 중층으로 달렸다. 적어도 플로어 보스를 혼자서 쓰러뜨리는 녀석을 우리가 상대할 수 없을 것 같았으니까. 뒤에서 남자의 귀에 거슬리는 웃음소리를 들으면서—."

그 이야기를 가로막은 시빌라가 강한 어조로 확인했다.

"이제 됐어. 전신이 새까맣다기보다는, 얼굴까지 전신이 검은 안개로 흐릿하게 뒤덮인, 그림자 같은 녀석이지?"

"……앗! 그, 그거다! 그 녀석이야! 어째서 아는 거냐?!"

"그게 『마왕』이니까. 우리…… 다시 말해 【성기사】와 【성자】가 있는 파티가 노리는 진짜 사냥감이야."

틀림없겠지. 베테랑 파티는 처음으로 알게 된 마왕의 정보에 놀랐다. 그러나 그 얼굴에는 조금 전까지 보이던 공포의 표정은 없었다.

—그 얼굴의 변화를 보고, 문득 내 기억의 문이 열렸다.

그건 언제였을까. 자넷에게 어떤 책을 소개받았을 때였다. 그 책의 지식도 흥미로웠지만, 문득 나는 자넷에게 떠올랐던 의문을 부딪쳤다.

『자넷은, 어째서 책을 잔뜩 읽는 거야?』

그 질문의 대답은, 지식을 얻는 게 즐겁다는 것, 이야기를 읽는 게 즐겁다는 것, 아무도 모르는 걸 자신만 안다는 게 기분 좋다는 것 등등 다양한 이유였다. 물론 그저 책을 읽는 걸 좋아한다는 것도 이유 중 하나다.

그중 하나에, 이런 게 있었다.

『모르는 지식, 미지의 정보. 그런 것이 있다는 게 무서워.』

『어째서?』

『……지식이 없는 탓에, 돌이킬 수 없는 실패를 저지를지도 모르니까. 그 밖에도, 내가 어떻게 해야 좋을지 방법을 모르는 상황이 눈앞에 나타난다고 상상하니까…….』

그건 자넷의 본심이었겠지. 우월감 이상의 공포. 지식이 있다면 성공할 상황에서, 지식이 없었을 경우…… 미지의 상황에 어떻게 대처해야 좋을지 알 수 없다는 상상—.

당연하지만 마왕은 강하고, 싸우면 무섭다. 그래도, 분명 사람은 『마왕이라는 걸 모르는』 것보다는 공포감이 누그러들 거다.

"진짜 사냥감…… 과연. 당신들은 마왕에게도 대항할 힘이 있다고, 그렇게 말하는 건가."

"물론이지. 자살 지망인 건 아니고, 실력에 자신감이 있는 녀석일수록 신중하게, 물러날 때를 가늠해서 살아남을 방법을 확실하게 생각한다…… 그렇잖아?"

시빌라가 농담 삼아 말하자, 처음으로 눈앞의 파티에 여유로운 미소가 생겨났다.

"일단은 우리와 함께 이동하자."

"미안하다. 부탁하지."

얼추 정보 교환을 마친 우리는 파티로 뭉쳐서 위쪽 플로어까지 이동했다. 그동안 마물이 나타나지 않은 데다, 플로어 보스도 없었기에 안전하게 제5층까지 돌아올 수 있었다.

"이 너머에 샛길이 있어서 협공을 당했지 뭐야."

"과연…… 우리의 경우는 조금 달랐어. 습격해온건 뒤쪽에서, 네 마리가 한 번에 나오더군. 그래서 위험하다고 판단해서 앞으로 나아갔지."

"그랬어? 흐으응…… 참고가 되네."

시빌라는 조금 말을 흐리고는, 그대로 5인조 파티 『질풍신뢰』를 배웅했다. 에미가 안심한 듯 숨을 크게 내쉬었다.

"하아…… 긴장했다아. 걱정이었는데, 무사해서 다행이네."

"그래, 이후는 아마 괜찮겠지. ……시빌라?"

나는 에미와 안도의 한숨을 내쉬고 있었지만, 시빌라는 조금 전부터 입가에 손을 대고 계속 고민에 잠겨있었다. 이렇게 고민하는 모습은 드물다.

"……백어택? 우리에게는 상층 마물답지 않은 협공을 했는데, 백어택 온리?"

"그게 어쨌다는거냐?"

"……적어도 네 마리가 동시에 공격한 것은 우연치고는 너무 과하다고 생각해서."

그 말을 듣자, 나는 그 파티가 안고 있던 불안감이 마치 내게 덮쳐오는 듯한 착각을 느꼈다.

"무엇보다도…… 나는 몰라. 『마계』가 아닌 곳에서 튀어나오는 마왕의 존재를.”

그 말을 들은 순간, 오싹 소름이 돋았다. 내가 아는 사람 중 제일 박식하다고 생각하던 시빌라가 『모른다』라고 말한 것에 내 몸이 이렇게까지 반응할 줄이야.

—아아, 그래. 이게 자넷의 마음이었던 건가.

가장 많은 지식을 가졌기에, 지식으로 의지할 수 있는 상대가 없는 『미지에 대한 공포』라는 감각. 그 녀석은 줄곧 이런 마음을 품으면서 우리를 위해 지식을 쌓아온 건가.

……정말로, 굉장한 녀석이다.

이런 감각에 빠지는 걸 보면, 알게 모르게 시빌라에게 너무 의지하는 부분이 있었던 걸지도 모른다. 이번에는 전원이 함께 이 공포를 극복하자. 괜찮다…… 지금의 우리는 서로를 보완하고도 남을 힘이 있다.

나는 시빌라의 말을 들으면서 아직 보지 못한 마왕과의 싸움을 의식했다.

선행 파티였던 『질풍신뢰』를 배웅한 우리는 다시 중층에 발을 들였다. 시빌라는 플로어 보스용의 넓은 공간에서 잠시 천장을 신경 쓰고 있었지만, 바로 시선을 돌렸다.

다시 윈드 배리어를 치고, 에미를 선두에 세운 채 시빌라의 지시에 따라 제6층을 나아갔다.

화살이 내 마법에 튕기는 소리가 들리면서 에미가 방패를 들었다.

믿음직한 소꿉친구의 등을 바라보던 나는, 시빌라에게 힘껏 등을 얻어맞았다.

"윽, 뭐냐?"

"슬슬 진가를 발휘해줘야겠다고 생각해서 말이지!"

어깨를 으쓱하며 말한 시빌라에게 「당연하지」라고 대답한 나는 들고 있던 검을 내렸다.

에미가 순간 이쪽을 바라봤지만, 그래도 적의 움직임을 확실하게 파악해서 기간트의 곤봉을 막아냈다. 그대로 기간트를 향해 검을 내리쳐서 손목을 일격에 잘라냈다. 그 손이 지면에 떨어지기 전에 방패가 빛나면서 거구를 날려버렸다.

역시 대단하다. 기간트가 주로 쓰는 팔을 한 손으로 든 검의 일격으로 날려버리다니, 컨디션이 좋은 에미는 정말로 강하다. 그렇다면…… 나도 질 수는 없겠지!

"……어, 러셀?!"

에미는 후위인 내가 자기 옆에 나타난 것에 놀라면서도 방패를 들고 앞을 경계했다. 기간트가 날아가고, 검은 고블린의 화살이 윈드 배리어 마법 덕분에 내게 닿지 않는다면, 이제 위험은 없다. —겨우, 내 차례다.

"《다크 스피어》."

나는 왼손을 들고, 아드리아 던전에서 몇 번이고 사용한 마법을 이중 영창으로 쐈다.

내 손에서 발사된 어둠의 공은, 마침 에미에게 맞고 날아가서 막 일어나려던 기간트와 충돌했다. 그리고 맞은 순간, 검은 파문이 광범위하게 퍼졌다.

"《다크 스피어》."

그리고 곧바로 한 발 더 쐈다. 당연히 이것도 이중 영창이다.

이건 다크 스피어의 폭풍이 다크 애로우 정도의 대미지를 광범위로 준다는 걸 이해한 상태에서, 한 번으로는 쓰러뜨리지 못하는 검은 고블린을 청소하기 위함이다.

이중 영창이라 위력도 나온다. 두 번 맞았다면 아마 괜찮겠지.

"시빌라, 반응은?"

"주변에 서치로 포착된 적 없음. 완벽해. 이중으로 다크 스피어 두 번, 합계 네 번이네. 수고했어."

"문제없어. 앞으로 천 번은 여유로우니까."

"……네 마력량은 변함없이 정말 무지막지하네."

시빌라가 가죽 글러브로 주먹을 쥐는 걸 보고, 나도 주먹을 부딪쳤다.

나의 그런 모습을 멍하니 바라보던 에미는 뭔가 깨달은 듯이 자기도 내게 손을 내밀고는 주먹을 쥐었다. 그 손을 똑같이 툭 두드리자, 에미는 놀란 듯 소리를 질렀다.

"……아니아니?! 어, 지금 그거 뭐야?! 뭔가 검은 게 확~ 하고 퍼엉~ 하고!"

그 반응을 보고 무심코 시빌라와 눈을 마주쳤다. 그런가. 에미가 내 어둠마법을 보는 건 이게 처음이었겠지. 놀라는 것도 당연한가.

"미리 말해두긴 했지만, 이게 【어스름의 마경】이 사용하는 암속성 공격마법이야. 상대의 방어력과 마법 방어를 무시하고 마물에게 대미지를 줄 수 있지."

에미는 내 설명을 듣고는 얼굴에 기쁨의 색을 드러내며 펄쩍 뛰었다.

"괴, 굉장해 굉장해! 굉장해 러셀! 진짜로 공격마법이구나!"

"그래, 말했잖아? 어둠마법은 모든 마물의 방어를 깨부수는 힘이 있어. 그러니까, 에미가 적을 확실히 막아주기만 하면, 마지막에는 반드시 내가 적을 쓰러뜨릴 수 있어."

"응! 믿고 있을게!"

에미는 마치 자기 일처럼 내 능력을 기쁜 듯 들어줬다. 아아…… 이렇게 내가 강해진 것을 진심으로 기뻐해 주는 상대가 있다는 건, 좋구나.

앞으로는 에미의 뒤에서 보고만 받는 나날을 보내지 않아도 된다. 공격을 받아내는 에미를, 내가 마물을 쓰러뜨려서 지켜줄 수 있다. 그건, 마물의 공격을 나 대신 받아주는 에미를 위해 내가 제일 바라던 힘이나 다름없다.

이제야 나는 진정한 의미로 에미와도 콤비를 맺게 되었다고 생각한다. 역시, 이 힘을 준 시빌라에게 감사해야겠지.

우리는 그로부터 아래로 아래로 계속 내려갔다. 마물은 서서히 숫자가 늘어서 다수의 기간트와 검은 고블린이라는 구성이 되었고, 거기에 마법까지 날리게 되었다

그러나 에미의 방어는 강하고, 동체시력도 발군이다. 이브

가 나에게 소매치기를 했을 때 순식간에 제압했을만하다.
화살도 마법도 닿지 않는 이상, 이후에는 기간트의 공격을 막기만 하면 대처할 수 있다.
『브아아아아아!』
나는 기간트의 비명을 들으면서 가차없이 마법을 퍼부었다. 에미가 마법에 맞지 않게 주의해야 한다. 다크 스피어의 폭풍에 얻어맞으면 방어력이 높은 에미라도 대미지를 입고 마니까.
"괜찮아?"
"응! 고마워!"
상황에 따라서는 다크 재블린으로 전환해야겠다고 생각하면서, 우리는 마물을 토벌해나갔다.

제9층까지 내려오자, 기간트의 색이 보라색으로 변했다.
"에미, 조심해. 저건 강해."
"알겠습니다. 《프로텍션》."
에미가 준비를 마치고 보라색 기간트의 공격을 받아냈다.
"으……! 무겁……지만, 괜찮아……! 영차!"
그리고 에미는 방패를 빛내면서 상대를 날려버렸다.
녹색 기간트와 마찬가지로, 보라색 기간트도 에미의 능력이라면 받아낼 수 있는 건가.
"굉장하네, 에미! 좋아, 우리도 힘내자!"
"맡겨둬!"
나와 시빌라는 한층 더 기세를 올려서 마법을 연발했다. 보라색 기간트는 역시 체력이 많았지만, 그래도 아드리아에서 하층의 적을 몇 번이고 토벌해온 내가 쓰러뜨리지 못할 정도는 아니었다.

"방어력이 낮고 체력이 무식하게 높으니까 성가시네."

"그런가. 내 어둠마법이 시빌라의 마법과 큰 차이가 없는 대미지를 내고 있어."

"응. 원래는 리빙 아머가 더 강하겠지만, 러셀에게는 기간트가 더 튼튼해 보이겠지. 반대로—."

시빌라는 에미의 오른손에 있는 검을 봤다.

"에미에게는, 방어력이 낮은 기간트는 충분히 공격이 통하는 상대야. 그러니까 방패를 양손으로 들지 않으면 받아낼 수 없는 수준이 아니라면 팍팍 공격해도 괜찮아. 뭣하면 쓰러뜨려도 괜찮으니까."

"네. 맡겨주세요!"

에미의 믿음직한 말을 들으면서, 우리는 제9층, 그리고 제10층까지 내려왔다.

상층과 크게 다르지 않던 중층 탐색은 다음 플로어 보스 문에서 끝을 맞이했다.

"잠깐 기다려."

커다란 문 앞에서 멈춘 시빌라는 품에서 포션을 꺼내 마시기 시작했다.

"왜 그래?"

"……아니, 그냥 마력 소모가 심해서. 만약을 위해 마신거야. 아직 여유는 있지만, 에미는 괜찮아?"

"네. 방어마법 정도밖에 쓰지 않았으니까 괜찮아요."

여유가 있어 보이는 에미의 모습에 안도하고 있는데, 시빌라가 눈을 반쯤 뜨고는 말했다.

"……어둠마법은 불마법보다 최저 두 배, 많은 녀석이라면 같은 위력이라도 열 배 정도 더 마력을 소모하는데, 러셀은 전부 이중 영창으로 연발하는 데다 쓰러뜨린 뒤에는 매번 엑스트라 힐을 전체화(링크)로 쓴단 말이지. ……너, 진짜 뭐 하는 녀석이야."

"고아원 출신의, 그냥 고아인데."

"알고 있어. ……정말, 이런 우수한 아이를 버리다니. 부모도 후회하겠네."

시빌라가 문득 솟아난 의문의 말을 늘어놓자 나와 에미는 저도 모르게 시선을 마주쳤다. 그러나 시빌라는 바로 손뼉을 쳤다.

"자, 그럼. 마음을 다잡고 가자. 이 앞이 플로어 보스야."

"그래. 적의 정보는?"

"기간트. 빨갛고 커다란 녀석. 그래도 굳이 따지자면 얕은 언덕 좌우에 배치된 검은 고블린이 성가셔. 나와 러셀이 그쪽을 먼저 처리할게. 오케이?"

"알았다."

세 사람은 고개를 끄덕였고, 에미를 선두로 해서 보스 플로어에 발을 들였다.

정면의, 커다란 붉은색 기간트. 기간트 자체가 크다는 걸 감안하더라도, 명백하게 조금 전의 보라색보다 훨씬 큰 모습이다.

거대한 곤봉을 오른손에 들고, 이쪽의 모습을 확인하더니 천천히 들었다. 그리고, 시빌라가 가르쳐준 대로 배치되어 있던 검은 고블린이 이쪽에 무기를 들기 전—!

"《다크 스피어》……."

'……《다크 스피어》.'

—열심히 연습해서 쓸 수 있게 된 연속 다크 스피어를 양손에서 꺼내서 좌우에 있는 검은 고블린에게 꽂아 넣었다! 사전에 어디에 있는지 알고 있다면 쓰러뜨리는 건 쉽다.

에미는, 방패를…… 비스듬히 들고 있어?

"러셀, 굉장해…… 성자만으로도 사실 굉장한데, 벌써 마법이 그렇게까지 능숙해지다니……! 나…… 이대로는 안 돼! 나도, 성장한 러셀의 옆에 나란히 설 수 있게……!"

에미는 붉은 기간트가 들어 올린 곤봉을 응시하고는, 그게 떨어지는 순간, 놀랍게도 옆으로 후려쳤다.

"타앗!"

『—큽!』

다른 방향에서 급격하게 힘이 실리자 플로어 보스의 자세가 무너졌다. 물론 그 빈틈을 놓칠 에미가 아니다. 곤봉을 튕겨내서 쭉 뻗은 팔을 향해 검을 힘껏 내리쳤다.

『브아아아아아아아!』

"통하고 있어……! 할 수 있어!"

그로부터 에미는 계속해서 상대의 공격을 걷어내면서, 때로는 회피하면서 대미지를 착실하게 가했다.

"에미, 튼튼하기만 한 게 아니라 움직임도 민첩해서 굉장하네! 요새 탱커가 회피 탱커도 가능하다니, 재도 터무니없어!"

시빌라조차도 그 굉장함을 보더니 흥분을 억누르지 못한 모양이다. 굉장하구나, 에미. 나도 시빌라를 이렇게까지 흥분하게 만든 적은 없지 않았나? 정말로, 눈부시네……. 하지만, 이제 비굴해지지는 않는다. 나는 네가 소꿉친구라는 걸 자랑스럽게 생각하고 있어.

"러셀, 우리도 질 수는 없어! 모처럼 표적이 커다라니까, 마음껏 마법을 먹여주자고!"

"알았다! 《다크 재블린》!"

나와 시빌라의 공격마법을 맞았지만, 플로어 보스가 이쪽을 돌아볼 기색은 없었다. 에미가 시선을 끌고 있기 때문이다.

이윽고 움직임이 둔해진 붉은 기간트가 무릎을 꿇었고, 에미의 검이 머리를 꿰뚫었다.

"아, 레벨 올랐다."

에미의 아무렇지도 않은 한마디가, 보스 토벌의 성공을 알렸다.

"좋아좋아! 쾌승! 저번보다 엄청 여유로웠네!"

문득 시빌라가 한 말이 신경 쓰여서, 나는 그 의문을 부딪쳤다.

“전에도 온 적이 있다고 했는데, 저번에는 어땠던 거냐?”

“수순은 똑같았지만, 속도가 엄청 달라. 【어스름의 마경】 중 한 명이었는데, 저번에는 이렇게 잘 풀리지 않았거든. 그는 몸을 내던지는 스타일이었고—.”

시빌라는 이전 어스름의 마경 이야기를 하던 도중에, 갑자기 눈을 크게 뜨고는 얼어붙었다. 갑작스러운 태도 변화여서, 근처로 돌아온 에미와 함께 시빌라의 시선을 따라갔다.

“—정말로 근사하군요! 그 검의 광채는 미스릴이지 않습니까! 이야아, 고가! 미려! 휘황란란하군요! 근사해요! 근사해요!”

검고, 흐릿한 인간형 실루엣에, 붉은 안광. 잊을 리 없는 특징적인 용모. 너무나도 특징적인 그 모습을 처음 봤을 때의 감정은 잊을 수가 없다.

—그렇기에, 나는 가장 먼저 에미의 곁으로 달려갔다.

“앗, 러셀……!”

나는 에미에게 다가가서 어깨를 두드려 이쪽을 보게 했다.

“저 모습에 너무 신경을 빼앗기지는 마.”

“……아!”

“괜찮아. 나는 두 번째고, 시빌라는 더 많이 만났을 테니까.”

에미가 고개를 끄덕인 것을 확인한 동시에, 옆에서 「으음……!」 하고 신음하는 목소리가 들려왔다.

“이게 어떻게 된 거죠…… 설마, 설마 저속함, 촌스러움, 비천함의 극치인 머더러가 【성기사】 옆에, 하물며 파티를 맺고 있다니. 말이 안 되잖아요……?"

"머더러?"

"당신 같은 어둠마법사, 어스름의 노예들 말입니다. 그리고…… 뒤쪽의 여자, 당신의 얼굴은 한 번 본 적이 있어요."

마왕의 시선이 시빌라에게 향했고, 본인은 미간에 주름을 잡으며 혐오감을 드러냈다.

"칫, 엿보고 있었나. 악취미네."

마왕이 오른팔을 앞으로 내밀었다. 그 순간, 내 몸을 당기는 감촉이 강하게 느껴졌고…… 순식간에 마왕의 모습이 작아졌다. 직후 빠킹 하는 소리가 근처에 들렸다.

그 방향을 보자, 에미가 내 몸을 안은 채 방패를 들었고, 바로 뒤에는 시빌라가 있었다. ……그런가. 지금 한순간에 적의 공격을 감지해서 시빌라와 나를 지키기 위해 움직인 건가.

"미안, 덕분에 살았다."

"아, 아냐! 나야말로 함부로 안아서 미안!"

에미는 마왕에게서 시선을 떼지 않은 채 내게 답변 대신 고개를 끄덕였다. 방패 바로 밑에는 깨진 얼음이 있었다. 그런가. 이 녀석은 빙속성 마법을 쓰는 건가.

"으음…… 정말로 모르겠군요. 성기사인 당신, 뒤에 있는 여자는 당신을 허가 없이 멋대로 바꿔버릴 수 있는 야비한 여자라고요? 태양의 광채를 얻었으면서, 어째서 그런—."

"그렇지 않아!"

에미가 큰소리로 마왕의 발언을 가로막았다. 그 표정은 평소의 에미에게서는 생각할 수 없을 만큼 사나운, 분노의 표정이었다.

"시빌라 씨는, 시빌라 씨는 굉장히 다정한 사람이야! 나를 굉장히 잘 대해주고, 사실은 안 해도 되는 배려도 해주고, 게다가, 게다가! 고아인 아이도 만난 당일에 도와주고…… 정말로 굉장하고, 멋있어서……. 나, 러셀의 곁에 계속 있고 싶은데도, 열등감을 느낄 만큼, 모든 게 멋져서……."

"에미, 당신……."

처음으로 에미의 본심 어린 생각를 듣자, 시빌라조차도 놀라서 눈을 깜빡였다. ……에미, 너는 정말로…… 그저 밝기만 한 게 아니라, 상대의 좋은 점을 알아보는 부분도 뛰어난…… 태양 같은 여자야.

—네가 그렇게나 노력한다면, 지금부터는 내가 앞에 나서야겠지.

"고아라고요오?!"

마왕이 경악한 표정으로 외쳤다.

"꾀죄죄한 어린애 아닙니까! 싸군요, 너무나도 싸요! 그런 존재에 정신이 팔리는 건 재미가 없네요!"

"흥, 스스로 진실을 말해버렸나."

"……뭐라고요?"

마왕의 눈이 나를 바라봤다. 에미가 나를 감싸려 했지만, 그렇게 몇 번이고 보호받을 있을 수만은 없지. 나는 에미를 살짝 손으로 밀면서 한 발 앞으로 나왔다.

"【성기사】의 찬란함을 무척이나 좋아하는 모양인데…… 너는 아까부터 정말 재미없고, 시시껄렁한 소리밖에 말하지 않는군."

"……."

붉은 눈이, 나를 품평하듯이 가늘어졌다.

아아, 그래. 너는 그렇게, 우리를 **품평**하고 있는 건가.

"너의 흥미는 내면이 아니라, 겉모습이 고가인가 저가인가. 그것밖에 흥미를 보이지 않고 있어."

"……."

"고아라. 고아의 내면이 어떤지는 흥미도 없이, 그저 고아는 돈이 없으니까 마음에 안 든다. 그것뿐이잖나? 칭찬하는 말이 어딘가 얄팍해."

"……어스름의, 권속 주제에 대단히 거창한 말을 하는군요. 좀 더 원한을 품고 덮쳐오는, 어둠에 마력을 모조리 잡아먹혀 홀렸다고 생각하고 있었는데 말이죠……."

어둠에 마력을 모조리 잡아먹힌다고? 아직 나의 내면에는 【성자】의 힘이 남아돌고 있다. 모조리 잡아먹지 못한 건, 어둠 마법이라는 녀석이 소식이라 그런 게 아닐까?

"공교롭지만, 이래봬도 정상이라서. 『어스름의 여신』이 진심으로 권속을 만들 작정이었다면, 【성기사】는 벌써 바뀌었을 거다. 그러나, 그렇게 되지는 않았지. 그렇지?"

"그 여자를 무척 믿고 있나 보군요."

"머리 회전 속도가 다르거든. 너처럼 머릿속이 염가(치프)인 건 아니라는 거겠지?"

마왕이 말없이 마법을 갑자기 날린 순간, 에미가 앞으로 나와서 마법을 튕겨냈다. 그 기습을 보자…… 설전의 여신 시빌라가 히죽히죽 웃으며 끼어들었다.

"핫, 좋네. 반박하지 못하고 먼저 손이 나가다니, 설전에서 완전히 져버렸다고 스스로 인정한 셈이지~?"

"……."

"그렇다면! 자기가 무식하다는 걸 자각하고 있다는 증거겠지. 으음…… 아드리아의 던전 메이커보다 바보인가?"

마왕은 전신이 시커먼 안개에 뒤덮여 있으면서도 명확하게 짜증이 났다는 분위기였다. 이거야 원, 역시 시빌라다. 아픈 점을 도려내는 게 능숙하다…….

"게다가 에미도 고아거든."

"뭐라고요?!"

지금까지 슬금슬금 끓어오르는 분노를 드러내던 마왕이, 시빌라의 마지막 말을 듣자 갑자기 폭발했다. ……아아, 그런가. 이 녀석이 반응하는 부분은 결국 그건가.

"에미는 고아원 출신이고, 부모의 얼굴도 모른 채 【성기사】가 된 아이야. 그래도, 그런 부분이 귀족 용사 같은 것보다 훨~씬 근사한—."

"하아…… 뭔가 의욕이 없어지는군요……."

마왕은 갑자기 어깨를 떨구고는, 문을 향해 등을 돌리고 걸어갔다.

……응? 지금 혹시 기회인가?

'《어비스 네일》.'

나는 뒤에서 마왕을 향해 가차 없이 마법을 날렸다. 뒤를 돌아봤다는 건, 떠나려고 한다는 거겠지. 방심한 게 잘못이니까. 나는 그 빈틈을 놓칠 만큼 어설프지 않다.

그러나—.

"역시 비열, 저속. 아름답지 않군요…… 싸구려 남자는 역시 싸구려에요."

—마왕은 내가 뒤에서 날린 무영창 공격을 가볍게 회피했다. 설마…… 말도 없이 기습한 거였는데?

"당신들. 최하층까지 내려와 보시죠. 그때 비천한 고아답지 않은 강함을 발휘한다면…… 놀 보람이 있다고 판단하고 나의 심심풀이 상대로 삼아드리죠. 아아, 싸다 싸……."

마지막으로 그 말을 남긴 채, 마왕은 다시 등을 보이고 방에서 나갔다.

……역시, 이후에 다시 마법을 날릴 생각은 들지 않았다.

마왕이 완전히 방에서 사라진 순간을 보자, 가장 먼저 에미가 성대하게 숨을 내쉬었다.

"하아~, 긴장했다아……! 저게 마왕이야?! 그보다 진짜로? 러셀은 저걸 쓰러뜨렸어?! 너무 무섭지 않아?! 솔직히 나는 쓰러뜨릴 생각이 안 들— 후앗?!"

긴장에서 해방된 에미는 지금까지 계속 침묵하던 분량까지 내뱉으려는 듯이 내게 말을 늘어놓았다. 그런 에미의 말을 가로막은 건, 시빌라의 갑작스러운 포옹이었다.

시빌라가 갑자기 지금까지 하지 않던 행동을 보이자, 에미는 눈을 깜빡이며 놀랐다. 아니, 에미. 이쪽을 보지 마. 나도 몰라.

"……에미."

"네……."

키가 큰 시빌라에게 안긴 에미는 당혹스러워하며 대답했다. 시빌라는 에미에게 얼굴을 내밀더니…… 있는 힘껏 머리를 마구 쓰다듬기 시작했다.

"정말~! 왜 이렇게 귀여운 거야! 이 시빌라도 조금 두근거렸지 뭐야!"

"저, 저기, 저기저기 그게, 저기."

"마왕을 상대로, 나를 위해 그렇게까지 말해주다니! 아~ 정말~, 얘 너무 좋아~!"

시빌라는 완전히 에미가 마음에 들었는지 계속 머리를 쓰다듬으면서 활짝 웃으며 뺨을 비벼댔다. 에미는 완전히 「하와와……」 하고 쑥스러워했다.

그야 뭐, 그 외침은 굉장했지. 나도 에미가 시빌라를 모욕하는 말에 그렇게까지 화를 낼 줄은 몰랐으니까 놀랐다.

"러셀도 에미의 귀여움을 본받으라고~. 정말이지, 어째서 똑같은 곳에서 자랐는데 이렇게나 다른 걸까~."

"주로 너 자신이 저지른 짓 때문이다만……."

"흐~응. 러셀은 에미만 감싸주고 참 슬프네~. 특히…… 이거라든가."

"하힉?!"

에미는 시빌라가 손목을 만지자 움찔 떨었다. 시빌라가 만진 것은 갑옷이지만…… 이거, 틀림없이 눈치챘군.

"저기저기, 왜 러셀은 나한테는 아~무것도 안 주는 걸까?"

"어, 러셀. 혹시 시빌라 씨한테는 아무것도 안 사줬어?"

"안 사줬지. 에미뿐이야."

"어…… 에, 에헤, 에헤헤, 으헤헤헤, 그렇구나아~."

그 사실을 전하자, 에미는 시빌라의 품속에서 얼굴을 한심하게 풀고는 유감스러운 목소리를 내기 시작했다. 반면, 시빌라는 퉁명스럽게 미간에 주름을 잡았다.

"……에미의 행복해 보이는 얼굴은 귀엽지만 무한하게 분한걸."

시빌라가 완전히 나를 책망하는 표정을 짓자, 어제 일을 떠올리고 머리를 눌렀다…… 이 녀석, 완전히 자기에게 불리한 부분만 잊어버렸잖아…….

나는 팔짱을 끼고 시빌라를 봤다. 시빌라도 지지 않겠다는 듯이 나와 똑같은 포즈와 표정을 지었다.

"에미. 고아인 이브를 무사히 도와줘서 다행이라고 생각해?"

"어? 다, 당연하지? 러셀은 시빌라 씨의 대응에 뭔가 불만이라도 있어?!"

나는 에미를 가만히 바라보면서…… 한숨을 내쉬며 그 이유를 대답했다.

"……애초에 그 은화 주머니는, 누구 거냐?"

"앗."

에미가 시빌라 쪽을 바라본 순간, 그녀는 고개를 돌렸다. 역시 기억하고 있었잖아.

"시, 시대는 무현금 거래야…… 나도 내 돈을 내고 싶었지만, 은화 같은 건 굳이 수중에 가지고 있지 않는다고. ……괜찮잖아. 이브는 도와줬으니까!"

"물론, 나는 시빌라가 은화 주머니를 쓴 것에 감사하고 있고, 내가 무언가에 사용하는 선택보다는 낫다고 생각하고 있어. 잘해줬어."

"그럼 왜 그 이야기를 들춰낸 거야."

"뭐, 시빌라에게 장신구를 사주는 것보다 단연 나은 선택을 했다고 생각했을 뿐이야."

"끄엑……."

풀썩 고개를 떨군 시빌라를 보고 문득 깨달았는데, 혹시 처음으로 말싸움에서 이긴 게 아닌가? 오오, 기분이 좋다. 오늘은 편히 잠들 수 있을 것 같다.

그리고 에미. 손목을 만지면서 근질근질한 듯이 입을 움직이는 거, 뻔히 보이니까.

"……후후, 후후후……!"

고개를 수그리고 있던 시빌라가 갑자기 웃음을 터뜨려서, 그 묘한 반응에 에미와 함께 눈을 마주 봤다. 이봐, 대체 뭐냐고? 너무 장난이 심해서 마침내 이상해졌나? 아니, 웃는 상황이 이상했던건 원래 그런가.

시빌라는 몸을 확 젖혀서 고개를 들였고, 그곳에는 그야말로 시빌라다운 의기양양한 미소가 있었다.

"지금 우리, 마왕을 만났는데도 전혀 기죽지 않았네."

"아, 그러고 보니 그러네요?"

시빌라의 지적을 들은 에미가 무언가 떠올랐다는 듯 긴장감 없는 목소리를 냈다.

"아니, 정말. 러셀의 어비스 네일이 빗나갔을 때는 위험하다고 생각했는데…… 우리 전원이 그 공포에 겁먹지 않았어. 이건 방심한다거나 자포자기한다거나 들뜬 걸 제외하면, 싸움에 몸을 던지는 사람으로서는 중요한 일이야."

그런가…… 우리는 마왕을 만났으면서도 아무도 긴장하지 않았다. 이 플로어에 들어오기 전과 완전히 똑같은 정신 상태다.

시빌라는 에미의 머리를, 이번에는 다정하게 머리를 빗겨주듯이 쓰다듬었다.

"위축은 실력의 족쇄가 돼. 그걸 극복하는 건 혼자서는 어렵지만…… 정말, 좋은 파티야. 마왕 대처 방법은 내가 생각할 테니까, 러셀은…… 알고 있지?"

"물론이지."

재빠른 적은 회피할 곳을 다크 스피어로 완전히 메워버린다. 절대라고는 말할 수 없지만, 그 순발력을 보면 내구력이나 방어력에 능력이 돌출된 타입이 아닐 가능성이 높다. 이후에는 깎고 깎아서, 내 마력으로 짓눌러버리면 된다.

게다가, 시빌라가 그 절망적으로 강한 마왕을 보고 『대처 방법을 생각한다』고 단언했다. 어떤 수단을 쓸 건지, 필연적으로 기대감이 높아진다.

"좋아. 그럼 하층도 공략하러 가자!"

"네! 이번에는 밀리지 않아요! 게다가……."

"응?"

"아, 아뇨. 아무것도 아니에요."

시빌라는 에미의 반응을 보고 조금 고개를 갸웃했지만, 추궁하지 않고 방치한 붉은 기간트 쪽으로 소재를 채집하러 갔다. 그 뒷모습을 확인하고…… 에미가 돌아봤다.

그곳에는, 아까까지의 밝은 얼굴은 없었다. 진지한 표정으로 나와 눈을 마주하고 있다.

……그래, 알고 있어. 그렇지.

우리는 고아원 출신이다. 그 사실을 비관한 적은 없고, 무엇보다 프레데리카나 젬마 할머니는 실제 가족보다도 더할 정도의 애정을 가지고 소중하게 길러주었다.

확실히 식사도 언제나 배부름과는 거리가 멀었다. 비싼 옷도 없었고, 모두 기부로 물려받은 거였다. 장난감 티아라도 흠집투성이였고, 새것은 살 수 없었다.

그래도…… 나는, 자신의 유소년기를 비참하다고 생각한 적은 없다. 에미도 자신의 어린 시절이 나빴다고는 절대 생각하지 않을 거다. 아무리 낡고 흠집투성이인 티아라였어도, 그 안에 깃든 추억이 우리를 형성하는 가장 중요한 것이다.

……그 녀석은 그걸 『싸구려』라는 한 마디로 넘겨버렸다. 하물며, 프레데리카나 젬마 할머니를 『비천』하다고 폄하했다.

—용서할 수 없지.

나는, 분명 눈앞의 에미와 똑같은 눈을 하고 있을 거다.

"왜 그래? 가자~."

"……네!"

에미가 몸을 돌려서 시빌라 쪽으로 향했다. 나도 그 등을 천천히 따라가면서 생각했다.

세이리스의 마왕, 너는 잘못을 저질렀다.

우리의 제일 소중한 장소를…… 추억을, 수많은 말로 매도하고·욕했다.

그건, 우리에게는 제일 짓밟혀서는 안 되는 것이다.

—반드시 숨통을 끊어주지. 각오하고 기다리고 있어라.

06 규격 외인 마왕의 힘, 그리고 나는 『주는 자』가 된다

기합이 충분한 에미가 선두에 서서 플로어 보스 문을 열어젖혔다. 그 앞은 물론, 아래로 내려가는 계단. 제10층으로 내려가자, 제11층이다. 붉은 지면이 펼쳐졌다.

“우와…… 여기서부터가 하층이구나.”

“에미는 처음인가?”

“응. 하몬드에서 중층 플로어 보스 타우로스를 쓰러뜨린 적은 있지만, 그때는 방어마법을 익히기 전인 데다 스킬도 발동하지 않았고…… 무엇보다, 힐 한 번으로는 치료하지 못하게 되었으니까.”

확실히 그건 힘들겠군……. 그러고 보니 그 녀석들, 에미가 빠졌는데 괜찮을까?

“아, 참고로 자넷이 그레이트 힐이라는 걸 익혀서 회복술사 역할을 담당하고 있어.”

“자넷은 평소에 공격마법에 힘을 빼는 일이 없었던 것 같은데…….”

“응. 하지만, 회복술사를 하겠대.”

그런가…… 그 녀석, 정말로 굉장한데……. 아마 공격도 회복도, 그리고 파티의 관리까지지도 혼자 해내겠지.

"아, 두 사람. 마물이 왔어."

"너, 그런건 빨리 말해!"

"이제 막 발견했거든. 자, 착착 움직여야지."

역시 우리, 권속 같은 게 아닐까? 뭐, 농담이라는 건 알고 있지만.

에미는 습격해온 보라색 기간트의 공격을 받아내고 멀리 날려버렸다.

"《다크 스피어》."

이중 영창으로 날린 마법, 그 공격이 명중하는 걸 지켜봤다. 문제는 없어 보인다.

"우선은 중층과 똑같은 적부터인가……."

"그러네. 그래도 조심해, 여기서부터 나올 거야…… 변화한 마물이."

시빌라의 선언에 긴장감을 느끼면서, 나와 에미는 보라색 기간트와 검은 고블린이 중심으로 이루어진 11층을 돌파했다.

12층에 내려와서 주변을 경계하자, 시빌라가 크게 숨을 내쉬었다.

"왔네……."

시빌라가 그렇게 말하며 안쪽을 노려보자…… 그 녀석이 나타났다.

전신이 검은, 기간트. 조금 전의 기간트와 비교하면 분위기가 다르다. 상대도 이쪽을 확인하고 걸어왔기에, 그 차이는 바로 알 수 있었다. 이 녀석의 무기는…… 금속이다.

"러셀. 알고 있겠지만, 저건 강해. 윈드 배리어를 깔아도 빈사가 될 거야."

"즉사, 라고는 단언하지 않는 거냐."

"너의 이중 윈드 배리어는 이상할 정도로 튼튼하단 말이야. 그 정도가 아니라면 파이어 드래곤과 싸울 수 있을 리가 없잖아."

그야 그렇겠지. 최상위직인 성자와 마경이라고 해도, 갑옷을 입은 것도 아닌 술사가 드래곤의 공격을 받아내고도 무사할 리가 없다.

"에미, 그러니까 우리가 공격에 맞더라도 초조해하지는 마. 그게 결과적으로 러셀의 안전에 가장 크게 이어지니까. 반드시 명심해둬."

"네!"

에미는 힘차게 대답하고는 검은 기간트에게 정면으로 돌진했다. 상층의 녹색 기간트와 완전히 같은 움직임이지만, 그 위력은 조금 전까지의 기간트와 비교할 수 없었다.

상대의 거대한 금속봉 같은 무기의 공격을 받아낸 에미는 후퇴했다.

"크윽……!"

괴로운 목소리가 나오자마자, 나는 무영창 《엑스트라 힐》로 회복시켰다.

"공격당할 때마다 회복시키겠어! 버텨줘!"

"이거, 러셀이……! 응, 알았어!"

에미가 돌아보기 전에 이쪽에서 먼저 자신이 한 일을 전하고, 제대로 적을 바라보면서 공격을 막게 했다. 상대의 공격이 한 단계 위라는 걸 알자, 에미는 검을 집어넣고 방패를 양손으로 들었다.

"한 번 더……!"

검은 기간트가 에미에게 다시 공격을 날렸다. 에미는 그걸 양손으로 든 용린 방패로 다시 받아냈다. 이번에는 신음 대신 안도의 목소리가 나왔다.

"다행이야…… 충격은 있지만, 양손이라면 그렇게 아프지 않아!"

그리고 양손으로 든 방패를 빛내자, 검은 기간트가 던전 안쪽으로 날아갔다. 시빌라가 옆에서 「오오!」 하고 환호하듯 외쳤다.

"에미, 정말로 무지막지하게 강하네! 검은 기간트는 던전에서는 최상위 개체고, 특히 물리 공격력에서는 정점 중 하나인 마물이야."

"역시 네가 봐도 에미는 굉장한 거냐."

"익힌 지 얼마 안 된 아이인데도, 힘을 저렇게 능숙하게 쓰는 게 장난 아니네."

시빌라는 나에게 그렇게 말하면서도 손에서는 불의 창을 계속 쐈다. ……아니, 잠깐. 나와 대화하면서 무영창으로 마법을 쓰는건 교차 마법보다 고도의 기술이라고 생각하는데…… 설마 내가 연습하는 걸 보고 자력으로 연습해서 익숙해진 건가?

정말이지…… 나도 질 수는 없겠어!

“《어비스 네일》!”

그 마법을 날리자, 검은 기간트는 순간 공중에 뜰 정도의 충격과 함께 대미지를 받고 그대로 움직이지 못하게 되었다.

“에미, 괜찮아?”

“네! 아까 제가 공격을 받아낸 순간에 러셀이 또 회복시켜 줬으니까요.”

괜찮을 것 같기는 했지만, 걱정이니까.

그나저나, 에미가 양손을 쓰면 검은 기간트보다도 힘이 강한가. 여기서 회피 행동을 취할 수도 있으니까, 정말로 성기사인 에미는 옛날과 전혀 다르다.

어쩌면, 검과 방패만이라면 빈스보다 강하지 않을까?

“검은 기간트가 이 정도……. 좋네. 굉장히 좋아……!”

아무래도 시빌라가 봐도 우리 파티는 꽤 좋은 모양이다. 예전 파티에서 블러드 타우로스 상대로 고전했다는 걸 생각하면 감회가 깊다.

“기본 전술은 이대로 두고, 공격을 러셀에게 맡길게. 어차피 너라면 하층 마물을 다 쓸어버려도 여유가 있을 거잖아.”

“한계가 온다는 감각을 모르니까, 마지막까지 여유롭겠지. 그것 말고 싸우는 방식은 똑같이 해도 되는 거냐? 내가 앞으로 나가는 게 좋을 때도 있을 것 같은데.”

“아, 그건 위험한 생각이야. 가능하면 똑같은 방식을 유지할 것.”

강해진 적에 맞춰서 뭔가 변화를 주는 게 낫다고 생각했는데…….

“똑같은 일을 하다 보면 지루함이 생겨. 지루함이 생기면, 뭔가 변화를 주고 싶어져. 하지만 그게 용납되는 건 이미 아는 적이거나, 압도적으로 약한 상대일 뿐이야.”

“강한 상대에게, 새로운 전법은 쓰지 않는 게 좋다는 건가.”

“지금 우리가 쓰는 방식이 안정적인 이상, 누구 한 명이 진형을 무너뜨리기만 해도 단번에 붕괴할 거야. 예를 들어…….”

시빌라가 에미를 바라봤다.

“지금, 러셀이 조금 더 앞으로 나간다고 치자. 그러면 에미는 틀림없이 러셀을 감쌀 거야.”

“무, 물론이죠!”

“그 순간, 나는 윈드 배리어도 성기사의 방패도 없이 무방비해져.”

“앗.”

“하지만, 그때 억지로 양쪽 다 방어하려고 한 에미가 공격을 전부 받아내지 못하게 되었을 때야말로 파티가 위험에 처하게 돼. 안정적으로 받아낸다는 건 그만큼 중요한 거야.”

……시빌라의 이야기는 마음에 꽂히는 게 있었다. 억지로 나를 감싸는 것보다, 에미가 위험한 상황에 몰리는 것. 그건 예전에 파티에서 추방당했던 날에 일어난 일이다.

“그러니까, 앞으로는 마물과의 싸움 이상으로 자신과의 싸움이 중요해. 안정적으로 이기는 걸 무엇보다 중요하게 생각하고 힘내자. 뭐, 혼자가 아니니까 지루함과의 싸움은 걱정 없겠지."

"알았다."

"알겠습니다!"

시빌라와 오랜만에 생각하는 법에 대해 이야기를 하게 되었는데, 납득이 가는 부분이 많았다. 지금의 방식이 무너지는 순간이 제일 무섭다. 마법을 중첩하고, 용의 방패로 받아내는데도 에미의 한 손의 방어력 뛰어넘는 검은 기간트. 방심하면 밀리게 될지도 모른다.

……괜찮다. 에미는 아무리 작은 상처라도 내가 반드시 전부 치료한다.

'《엑스트라 힐 링크》, 《큐어 링크》.'

갑자기 마법을 써서 그런지, 두 사람이 돌아봤다.

"앞으로는 만전을 기하기 위해 회복마법을 매번 쓸 수 있을 때마다 쓸거다. 반드시 안전하게 나아가자."

"오, 러셀도 멋진 말을 하게 됐네. 그게 마지막까지 살아남는 사람이야. 회복은 맡길게."

시빌라의 보장도 받았기에, 나는 자신의 마력을 느끼면서 하층을 나아갔다.

그러고 보니, 조금 전 플로어 보스 방에서의 대화에서 신경 쓰이던 게 있었다.

"시빌라. 내 선배라는 【어스름의 마경】은 결국 어디까지 간

거냐?"

세이리스의 마왕이 시빌라를 본 적이 있다면, 전대【어스름의 마경】은 어디서 끝난 걸까. 문득 의문이 들어서 물어보자, 시빌라는 조금 어두운 얼굴로 고개를 수그렸다.

"하층 플로어 보스야."

그런가…… 지금부터 가는 곳이 시빌라가 이기지 못했던 플로어 보스가 있는 곳인가.

"하층 플로어 보스도 변함없이 기간트. 유일하게 다른건, 갑옷을 입었다는 것. 하지만, 그건【어스름의 마경】의 어둠마법과는 상관없어."

"물리 방어, 마법 방어 양쪽을 무시하는 마법 속성이니까. 그럼, 어째서 진 거지?"

당시의 일이 떠올랐는지, 시빌라는 눈을 감고 한숨을 내쉬었다.

"전부 기간트…… 플로어 보스용의 엄청 넓은 공간에, 푸른 원거리 공격 기간트가 있어. 아까『질풍신뢰』사람들이 말했었던 상층 플로어 보스야."

상층 플로어 보스가, 하층에서는 덤처럼 배치되어 있다는 건가…….

"전대【어스름의 마경】은 몸을 내던져가며 대미지를 축적시키는 걸 위주로 싸웠으니까. 방어력이 없는 체력 바보 같은 상대와는 너무 상성이 안 좋았어. 그래서 진거야. 이거야 원~."

그녀는 한숨을 내쉬며 어깨를 으쓱했다. 태연하게 과거 일을 슬쩍 말한 것 같지만, 시빌라는 그런 절망적인 싸움을 계속 이어오고 있었던 건가…….

—어스름의 여신, 시빌라. 까불거리고, 태평하게 이야기하고는 있지만…… 그래도 이 녀석이 감정에 솔직한 녀석이라는 건 나도 잘 알고 있다.

새로운 【어스름의 마경】을 만들어내고, 단둘이서 절망적인 마왕전을 펼친다. 패배한 기억도 적잖이 있겠지. ……그렇다면, 내가 할 말은 이거다.

"괜찮아. 원거리 공격이라면 내가 담당하겠어. 이번에는 에미가 있으니까, 푸른 기간트 **정도**는 검은 고블린과 마찬가지로 가볍게 쓰러뜨려 주지. 그야말로, 그 열 받는 마왕과 똑같이 말이야."

내가 그렇게 선언하자, 그녀는 순간 눈을 크게 뜨더니…… 살짝 웃으면서 나를 찔렀다.

"흐응, 말은 잘하게 됐네. 믿고 있을게."

그렇게 대답한 시빌라는 조금 전까지의 어두운 얼굴에서 평소와 같은 의기양양한 미소로 되돌아왔다. 시빌라도 예전에는 패했기 때문에 지금 나와 함께하고 있다. 당연한 일이다.

이 녀석은 이래봬도 배려심이 많으니까, 분명 과거에 존재했던 【어스름의 마경】들에게도 책임감을 느끼고 있겠지. 시빌라의 내면에 대해서도 제대로 생각해야겠다.

게다가, 개인적으로 이 녀석이 패배한 기억이 있다는 게 어째서인지 매우 분했다.

시빌라와 선배 【어스름의 마경】이 이기지 못했던, 하층 플로어 보스.

나의…… 아니, 이게 아닌가. **우리**의 힘으로 반드시 쓰러뜨리자. 이걸 넘어선다면, 세이리스 제3던전 최하층인, 마계다.

세이리스의 금전주의 마왕. 이번에야말로 그 녀석에게 어둠 마법의 이빨을 꽂아주겠다.

검은 기간트라는 새로운 적이 배회하는 하층.

"《플레임 스트라이크》! 이 녀석들 정말 튼튼하네! 상층 보스보다 튼튼한 잔챙이가 우르르 튀어나오는 거, 적당히 좀 했으면 좋겠어!"

시빌라가 그렇게 외치면서 계속 마법을 퍼부었다. ……아니, 은근슬쩍 예전에 마왕이 썼던 마법과 똑같은 것을 쓰고 있는 너도 어지간하다고 생각하는데.

"《어비스 네일》. 확실히, 내 마법이 고위력이 맞는지 의심하고 싶어질 정도야……."

검은 기간트 주변에서 검은 고블린이 우르르 튀어나왔다.

"《다크 스피어》, 《다크 스피어》. 검은 고블린이 짜증나는데. 예전 녀석은 어떻게 여기를 돌파한 거냐?"

"전신 갑옷을 입었어!"

……전신 갑옷이라니. 그 얼굴을 전부 덮는 철가면과 손에서 발까지 금속 갑옷으로 덮인, 방패를 든 중장병이 장비하는 그거 말인가……?

"러셀처럼 회복마법이나 방어마법을 쓸 수 있는 게 아니었으니까. 그래서 물리적으로 『화살에 맞지 않게』 했던 거야."

과연, 납득할 수 있는 이야기다. 그런 잡담을 나누면서도 나는 거의 모든 마물을 쓰러뜨리고, 시빌라는 매직 포션을 두 번째로 썼다.

"그거, 잔량은 괜찮은 거냐?"

"오히려 이번에는 네 덕분에 체력 회복용 포션을 준비하지 않았으니까 여유가 있어. 본래 하층이라는 곳은 용사 파티도 결사의 각오로 도전하는 곳이니까."

경험자인 시빌라가 이렇게 말하고 있으니, 내가 걱정할 필요는 없나.

"러셀은 괜찮은 거야? 아까부터 어비스 네일까지 쓰고 있잖아."

"아직 마력이 줄어든다는 감각을 모르겠단 말이지."

"열받아! 하지만 그런 느긋한 모습이 믿음직하네! 그래도 진짜로 빌어먹게 열받아!"

그러니까 너는 그 얼굴로 빌어먹게라는 말을 쓰지 마. 그리고 화내는 이유가 불합리해.

"시빌라 씨, 피곤해 보이는데…… 아직 괜찮나요?"

"배려는 고맙지만, 아직 여유로워. 나도 제대로 참가하지 않으면, 이곳의 공략은 잘 풀리지 않으니까. 그리고……."

시빌라가 에미에게 매직 포션을 건넸다.

"에미, 사실 좀 무리하고 있지?"

"어, 앗…… 아하하. 아시겠나요……."

"프로텍션과 매직 코팅은 최고위 방어마법. 강력한 마법이니까, 아무튼 소비 마력이 커. 횟수를 고려하면 슬슬 한계가 왔다고 생각해서."

그랬었나. 내가 눈치채기 힘든 부분을 커버해주는 건 고맙다.

"러셀의 회복마법도 마력 회복은 못 시켜줘. 그보다 그게 가능했다면 무한히 회복하게 되었겠지. ……뭐, 너에게는 별 차이가 없는 이야기겠지만."

"러셀은 굉장하네…… 어떻게 된 거야?"

"내가 알고 싶을 정도야…… 마력의 요령은 자넷에게 배운 정도인데 말이지."

마력이 줄지 않는다는 건 정말 모르겠다. 시빌라가 모른다면 나도 상상할 수가 없으니까. ……어쩌면, 내 출생에는 뭔가 숨겨진 비밀이 있을지도 모른다. 돌아가면 젬마 할머니나 프레데리카에게라도 물어볼까.

"일단 그쪽 이야기는 나중에 하고…… 그럼, 다음 계층으로 가보자."

시빌라의 신호에 고개를 끄덕이고, 일시 휴식을 마치고 계단을 내려갔다.

"《다크 스피어》, 《다크 스피어》…… 《어비스 네일》."

제13계층. 넘쳐나는 검은 고블린을 모두 처리하고, 다음으로 검은 기간트를 노려서 고위력 마법을 날렸다. 그것들을 몇 번 반복하자, 검은 기간트가 쓰러졌다.

—【어스름의 마경】 레벨 11《다크 스플래시》—

저번과 그리 시간이 지나지 않았을 텐데, 무척 오랜만에 이 목소리를 들은 것 같다.

"……올랐다. 레벨 11이야."

"오, 혹시 스플래시?"

내가 고개를 끄덕이자 시빌라는 승리의 포즈를 잡고는 마법을 설명해줬다. 아무래도 다크 애로우와 비슷한 공격을 한 번에 광범위로 뿌리는 마법이라고 한다.

"그렇다면, 다크 스피어 이상으로 범위 공격형인가."

"그런 거지. 네 경우, 이중 영창하면 다크 애로우 이상의 위력과 밀도가 될 거야. 고위력의 범위 공격은 아직 나중 일이니까, 러셀의 스플래시는 기대할 수 있겠네."

"하지만, 다크 애로우 정도라……. 다음 보스에게는 어떨까?"

"잘 통할 거야. 푸른 기간트는 접근하는 타입이 아니니까, 멀리서 노릴 수 있어."

좋은 정보를 들었다. 나는 에미와 눈을 마주하고 고개를 끄덕였다.

"그러니까, 하층 플로어 보스는 내가 꺾을 거다. 기대하고 있겠어."

"맡겨둬! 원거리 보스라면 간단히 벨 수 있을 테니까!"

에미의 자신만만한 선언을 듣자, 시빌라는 살며시 웃었다.

"아하하하, 이런 귀여운 아이가 기간트를 간단히 베겠다고 단언하다니, 게다가 실제로 해버리니까 굉장하네."

거기에, 하층 플로어 보스를 떠올릴 때처럼 고뇌하는 표정은 없었다.

"정말로 가볍게 이길 수 있을 것 같아. 이대로 플로어 보스한테 가자!"

시빌라가 자신감 넘치게 선언하자, 나도 마찬가지로 자신감이 샘솟았다. 가볍게 이길 수는 없겠지만, 분명 문제없이 이길 수 있겠지.

제14층, 제15층…… 기본적으로 비슷한 적이 늘어날 뿐이라서 문제없이 토벌할 수 있었다.

새로운 적인 검은 고블린 마도사의 마법이 다소 고위력이었지만, 나나 에미의 방어마법으로 대폭 경감할 수 있었다. 근접 공격을 쓰는 거대한 적을 마법 공격으로 대처하면서 쓰러뜨려야 할 줄이야.

그 마왕다운 심술궂은 배치지만— 나와는 상관없다.

"하층의 적이라도 얼마든지 상대해 주마. 《다크 스플래시》!"

어둠마법과 무한한 마력. 아드리아 던전 하층과 마찬가지로, 세이리스 제3던전 하층이라고 해도 내 전진을 방해할 수는 없었다. 게다가 이번에는 그것만이 아니다.

예전처럼 금방 쓰러뜨렸을 때와는 달리, 접근할 때까지 쓰러뜨리지 못하고 있다. 그러나 에미에게 걸리면 모든 공격을 막아내고 일격에 멀리까지 날려버려 준다.

"정말로 믿음직하네, 에미. 네가 와줘서 정말 다행이야."

"에헤헤, 고마워! 그래도 나는 오히려 상층보다도 움직이지 않고 있는데? 러셀의 마법이 정말 굉장해."

에미는 내가 공격 역할을 맡은 것을 자기 일처럼 기뻐해 줬다. 진심으로 그렇게 생각해준다는 것이, 무엇보다 든든했다.

"……그럼, 여기에서."

목적지인 문 앞으로 온 시빌라는 매직 포션을 두 개 꺼내서 하나를 에미에게 건넸다.

"일단 묻겠는데, 러셀은 괜찮지?"

"그래."

에미가 《프로텍션》과 《매직 코팅》 두 가지 마법을 쓰고, 매직 포션을 마셨다.

"자, 그럼, 다시 확인할게. 이 안쪽에는 갑옷을 입은 거대한 검은 기간트가 있어. 처음에는 움직이지 않겠지만, 방심하지는 마. 에미는, 상황에 따라서는 러셀의 방어를 포기하더라도 녀석을 담당해줘야겠어."

순간 에미가 눈을 크게 뜨고 놀랐지만, 바로 진지한 표정으로 끄덕였다.

"알겠습니다……!"

고개를 끄덕이면서도 에미가 미간에 주름을 잡자, 시빌라가 다정하게 머리를 쓰다듬었다.

"괜찮아. 에미 덕분에 러셀은 지금까지 큰 상처 없이 올 수 있었고, 솔직히 이 녀석은 드래곤의 공격을 받았는데도 지금까지 살아있을 만큼 끈질기니까. 그때의 끈질김은, 색깔로 말하자면 여름철 부엌의— 아야앗?!"

"아무리 그래도 그 표현은 좀 아닌 것 같은데……."

나는 시빌라에게 손날치기를 날렸고…… 이런 상황에서도 평소 그대로의 대화를 이어나가고 있다는 걸 느끼자 그만 웃음이 나왔다. 조금 긴장한 기색이었던 시빌라도 나를 보며 웃었다.

"러셀은 뭘 해야 할지, 알고 있지?"

"그래. 익힌 어둠마법, 사양하지 않고 쓰겠어."

"믿고 있을게."

그 말에 고개를 끄덕여주자, 에미가 문을 열고 플로어 보스 방에 들어갔다—!

—그곳에서 펼쳐진 광경을 본 순간의 공포는, 말로 잘 표현할 수 없을 정도였다.

"저…… 저 녀석…… 당했다!"

근처에 다수 있는 건, 푸른 기간트. 원거리 공격을 하는 상층 보스…… 일, 거다.

……단언할 수 없는 이유는…… 시빌라에게 들은 이야기와는 다르게, 갑옷을 입고 있었으니까.

먼 곳에 거대한 기간트도 있다. 그 기간트가, 가장 이상했다.

—푸른, 거대 기간트다.

거대 기간트는 다른 푸른 기간트와 마찬가지로 이쪽을 보면서 마법을 준비했다.

"설마 한 번 정한 플로어 보스를 바꿀 수가 있다니……!"

하층 플로어 보스는, 모든 것이 사전 정보보다 월등히 강화되어 있었다.

"―《스톤 월》!"

그 외침을 듣자, 현실 도피하던 의식이 단숨에 돌아왔다. 아마 이중 영창으로 썼을 커다란 돌벽이 플로어 중앙에 나타났다.

그 벽이, 눈앞에서 굉음을 내며 크게 깎여나갔다!

"파란 녀석의 공격, 소규모 후폭풍 있음! 커다란 녀석은 내가 막을게!"

시빌라는 틀림없이 이곳의 마왕에게 한 방 먹었다. 저 시빌라가, 말이다.

그러나 이 녀석은 그것에 일일이 비관하지 않았다.

시빌라의 머릿속에 있는 건 단 하나— 지금부터라도 『최선의 결과』를 노리는 것.

그렇게 믿고 있기에, 나와 에미도 바로 움직였다.

"《다크 스플래시》!"

"이야아아앗!"

나는 막 익힌 범위 공격 어둠마법을 발사했고, 에미는 소형 푸른 기간트 — 그래도 충분히 크다 — 를 향해 방패를 부딪쳐서 날려버렸다.

"플로어 확장이라면 몰라도 보스 교체라니, 그 녀석 정말 이상한 놈이야!"

"《다크 스플래시》! 그렇게 말도 안 되는 일인 거냐?!"

"대책이 뒤집혀버리는 변화, 내가 아는 한 없어! 이번에 우리는 방어력이 낮은 기간트를 상대해왔어. 그 연장선상에서 플로어 보스를 상대하는 건데, 피해를 줄 작정으로 덤벼오는 잔챙이가 갑옷을 입으면 그 준비가 뒤집혀버려! 게다가 문제인 건 저 본체!"

시발라는 설명하면서 다시 돌벽을 발동했다. 에미도 방패로 공격을 튕겨냈지만, 상대의 숫자가 너무 많다……!

"원래 나중으로 미뤄도 되는 녀석이, 하필이면 제일 강해! 먼저 쓰러뜨리기에는 너무 강하니까, 항상 저 공격을 의식하면서 싸워야만 해!"

확실히…… 이번에는 근처의 푸른 기간트가 원거리 공격을 하는 동안에는 플로어 보스가 적극적으로 공격할 가능성이 낮았을 거다. 그러나 저 거대 푸른 기간트는 명백하게 주변 녀석들보다 강력한 원거리 공격을 날리고 있다. 우선순위가 근본부터 다른 거다.

맨 먼저 시빌라가 대응해서 어떻게 넘어갔지만, 이 스톤 월 없이 저 녀석을 상대하는 상황은 그리 생각하고 싶지 않군.

그러나, 그건 다시 말해 시빌라의 방어 리소스를 전부 보스에게 빼앗긴다는 뜻이고—.

"윽……!"

"러셀?!"

"문제없어!"

아무리 이중 영창을 했더라도 윈드 배리어로 상층 플로어 보스의 공격을 막을 수는 없는 모양이다. 방패로 막았지만, 그 공격의 여파가 퍼진 모양이었다. 팔에 손톱으로 긁힌 듯한 아픔이 스쳤다.

'《엑스트라 힐 링크》.'

만약을 위해 전원을 회복시켰지만, 나는 경계를 게을리하지 않고 상대를 봤다. 아무튼 원거리 공격이 성가시다. 먼저 숫자를 줄여야겠다 싶어서 있는 마법을 모조리 푸른 기간트에게 날렸다.

……그나저나, 대체 몇 마리나 있는 거지? 플로어 보스를 제외하면, 적은…… 보아하니 열 마리 이상인가. 이거야 원, 상층 플로어 보스잖아? 이렇게 싸구려처럼 내놓아도 되는 건가.

"큭, 《스톤 월》! 러셀, 조금 무리해줘야겠어!"

"뭐냐, 말해봐!"

시빌라를 돌아보자, 마침 매직 포션을 다 마시고 입가를 닦고 있었다.

"다크 스플래시, 최대 위력을 내는 법! 인접해서 꽂아 넣는다! 퍼지기 전에 마법이 전부 상대에게 맞는 반면, 너는 푸른 기간트에게 얻어맞을 거야!"

"푸른 기간트는 드래곤보다 약하냐?!"

"《스톤 월》! 파이어 드래곤의 몸통박치기보다는 나아!"

"죽지만 않으면 되는거지!"

시빌라의 제안을 들은 나는 망설이지 않고 갑옷을 입은 푸른 기간트에게 돌격했다.

『크오오오오오오오—!』

"《다크 스플래시》! 큭……!"

푸른 기간트는 시빌라의 말대로 접근한 상대에게까지 마법을 쓰지는 않는 모양이다. 내 마법이 푸른 기간트에 명중했고, 아픔을 나누겠다는 듯 푸른 기간트의 주먹이 내게 꽂혔다. 충격과 함께 갑옷 거인의 모습이 순간 작아졌고, 등에 충격과 격통이 퍼졌다!

"《어비스 네일》!"

'《엑스트라 힐》.'

아픔을 나누게 내버려 둘 수 없다는 나의 의지가, 이 결정적 순간에 필요성을 느꼈는지 공격과 회복의 마법을 동시에 사용했다. 몸 상태도 좋다…… 무영창 회복마법이 성공하고 있다.

나는 한 번 사지에서 돌아왔다. 다소의 아픔이라면 참을 수 있다. 그날 드래곤을 쓰러뜨렸기에, 지금의 내가 있다.

게다가, 아직 이 너머에는 마왕이 있다. **그** 마왕이다.

나는 어떻게든 그 녀석에게 한 방 날리지 않으면 직성이 풀리지 않는다. 그러니까— 이런 덩치만 큰 주제에 마법을 사용하는 일그러진 마물에게 질 수는 없단 말이다!

"《인첸트 다크》!"

나는 자기 허리춤에서 검을 뽑아 어둠의 마력을 부여해서 검의 색깔을 검게 빛냈다. 그걸 오른손에 들고, 왼손을 상대의 정면으로 내밀며 접근했다.

"《다크 스플래시》!"

『크오오아아아아아!』

푸른 기간트는 대미지를 입으면서도 갑옷에 덮인 주먹으로 다시 내게 반격해왔다. 그 주먹을 향해…… 검을 날린다!

"아까의 답례다!"

충돌하는 순간에는 당연히 나도 날아가서 대미지를 입는다. 그러나 갑옷에 덮인 푸른 기간트의 대미지는 나와는 비교가 되지 않는다. 그 손이 한가운데에서 쩍 갈라졌다.

분노에 미쳐 날뛰는 푸른 기간트가 왼손을 들어서 돌격해오자, 나는 다시 다크 스플래시를 지근거리에서 꽂아 넣었다!

푸른 기간트는 마침내 몸을 휘청거리면서 쓰러졌다. ……겨우 하나인가.

마법으로 마무리를 짓자, 주변의 상황이 보였다.

"《스톤 월》!"

시빌라를 돌아보고 처음 눈치챘는데, 돌벽이 꽤 많이 만들어져 있었다. 아무래도 한 마리를 처리할 때까지 다른 푸른 기간트의 공격이 오지 않았던 건 시빌라 덕분인 모양이다.

역시 파트너. 이런 상황에서도 눈치는 발군으로 뛰어나다.

"시빌라, 고맙다!"

"착각하지 마. 네가 나를 구한 거야!"

감사를 표하는 건지 쑥스러움을 감추려는 건지 잘 모를 격려를 받자, 이런 상황에서도 조금 여유가 생겨서 입꼬리가 올라갔다. 아직 두목은 남았지만, 쓰러뜨릴 줄거리가 보였다.

—그러나, 이 상황에서 제 실력이 나오지 않는 사람도 있었다.

"러셀이 저렇게 얻어맞고, 시빌라 씨도 굉장한데…… 나, 아무런 도움이 안 되는 거야……?!"

에미는 푸른 기간트를 날려버리면서 검을 휘둘렀다. 역시 대단한 공격력과 방어력이라서, 저 커다란 갑옷을 찌그러뜨리고 있다…… 그러나, 어디까지나 찌그러뜨렸을 뿐이다.

지금의 에미에게 갑옷을 입은 기간트는 너무나도 상성이 안 좋았다.

마음의 흐림이 원인인지, 방패의 빛이 어딘가 약해져 있었다. 기간트도 아까와 비하면 멀리 날아가지 않게 된 것처럼 보인다.

"아픈 건, 전부, 받아줄 생각이었는데, 그걸 위해 성기사가 되었는데……!"

에미의 울 것 같은 얼굴과 작게 중얼거리는 목소리를 듣고…… 오래된 기억의 문이 열렸다.

프레데리카의 요리를 돕다가 손가락을 베였을 때의 일이다.

대단하지 않은 상처였는데, 에미는 큰소리를 지르며 울음을 터뜨렸다. 나도 프레데리카도 다친 건 제쳐놓고 에미의 모습에 더 당황하고 말아서, 그때는 확실히…… 그래. 젬마 할머니가 치료해줬었나.

내 상처가 나은 걸 확인한 에미는 천천히 울음을 그쳤다.

그러나 나은 뒤에도 한동안 아프지 않냐고 물어서 묘하게 끈질기다고 생각했다.

다음에 내가 도와주려고 할 때, 에미는 키친 나이프를 숨겼다. 프레데리카는 곤란한 듯이 에미에게 물었다.

『왜 나이프를 숨겼니?』

『그치만…… 또, 손가락 베일 것 같으니까…… 조금이라도 아픈 거, 싫으니까…….』

『러셀이? 에미가 아픈 게 싫은 게 아니라?』

『……응…….』

『어머나, 참……. 후후, 에미는 벌써 **여자아이**구나.』

그 얼굴이, 지금의 얼굴과 겹쳐져서……. 아아…… 뭐야, 그런 거였나.

설령 세계에서도 손꼽히는 최상위 직업을 얻지 않았다 해도.

그 시절부터, 에미는 줄곧 나의【성기사】였나.

그래서 내가 무사하다는 걸 알면서도, 내가 조금이라도 아프게 되는 공격을 자기 일처럼 느껴서 울려고 하고 있다. 자신은 검은 기간트의 공격을 받아내면서, 그야말로 팔이 부러지더라도 참을 만큼 근성이 있는데도.

정말이지. 너는 한없이 다정하고…… 나처럼, 자기 직업에 불평하던 몸으로서는 너무나도 눈부신 녀석이야…….

지금이라면 알 수 있다. 네가 전위가 되고 내가 후위가 된 건, 나의『앞으로 나가서 싸우고 싶다』라는 소망이 약했다기보다는, 너의『앞으로 나가서 지키고 싶다』라는 소망이 압도적으로 강했기 때문이라고. 에미는 나보다 한참 앞으로 나가고 있었던 거다.

자넷이 에미에게 가르쳐준 이야기 속에서, 마음에 들어 하던 작품이 몇 가지 있다.

용사와 『애모의 성녀』의 이야기. 그리고 공주님의 위기에 나타나는 백마 탄 왕자님. 남자와 여자의 역할이 반대인 건 고민거리였지만…… 결국 소꿉놀이는 양쪽 모두 했었다.

그러나…… 왕자님과 공주님 이야기에서 내가 보호만 받아도 될까? 에미는 정말 강해졌다. 그러나…… 그 마음은, 어린 시절부터 전혀 변하지 않았다.

—왕자님이 되고 싶다고 생각했다.

그 이유는, 뭐…… 단순히, 울고 있는 여자아이가 있으면 아무래도 마음이 술렁거려서 진정되지 않는다는 이유였지만. 그래도 티아라를 쓴 에미가 공주님으로 보였던 건 사실이어서…… 자신이 왕자님으로는 어울리지 않는다고 생각했었다.

……문득, 자넷이 슬쩍 흘린 말을 떠올렸다.

『요즘에는 이 이야기를 받아들이지 않는 여성도 있어. ……보호받기만 하는 공주님은 인형 같아서 싫다는, 자기 확립을 바라는 여성이 늘고 있거든. 왕자님은 소중히 여기고 예쁘게 꾸며주기는 해도, 공주님의 자유 의지까지는 신경 써주지 않으니까.』

그 이야기를 들었을 때, 내가 가장 먼저 생각했던건 누구보다도 공주님 같으면서도, 누구보다도 남자아이 같았던, 목검을 든 그 얼굴이었다.

성자가 되고 나서는 성기사인 에미를 지키는 건 무리라는 걸 곧바로 깨달았다.

왕자님은 될 수 없다고 생각했다. 그렇다면, 내가 할 일은 하나.

“시빌라! 미안하지만, 벽을 많이 만들어서 모든 공격을 막아줘!”

“잠깐, 너무 무리한 요구 아냐?! 그래도 맡겨둬! 《스톤 월》!”

“에미! 이리로 와!”

“어, 러셀?! 아, 알았어!”

내 목소리를 듣자, 방패의 광채를 조금 되찾은 에미가 근처에 있던 푸른 기간트를 날려버리고 내 옆으로 왔다.

땀이 달라붙은 얼굴을 보고 바로 회복마법을 무영창으로 쓰면서 말을 걸었다.

“에미는 언제나 내 도움이 되고 싶다고 생각해줘서 감사하고 있어.”

“앗, 저기…… 그래도, 지금의 나는…….”

“그리고, 나를 구하는 것이 에미 자신을 구하는 것으로 이어진다는 것도, 오랜 관계로 이해하고 있어. 너는 정말로 굉장한 녀석이야.”

“……어?”

나는 에미의 뒤로 돌아가서 그녀의 손을 뒤쪽에서 감쌌다. 뒤에서 끌어안은 형태가 되고 말아서 품속에서 작은 비명이 나왔지만, 지금은 무시다.

"이번에는 내가 너를…… 너 자신의 마음으로부터 구해낼 테니까."

세계 최고봉의 방어력을 자랑하는 【성기사】 에미를 갉아먹는 것.

그것이, 에미 자신의 고결한 마음이라면— 자신을 책망하는 마음으로부터 공주님(에미)을 지키는 거다.

"《인첸트 다크》!"

에미의 미스릴 코팅 용아검이 나의 이중 영창에 의한 암속성 마력을 흡수해서 모든 것을 삼키듯이 검게 빛났다. 그것은, 무력감에 울려고 하던 에미의 족쇄를 문답무용으로 버터처럼 잘라내는, 『완전 방어 무시』의 최강의 검.

조금 전까지 연약하게 흔들리던 에미의 눈동자가 그 검은 광채를 멍하니 바라봤다. 숨을 삼키자…… 칼자루를 쥔 삐걱거리는 소리와 함께, 다음 순간에는 그 눈에 강한 광채가 깃들었다.

그곳에, 비관의 그림자는 조금도 없다.

왕자님은 될 수 없을 것 같다.

그렇다면, 할 일은 하나—.

—내가, 이야기 속 왕자님을 뛰어넘으면 될 뿐이다.

07 에미 : 공주님이 아니어도 좋아. 왜냐하면, 나에게는……

러셀이 뒤에서 끌어안았을 때, 그 다정한 압박감과 그의 어딘가 달콤한 냄새를 맡은 흥분 덕분에, 내 얼음의 샘은 단숨에 끓어올랐습니다. 경사 났네, 경사 났어.

그런 농담도 날아갈 만큼, 지금 눈앞에 있는 것에 시선을 빼앗겼다.

검은색 검. 어둠마법이 부여된, 칠흑의 빛. 성자의 레벨을 조금 희생해서 손에 넣은, 싸울 수 있는 힘을 원했던 러셀만이 쓸 수 있는, 러셀을 위한 속성.

그것이, 내가 가진 검에 부여되었다.

파이어 드래곤의 이빨을 드워프가 가공하고, 거기에 마법은(魔法銀)이라고 불리는 금속을 바른, 아마 세계 최고봉의 검 중 하나로 꼽힐 수 있는 아름다운 검. 그 표면에 발린 흑색을 보자, 이게 이 검의 본래의 힘이라는 걸 바로 알 수 있었다.

시선을 옆으로 돌리자, 러셀과 눈이 마주쳤다. 옛날과 다른, 날카로운 얼굴. 그 안에, 어딘가 옛날의 러셀 같은 배려하는 표정이 숨어있다……는 건, 기분 탓일까?

그래서, 나는.

"고마워."

중요한 한 마디.

나를 보는 눈에서, 긴장이 풀리는 걸 느꼈다.

그리고, 러셀도.

“부탁한다.”

한 마디뿐.

시빌라 씨와 비교해도 짧은 대화. 그래도…… 그것만으로도 우리는 서로에게 하고 싶은 말이 전부 전해졌다는 확신을 가질 수 있었다.

오늘 하루, 러셀과 시빌라 씨의 콤비네이션을 보고 부럽다고 생각해놓고서, 너무하네. 내가 훨씬, 훠~얼씬, 시빌라 씨가 부러워할 만큼 러셀과의 행복한 추억이 담긴 유년기를 보내왔는데.

―사실은, 이런 대화만으로 끝낼 수 있는 기초는 한참 전부터 있었는데.

내가 러셀의 파트너(버디)가 되지 못했던 이유는 단 하나. 【성자】든 【어스름의 마경】이든 파트너가 되어줄 소양이 있는, 러셀 자신을 내가 이해하지 못했다. 자신만 생각해서, 상대를 이해하려 하지 않았다.

전장으로 시선을 돌리자, 시빌라 씨가 시간을 벌어주고 있었다. 파괴된 돌벽과, 더더욱 숫자가 늘어난 새로운 돌벽. 그리고…… 차례차례 마법을 얻어맞아 돌벽이 부서지는 굉음.

시빌라 씨는 땀으로 범벅이었고, 매직 포션을 마시면서 새로운 돌벽을 또 만들었다. ……나를 위해, 이렇게나 애써준 거구나.

그럼, 그 노력에 보답해야겠네.

"시빌라 씨. 오래 기다리셨네요!"

"허억, 허억…… 괜찮아? 에미. 아니, 그 검은……!"

"서포트 부탁할게요! 이후에는, 제가 하겠어요!"

시빌라 씨가 만든 돌벽에 몇몇 충격과 함께 구멍이 뚫렸다. 가장 가까이 있는 푸른 기간트의 위치를 파악한 나는 돌벽이 파괴된 순간, 그 구멍에 뛰어들어서 눈앞에 나타난 푸른 기간트를 시선으로 파악하고 검을 들었다.

"한 번 더— 앗?!"

조금 전, 두꺼운 갑옷을 입은 푸른 기간트. 그 갑옷에 감싸인 팔이…… 프레데리카 씨가 조리한 채소에 포크를 박듯이 부드럽게 파고들었다.

부자연스러울 만큼 깔끔하게, 푸른 기간트의 팔이 갑옷과 함께 떨어졌다. 완전 방어 무시, 이렇게나 굉장할 줄은 몰랐다. 이게 암속성을 두른 미스릴 코팅 용아검의, 진정한 힘……!

『크아아아아아!』

푸른 기간트의 왼팔이 떨어지자, 당연히 지근거리에 있던 나를 향해 분노에 찬 오른팔이 다가왔다. 나는 그걸 한 손에 든 용린 방패로 받아냈다.

방어력은, 나의 진가. 마법 공격을 전문으로 하는 푸른 기간트의 주먹이 내게 대미지를 줄 수는 없다. 하지만…… 커다란 몸으로 날리는 펀치가 약할 리가 없다는 것 정도는 안다.

러셀은 술사이건만, 이 주먹에 맞으면서도 이 녀석을 쓰러뜨렸다.

역시 러셀은, 몇 번이고 말하지만 너무 멋있어……. 그래도, 그렇게나 자신을 상처입히는 전법은, 보기만 해도 정말 이쪽이 괴로워…….

……이 녀석들이 내가 활약하지 못하게…… 러셀이 무리를 하게 갑옷 같은 걸 입어서……! 나는 이제, 이 녀석들을 용서할 수가 없다!

"에에에잇!"

나는 방패를 한 손에 들고 뛰어올라서 마법을 튕겨내고 푸른 기간트의 머리를 꿰뚫었다. 그대로 갑옷 같은 건 아랑곳하지 않고 두 쪽으로 갈라버렸다! 당연히 푸른 기간트는 즉사다. 갑옷을 장비한 상층 플로어 보스는, 지금의 내게 걸리면 하층 도중에 만난 검은 기간트보다 연약하다.

"다음!"

나는 어딘가 움츠러든 것처럼 보이는 푸른 기간트를 향해 망설임 없이 똑바로 돌진했다. 나는 자기 방패에만 맞는다면 전혀 아픔을 느끼지 않는다.

"—《스톤 월》! 러셀, 그쪽은 어때?!"

"대단히 여유로워. 선배 마경도 했었다면서?"

"물론! 원거리 공격의 응수라면, 【어스름의 마경】이 질 리가 없어!"

"그럼, 나는 한두 마리로 만족할 수는 없겠는걸!"

시빌라 씨가 나의 사각으로 들어와 공격하려던 푸른 기간트와, 무엇보다 플로어 보스의 마법 공격을 모두 돌벽으로 흐트러뜨리면서 완벽하게 막고 있다.

플로어 보스 주변에 있는 푸른 기간트까지 접근했지만, 거의 접촉하는 거리가 아니라면 원거리 공격을 우선하는 듯한 푸른 기간트의 성질이 반대로 화근이 된 모양이다. 이거라면 작은 푸른 기간트를 전부 접근해서 쓰러뜨리더라도 플로어 보스가 움직일 일은 없어 보인다.

그리고…… 나와 마찬가지로, 러셀이 싸우고 있다. 나와 러셀이, 지금 똑같은 일을 하고 있는 거다. 이게 분명, 처음으로 하는 강적과의 공투. 그토록 바래왔던, 러셀과의 공투!

"에에~잇!"

기합을 넣은 — 그렇다고 생각한 — 구령과 함께 푸른 기간트의 갑옷을 갈랐다. 이미 천옷보다 얇은 갑옷과, 중층 마물보다는 약한 근력을 가진 푸른 기간트는 내 적이 아니었다.

착실하게 팔을 날려버리고, 몸 중앙을 찢어서 푸른 기간트를 쓰러뜨렸다. 열 마리를 쓰러뜨렸나 싶은 시점에서 옆에 있던 돌벽이 무너지고, 시선 끝에 러셀의 모습이 보였다.

"……진짜냐. 굉장한데."

주변을 보건대 그리 큰 차이 없는 숫자의 푸른 기간트를 쓰러뜨린 러셀은 나를 보더니 그런 말을 했다.

내가 쓰러뜨린 푸른 기간트의 숫자를 보고 그렇게 중얼거린 거겠지. ……아까까지 갑옷을 베지 못했던 내게 힘을 준, 정말로 굉장한 사람은 러셀 자신인데도. 그는 그런 제일 중요한 부분이 이미 시야에 들어있지 않았다. 그저 나의 결과만 보면서 덮어놓고 칭찬해주는 거다.

일찍이 활약하지 못했던 러셀의 지금을 형성하는, 가장 중요한 어둠마법의 힘. 자신이 가진 【성자】의 힘을 바치면서까지 얻은 그 힘을, 내게 아낌없이 써줬다.

—그런 그가, 내게는 매우 눈부시게 비쳤다.

『크오오오오오오오—!』

마지막 돌벽이 파괴되고, 그곳에 나타난 건 초거대 푸른 기간트. 내가 세 명…… 아니, 네 명 정도의 크기일까? 얻어맞는다기보다는 짓눌러버릴 것 같은 박력이다.

"좋아, 여기까지 왔으면 이후에는 여유지! 쓰러뜨리자!"

마음이 움츠러들 것 같았지만, 시빌라 씨의 목소리가 기운을 북돋아줬다. 나와 러셀은 동시에 대답하면서 갑옷 입은 거인을 올려다봤다.

"《어비스 네일》!"

러셀의 어둠마법이 발밑에서 플로어 보스를 꿰뚫었다. 마물을 관통하는 커다란 발톱 같은 마법은 육체를 직접 깎아내는 게 아니라, 생명력 같은 걸 깎아낸다고 한다.

러셀의 공격을 맞은 플로어 보스가 그를 노려보더니 러셀을 표적으로 삼아서 손을 들어 거대한 공격마법을 준비했다. 물론 그걸 용납할 내가 아니다!

"러셀에게는, 손대지 못하게 할 테니까!"

나는 마법을 날리려고 움직인 플로어 보스를 향해 방패를 들고 뛰어들었다!

큭, 아프다……! 역시 하층 플로어 보스, 방패로 방어했는데 나도 완벽하게 막지 못했다! 그래도…… 더더욱, 이런 아픈 공격을 러셀이 맞게 둘 수는 없지!

"날아가라아아아아!"

아까 러셀에게 안겼던 감각을 떠올리면서 ― 이거 정말 부끄러운 스킬이야! ― , 플로어 보스의 손을 후려쳤다!

내 스킬에 맞은 플로어 보스의 오른팔이 뒤에서 누가 잡아당긴 것처럼 뒤로 날아갔다. 이 기회를 놓칠 수는 없다.

"이대로……!"

나는 벽을 박차고 플로어 보스의 상반신으로 뛰어들어서 오른쪽 어깨를 날려버리기 위해 검을 내리쳤다! 너무나도 체격 차이가 나서 몸 중심까지는 닿지 않았지만, 러셀이 강화해 준 암속성 검은 갑옷을 입은 푸른 기간트라 해도 가차 없이 오른팔을 절단했다!

이어서 내가 어깨에 올라타자, 플로어 보스는 나를 붙잡으려 했다. 그러나 어둠마법의 검을 든 나는 그 왼손도 무섭지 않았다. 힘껏 휘두르자 손가락이 공중을 날았고, 이어서 검을 회수하며 팔뚝까지 싹둑. 이렇게 되면 이제 나의 적이 아니다.

방패를 지면에 던지고 양손으로 검을 들면서, 나는 러셀을 생각하고 있었다.

『이번에는 내가 너를…… 너 자신의 마음으로부터 구해낼 테니까.』

나는, 자신이 저질러 온 반년간의 잘못 만회하기 위해 러셀의 방패가 되었다. 그게 빚이라면, 갚을 필요가 없는 일방적인 빚으로 삼을 생각이었다.

그래도 러셀은, 언제나 내게 보호받고 있었다는 걸 마음에 두고 있었다. 그래서, 그 말이 나온 거다.

나의, 소망. 그건 이미, 나 자신의 이기심에 지나지 않는 것.

러셀이 다치는 게 싫다. 지켜주고 싶다. 그러니 내가 강해지고 싶다. 헌신적인 것 같지만, 제멋대로의 소망이라는 인식은 있다. 러셀을 남자로 보지도 않은 거니까.

그래서 내가 노력하고 또 노력하고, 그렇게 노력한 끝에 러셀을 지켜준다…… 그게 내가 해야 할 일이고, 하고 싶은 일이었다.

……하지만, 러셀은 그런 나에게 부족한 요소를 주었다.

러셀을 지키기 위한 힘을, 러셀 자신이 줬다.

그게 나를 구한다는 걸, 러셀은 알고 있었던 거다.

무엇보다, 누구보다도.

그야말로…… 나보다도, 나를 알고 있다는 증표.

—그 사실에 대한, 막대한 행복감.

공주님이 되고 싶었다.

왕자님은, 멋대로 이 사람이면 좋겠다~, 라는 식으로 정했다.

그 본인은, 자넷이 이야기해준 이야기 속 왕자님을 가볍게 뛰어넘어 버렸다.

"—이야아아아아아아앗!"

외침과 함께 전력으로 휘두른 검이 플로어 보스의 목으로 빨려 들어갔고, 저항 없이 들어간 검이 플로어 보스의 머리를 잘라냈다.

이걸로, 내 승리다!

머릿속에서 들린 목소리와 함께, 기나긴 싸움이 끝난 것을 실감—한 순간, 바닥이 휘청 흔들렸다.

……맞아! 나, 지금 플로어 보스 위에 올라가 있었지!

직접 보스의 머리를 날려버렸잖아! 그럼 보스의 몸이 가만히 있을 리가 없지?!

"와앗……?!"

아, 이거 착지할 수 없겠네. 이런 생각을 하면서 버티지 못한 채 그대로 자유 낙하했다. 뭐, 나는 성기사고, 바닥에 떨어지는 정도로는 아프지도 않지만—.

—그런 생각을 해서, 방심하고 있었다.

그야 물론 나인걸. 마지막의 마지막에서 엄청 방심한다니까.

그러니까…… 마음의 준비가 되지 않았을 때 당해버리는 거다.

"괜찮은거냐?"

왠지, 러셀의 얼굴이 굉장히 가깝다. 그보다, 가까운 게 당연하다. 무슨 일을 당한 건지 바로 알아챘다. 왜냐하면, 나는 이 시추에이션을 100만 번은 망상했으니까.

나, 공주님 안기 받고 있어.

"아와, 아와, 아와와와와……."

말이 나오지 않았다. 나도 참 정말이지, 망가진 고물딱지라 미안.

"이거야 원. 뭐, 상관없나. 에미, 잘해줬어."

"네…… 네에……."

어떻게든 떨리는 목소리로 대답했다. 그리고 꿈에서나 꿨던, 가장 원하던 상대에게 공주님 안기를 받자, 지금 상황과는 어울리지 않지만 사양하지 않고 가슴이 떨렸다.

……나는, 자신이 공주님이 아니라는 걸 안다.

러셀이 왕자님도 아니라는 것도, 어른이 되고 나서 알게 되었다. ―하지만.

"저기, 조금만 이대로 있어도 돼……?"

"뭐, 상관없어. 술사라도 레벨과 회복마법이면 어떻게든 되는 것 같아."

다행이다…… 조금 더 이대로 있을 수 있겠다.

나는 러셀에게, 지금 할 수 있는 최대한으로 얼굴을 내밀고, 팔에 안기면서 생각했다.

나는 공주님이 아니라, 성기사.

그러니까, 곁에 있는 게 왕자님이 아니라도 괜찮다.

……아니다.

왕자님 같은 건 필요 없다.
내 옆에는…… 그래.
성자님이 좋다.

—왜냐하면, 나에게는 『흑연의 성자』님이 있으니까.

고마워, 러셀.
나만의, 영웅담 속 주인공(히어로).

08 오늘 처음으로, 나는 무언가를 줄 수 있었다. 그리고, 기다리는 상대는……

품에 들어온 소꿉친구의 무게를 느꼈다. ……나도 『공주님 안기』 정도는 알고 있다. 이게 에미가 동경하는 상황이라는 것도 왠지 모르게 알 수 있었다.

갑옷을 장비한 사람을 드는 건 힘들지만…… 뭐, 오늘은 정말로 열심히 해줬으니까.

일찍이 나는 자신의 무력감에 시달려왔다. 자신의 특기 분야로는 이미 설 곳이 없었다.

시빌라에게 싸우는 법을 배웠다. 그리고 나만의 힘도 얻었다. 나는 그날부터, 자신의 다리로 걸을 수 있게 되었다고 생각했다.

—정말로, 그럴까?

생각해보면, 그 모든 것은 시빌라에게 도움을 받았기 때문이라 할 수 있다. 파트너라는 인식은 있지만, 그래도 『받은』 부분이 많다고 생각한다.

그래서 나는, 에미의 검에 암속성을 부여했다. 이건 내가 스스로 생각한 것이다.

시빌라는 이미 에미의 마음속 응어리를 간파해서, 구해냈다. 그러나 『옛날의 추억과 이어진 에미의 직업과 초조함』을 깨닫는 건, 원래 내가 아니면 안 됐다.

—나는 오늘, 처음으로 『줄 수』 있었다고 생각한다.

이봐, 시빌라. 이제 나도 네 옆에 나란히 설 수 있게 되었을까? 나든, 이브든 손을 내밀어서 구해내는, 그런 긍지 높은 너의 옆에—.

"……우후후후…… 플로어 보스가 18마리라니, 떼돈 벌었네~. 갑옷 입은 녀석은 귀 모양도 다르고, 특히 두목의 질이 좋아! 길드 마스터한테 거금을 뜯어내겠어~."

—그랬다. 너는 중요한 부분에서 그런 녀석이었지…….

"어~이, 두 사람도 그쯤 하면 슬슬 됐잖아."

분위기를 읽었는지 안 읽었는지는 몰라도, 시빌라는 짝짝 손뼉을 치며 이쪽을 바라봤다. 에미와 눈을 마주하자, 역시 좀 쑥스러웠는지 내 품에서 내려왔다.

"일단 회수할 수 있는 건 회수했어. 두 사람 다 수고했어."

"그래, 너도 말이지. 시빌라 없이 이 플로어 보스와 싸우는 건 상상하기만 해도 싫은데……."

"응, 정말이야. 시빌라 씨, 감사합니다."

나와 에미는 파괴된 돌벽 조각이 흩어진 지면을 보면서 중얼거렸다.

"결과만 보면 나는 이번에 대미지 소스가 되지 못했으니까,

너희가 노력한 덕분이야. 내 상상을 뛰어넘다니, 제법이잖아."

시빌라는 기쁜 듯이 에미와 내 머리를 마구마구 쓰다듬었다. ……에미는 기뻐 보였지만, 나는 너의 그런 대응을 받고 싶은 게 아니야.

"……에미는 최고로 귀여운데, 러셀은 참 무뚝뚝하네. 내가 만지기만 해도 남자는 다들 홀라당 넘어가야 하는데."

"자의식 과잉도 적당히 해야지. 그런 게 아니라……."

나는 시빌라의 손을 팔로 살짝 치우고는, 한숨을 내쉬면서 시선을 돌리며 대답했다.

"이런, 상사와 부하 같은 게 아니라…… 좀 더 대등한 관계랄까, 그런 게 되고 싶은 거야."

시빌라는 조금 놀란 듯 눈을 크게 뜨고는…… 씨익 웃으면서 입가에 손을 대고는, 그야말로 놀릴 보람이 있는 장난감을 찾았다는 표정을 지었다.

젠장, 나는 바보냐. 시빌라가 이런 말을 들으면 어떻게 나올지, 결과는 알고 있었잖아.

"우후후…… 시빌라는 지금 그걸로, 러셀이 본격적으로 나한테 빠졌다는 걸 알게 됐어!"

"그런 뜻이 아니야."

"쑥스러워하지 않아도 괜찮거든~. 뭐, 나와 나란히 서고 싶다면……."

시빌라는 한 발짝 물러나서 건방진 미소를 지은 채 엄지를 세우고는 뒤를 가리켰다. 다음 순간, 검은 날개가 거침없이 튀어나와 크게 펼쳐졌다.

“이 『어스름의 여신』이 할 수 있는 일을, 너도 해내야겠지!”

“터무니없이 무모한 소리잖아, 이봐!”

신의 능력이라니, 인간이 그런 걸 가질 수 있을 리가 없잖아?! 어차피 못한다고 생각해서 한 말이겠지만, 그쪽이 그럴 생각이라면 진심으로 목표로 삼겠어!

시빌라는 깔깔 웃으면서 바로 날개를 집어넣었다. 이 녀석, 과시하기 위해서 여신의 날개를 이 세상에 끄집어냈다. 이미 여신의 신비성 같은 건 조금도 없다…….

……아니, 나는 이제 와서 무슨 생각을 하는 거냐. 이 녀석에게 신비성 같은 건 원래부터 없었잖아.

그야 시빌라니까!

“와와와…….”

에미가 시빌라를 보며 놀랐다…… 하긴. 저걸 보는 건 처음이겠지.

“에미. 저게 여신의 모습을 한 시빌라야. 뭐, 보는 대로 이 녀석의 알맹이 자체가 좀 그러니까, 별로 여신이라는 느낌은 안나지만.”

“잠깐, 그거 무슨 뜻이야.”

“말 그대로다. 애초에 근접 모험가 옷을 입은 여신이라니, 대체 뭐야.”

“원래 여신의 키톤 같은 걸 입고 다녔지만, 움직이기 힘들어서 바로 팔아버렸어.”

새로운 사실. 시빌라는 원래 여신다운 복장을 하고 다녔다고 한다. 그걸 그만둔 이유도 철저한 실용 중시, 여신다움 같은 건 전부 마물의 먹이로 줘버린 것 같은 여자다.

이거야 원. 실로 시빌라다운 대답이라 납득할 수밖에 없다…….

"자, 그럼."

시빌라는 장난스러운 분위기를 그만두고, 시선을 날카롭게 바꾸고는 문 쪽을 바라봤다.

"문이……!"

마력의 벽으로 덮여 있던 출입구가 열려 아래로 가는 계단이 보였다. 그 너머는, 틀림없이 최하층. 다른 이름, 마계—즉, 마왕(그 녀석)이 있다.

"여유만만이네. ……던전에서 러셀의 도망칠 곳 없는 공격을 벗어날 수 있을 리가 없어. 이번에는 아드리아 던전의『망각뢰의 리빙 아머』때와는 달리, 에미가 러셀 앞으로 나와서 공격을 막고, 나도 방책은 몇 개 있으니까 마법으로 원호할게."

줄곧 함께 싸워왔었는데, 시빌라는 이미 모종의 대항 수단을 생각한 모양이다. 과연…… 머리 회전이라는 면에서 아직 나란히 서는 건 주제넘은 소리인가.

"그 정도는 해내지 못하면, 평범한【마도사】는 역할이 없거든. 맡겨두라고!"

시빌라의 말이 무엇보다 믿음직하게 느껴진 나와 에미는 고개를 끄덕였다. 드디어 결전의 때다. 그렇게 생각하면서 연 문

너머에는…… 예상 밖의 광경이 펼쳐져 있었다.

—아무도, 없다.

의아하게 생각하면서 방패를 든 에미 앞으로 나온 시빌라가 방 중앙으로 향했다. 그리고, 중앙에 떨어진 종이를 줍더니…… 「또 당했어!」라고 외치면서 종이를 불태워버렸다. 나와 에미는 황급히 시빌라 근처로 갔다.

"시빌라, 그 종이는?"

"너희, 그 마왕이 마지막에 말한 내용, 기억해?"

"최하층까지 내려오라는 내용이었다고 생각하는데……."

"조금 달라. 『고아원 인간이라고 생각할 수 없을 만큼 강하고, 놀 보람이 있다고 판단되면 심심풀이 상대로 삼아주겠다』라는 내용이야."

떠올랐다. 확실히 그런 말을 했었다. ……불길한 예감이 든다.

"그 녀석! 이런 상황이라면, 만반의 준비를 마친 최종 결전이니까 보통은 끓어오르잖아!"

"뭐라고 적혀있었던 거냐?!"

내가 묻자, 시빌라는 그 충격적인 내용을 외쳤다.

"단 한 마디. 『늦어』라고 적혀있었어!"

……늦어? 그렇다면…… 다시 말해…….

"우리의 도착이, 늦었다는 거냐……?"

"그런거지!"

긴장감으로 가득했던 몸에서 단숨에 힘이 빠지는 걸 느꼈다. 무심코 에미를 보자, 나와 눈을 마주하더니 고개를 갸웃하며 시빌라에게 다가갔다.

"……저기~, 시빌라 씨. 그럼 마왕은 없는 거죠?"

"내 마법으로 색적한 범위에는 없네."

마왕과의 첫 전투였어야 했던 에미는 긴장감 없는 얼굴로 「허어」 하고 애매한 대답을 했다.

그 마왕은 도전자를 몇 년이나 계속 기다렸을 거다. 그런 녀석이 『늦어』라고 적었다는 건, 아마 오는 게 늦었다는 의미가 아니라…… 우리가 그 갑옷을 입은 기간트 플로어 보스를 쓰러뜨리는 게 『늦었다』=『기대 이하』이라고 생각한 거겠지.

자기가 플로어 보스를 강화해 놓고서는, 정말 제멋대로다…… 점점 분노가 솟구쳤다. 아아, 시빌라가 이렇게나 화가 난 건 그런 이유인가.

—문득, 당연한 의문이 떠올랐다.

"이봐, 시빌라."

"뭔데."

"……이 최하층에 없다면…… 그 마왕은, 어디 있는 거냐?"

시빌라는 눈을 크게 뜨고는, 고개를 빙글 돌려서 최하층 플로어에 통로가 없다는 걸 확인하고, 우리를 보더니 외쳤다.

"최하층보다 아래는 없어. 그럼 지금, 마왕은……! 두 사람, 돌아가자!"

시빌라의 긴박한 목소리가 재촉하자, 우리도 뒤따라서 달렸다. 던전을 만들어서 다른 곳으로 도망쳤다면, 지금 마왕이 지상에 있을 가능성은…… 제로가 아니다.

이미 지나간 던전의 길을 다시 밟으면서 나는 생각했다. 이번 싸움에서 얻은 건 컸다. 그러나 동시에, 너무나도 개운하지 않은 마지막이다. 돌아가는 길을 선도하는 시빌라의 등을 보면서, 나는 말 못 할 가슴의 응어리를 품고 달렸다.

도시로 돌아오자, 완전히 해가 저물어 있었다. 아무런 사정도 모른 채 보석상은 물건을 팔고, 귀족은 물건을 샀다. …… 저건, 전에 봤던 남자군. 또 사는 건가. 부자는 굉장하네.

……태생적인 부귀, 귀천……이라. 아니, 지금 생각하는 건 그만두자.

던전 탐색을 마치고 어스름이 드리워진 어두운 하늘 아래, 시빌라는 가장 먼저 길드로 향했다.

"돌아왔어! 바로…… 아니, 당신은."

"오, 돌아왔나!"

시빌라가 접수대에 말을 걸기 전에, 그『질풍신뢰』의 리더가 말을 걸어왔다.

"무사히 돌아오길 기다렸다고."

"아~, 혹시 우리가 돌아올지 어떨지를?"

"당연하잖아? 모두 이미 돌아갔지만, 그래도 걱정이 돼서 조마조마했거든. 나는 리더로서 불안의 씨앗을 제거할 필요가 있어. 그러니 무사한지 알려주기 위해 남은 거지."

남자는 그렇게 말하며 웃었다. 과연, 확실히 숙련 파티의 리더를 맡을 만한 그릇이 있는 인물인 것 같다.

"그래…… 다행이네. 우리도 당신들이 당하지 않았나 걱정됐거든."

"아무리 그래도 상층에서는 안 당하지."

"그런 의미가…… 아니, 아무것도 아니야. 그래. 돌아가는 길에는 마물도 없으니까!"

시빌라는 마왕의 화제를 꺼내려다가…… 전하지 않고 침묵했다. 그리고 접수대에서 각종 이야기를 하고는 금방 용무를 마치고 함께 여관으로 돌아왔다.

방으로 돌아오자…… 세 사람은 조용히 서로를 바라봤다.

오늘은 각각의 능력을 끌어내서 서로의 연계를 능숙하게 취할 수 있었다.

고아원 출신 【성자】이자, 【어스름의 마경】인 나.

같은 고아권 출신이며, 근접전에서는 공수 모두 우수한 【성기사】가 된 에미.

일찍이 이름 모를 【어스름의 마경】과 함께 도전했다 패했던, 시빌라.

……우리 세 사람이 마음속으로 느낀 감정은, 틀림없이 똑같겠지.

시빌라는 고아인 이브를 구한 건 물론이고, 아드리아 고아원을 지키기 위해 움직일 만큼 아이들을 좋아한다. 시빌라 자신이 말하지 않더라도, 그 정도는 알 수 있다.

그리고 나와 에미도 고아원 출신이며, 그 추억은 무엇과도 바꿀 수 없는 소중한 것이다.

—싸구려. 저속. 비천. 그 녀석은 우리의 인생을 그렇게 단언했다.

【성기사】가 된 애미의 내면을 전혀 보지 않았다.

마왕으로서 완전히 상식에서 벗어난 규격 외의 능력. 나의 기습을 뒤돌아보지도 않고 피할 정도의 강함. 그리고 더욱이, 예상 밖의 수단을 쓸 가능성도 충분히 있다.

무슨 일이 일어날지 모른다. 결코 편한 상대는 아니겠지.

……그럼에도.

"쓰러뜨리자."

"당연하지."

"응, 반드시."

우리의 마음은 하나였다.

시빌라는 거기서 말을 이었다.

"세이리스의 마왕은 처음 봤는데, 그런 녀석일 줄은 몰랐네. ……좋아. 이번에는 두 사람이 플로어 보스와 마왕 토벌의 핵심이야. 그렇다면, 녀석의 작전을 폭로하는 건 내 역할이네."

그리고, 허공을 노려보면서 건방지게 웃었다. 그 입꼬리가 올라간 얼굴은 도저히 여신이라 부를 만한 게 아니라서, 애미도「오오……?」하고 놀라면서도 기겁한 기색이다.

—그래. 지금부터 긴장해봤자 소용없다. 위축은 실력의 족쇄가 된다, 였던가?

게다가 애미는 아직 모르겠지. 저 녀석이 저런 표정을 지을 때 얼마나 믿음직스러운지를.

마왕이 적대하는 존재. 마왕 토벌을 전문으로 하는『어스름의 여신』.

그리고— 자신의 욕망에 충실하고, 최선의 결과까지 일직선으로 전진하는 욕심 많은 모험가가 바로 시빌라다.

"후후, 후후후……! 가장 싫어할만한 최후를 맞이하게 해주겠어……!"

제2장

09 분명 그럴 것이라는 선입견 탓에, 가장 잘 보이는 것이 보이지 않게 된다

내리쬐는 태양의 열기, 어딘가 신기한 냄새가 나는 바람. 살랑살랑한, 마을에서 놀 때는 얻을 수 없었던 발밑의 따스한 감각.

"러셀~! 여기 여기!"

그리고, 목욕이라도 간다고 말할 법한 모습을 당당하게 드러내고 있는, 소꿉친구의 모습. 옆에서 팔짱을 끼고 히죽히죽 웃고 있는 녀석도 확인하면서, 나는 그곳으로 발을 옮겼다.

—우리는 지금, 모래사장에 있다.

세이리스는 크게 두 개의 지역으로 나뉘어 있다. 하나는 어선이나 교역선이 드나드는 항구 구역이고, 또 하나는 바다에 가까운 모래사장이 펼쳐진, 노는 사람들을 위한 구역…… 즉, 이곳이다.

단적으로 말하자. 우리는 지금, 시빌라의 제안으로 세이리스의 모래사장에 놀러 왔다.

어째서 이런 상황이 되었느냐면, 이야기는 전날까지 거슬러 올라간다—.

세이리스 제3던전에서의 싸움을 끝내고, 나는 회복마법과 치료마법을 써서 모두의 몸을 깨끗하게 만들었다. 에미와 시빌라는 여관 욕실로 향한 모양이다.

두 사람을 보내고 그대로 침대에 누워서…… 의식을 놓았다. 나중에 생각하면, 역시 세이리스 제3던전에서의 싸움은 정신적으로 커다란 부담이었던 모양이다.

내구력이 높아서 상성이 안 좋은 마물, 시빌라의 예상을 뒤집은 플로어 보스. 그리고 무엇보다…… 이쪽의 불쾌한 감정을 불러일으키는 금전 가치 절대주의의 마왕.

한 번에 너무나도 많은 일이 일어났다.

그래서 나는 회복마법으로 피로를 풀었는데도, 정신적인 피로 탓에 그대로 쓰러진 것이다. 아드리아 던전을 공략한 밤 이후 처음이다.

결국 이른 아침에 깨어나서 멍한 머리로 침대에서 일어났다. 눈을 뜨자, 시빌라가 침대에서 오른팔을 뻗어 에미에게 팔베개를 해주고 있었다.

"여어."

시빌라는 그 모습으로 왼팔을 들어서 내 침상에 인사했다.

"응."

나도 짧게 대답하고 시빌라의 팔을 베고 누운 에미를 봤다. 에미는 아직 자고 있나…… 미간에 주름을 잡고 땀을 흘리고 있다.

"……에미는?"

"어제도 목욕탕에서 떠들거나, 이것저것 하긴 했지만……

역시 분한 모양이더라. 주책없이 너를 아주 덮어놓고 칭찬했었지만…… 마지막에는 놓쳐버렸으니까."

"역시, 신경 쓰고 있었나……."

"그러니까, 조금은 답답한 마음이 누그러지면 좋겠다고 생각해서 같이 자준 거야."

그런가…… 내가 먼저 잠든 뒤에, 그렇게나 신경을 써줬던 건가. 나로서는 아무리 그래도 그렇게까지 할 수는 없기에, 시빌라에게는 정말 큰 도움을 받았다.

……에미가 여동생이라기보다는 딸처럼 보인다는 건, 이야기하지 말자.

우리는 잠든 에미의 얼굴을 보면서…… 그렇게 생각한 건 나뿐이었던 모양이다. 시빌라는 눈을 게슴츠레 뜨고 이쪽을 바라봤다.

"뭐냐?"

"아니, 너도 이런 표정으로 자고 있었다 싶어서."

……내가, 지금 에미와 마찬가지로, 말인가? 일어났을 때 몸은 땀에 젖었고, 침대는 명확하게 축축하다는 걸 알 수 있을 만큼 수분을 머금고 있었다.

"……정말인 것 같군."

"자각이 없네. 너는 그러니까—."

"으…… 으응……?"

내가 자신의 상태를 확인하고 시빌라와 대화를 나누는 사이, 에미도 일어난 모양이었다.

"아, 러셀 좋은 아침…… 시빌라 씨도……."

"좋은 아침, 에미."

에미가 일어나자, 시빌라가 살짝 팔을 흔들었다. ……그야 어린애가 아닌 상대에게 팔베개를 해줬으니 피곤하지 않을 리가 없겠지.

"《엑스트라 힐 링크》, 《큐어 링크》."

피로회복과 상태 이상 회복. 알 수 있게 소리를 내서 마법을 사용했다. 땀을 흡수한 옷에도 효과가 있었기에 두 사람도 금방 알아챘다.

"와, 몸이 개운해. 고마워!"

"응, 고맙네."

"이럴 때도 써줘야지. 그런데, 오늘은 어디까지 들어가지?"

내가 그 화제를 꺼내자, 에미의 얼굴도 바로 진지하게 변했다. 시빌라는 팔짱을 끼고 복잡한 고민을 하는 모양이었다.

최고 난관인 세이리스 제3던전의 개조 하층 플로어 보스까지 토벌했다. 그곳에 다시 들어가는 것도 충분히 가능하다.

아마 에미도 똑같은 생각을 했는지, 나와 눈을 마주하며 고개를 끄덕이더니 자신의 힘을 확인하듯이 주먹을 보며 몇 번이고 쥐었다 피기를 반복했다.

고민을 마친 시빌라는 손뼉을 치고는 예정을 선언했다. 그것이—.

"오늘 하루는, 신나게 놀자!"

—바다에서의 해수욕이다.

다른 손님을 피하면서 손을 흔드는 에미에게 향했다.

그렇게 가던 중에 다른 남자가 에미에게 갔다.

"못 보던 얼굴이 두 명! 어느 쪽도 좋지만, 한쪽은 엄청 쩌는 미인이잖아! 어디 사는 아가씨야?"

"저기, 한가해? 우리랑 놀지 않을래? 술 괜찮아? 밤 시간 비어있어?"

그야말로 논다는 느낌의 남자들이 나타나자, 에미는 노골적으로 곤란하다는 표정을 지었다. 아무리 빈스라도 그런 센스 없는 권유는 안 한다고…… 그런 말로 따라갈 리가 없을 텐데.

반면 시빌라는 히죽히죽 웃고 있었다. 권유를 받아들일 생각은 없겠지만…… 대체 무슨 생각을 하나 했더니만, 시빌라는 에미와 어깨동무를 하면서 목소리를 높였다.

"어이쿠, 거기 뒤에 있는 사람! 당신, 모두의 인솔자? 감탄이 절로 나오네!"

시빌라에게 말을 걸어온 남자와는 다른, 바로 뒤에 있는 남자를 향해 말을 건 거다. 갑자기 자기가 직접 남자를 권유하다니 무슨 생각이지? 그런 생각을 했는데.

나는 바로 시빌라의 의도를 알아챘다.

"어, 어, 어어어어제의! 너희 그 녀석에게 말 걸었냐?! 그럼 도망쳐! 그 녀석은 위험해!"

"어, C랭크인 모크란스 선배가 보고 위험하다니 대체 뭡니까?"

"저 금발, 맨손으로 뼈를 가볍게 부러뜨리는 여자 기간트라고?! 너희도 도망쳐!"

"어, 자, 잠깐…… 도망치는 거 빨라?! 그건 좀 아니죠~!"

어제 에미가 퇴치한 남자가 황급히 도망치는 걸 보자, 말을 걸어온 남자들도 서둘러 그 남자를 쫓아갔다. 그 뒷모습을 응시한 나는 시빌라에게 도착했다.

"이 전개, 예상했던 거냐?"

"우연이야. 그래도 노는 데 익숙한 남자가 많고, 관광객을 노리는 녀석들도 꽤 있거든."

오늘 같은 일이 생길 때를 위해 그때 모험가 길드에서 눈에 띄는 대화를 계획적으로 했던 건가. 여기서 섣불리 다퉜다가는, 저 녀석들이 모험가라는 걸 주변이 모르는 이상 역시 좀 보기 안 좋으니까.

"저기, 러셀…… 나, 그렇게 무섭지 않지? 기간트 같지 않지……?"

"너처럼 귀여운 기간트가 있겠냐……. 그런 말을 하는 녀석이 있다면 내가 눈을 치료해주고 거금을 뜯어내겠어."

안심시켜주려고 말한 건데, 에미는 「귀엽다니…… 귀엽다고 했어 우헤헤……」라며 완전히 헤실거리게 되었다. ……그리고, 그런 우리를 놓치지 않는 녀석이 여기에 있다.

"제법이네~, 러셀. 으랴으랴— 아얏."

당연한 듯이 바로 놀려대는 옆자리의 눈에 띄는 바보에게 여느 때처럼 손날치기를 날렸다.

주변에서 「우와……」라든가 「폭력 남친……?」이라는 말이 들려왔지만, 불합리해……. 이 녀석은 오히려 얻어맞는다는 걸 알면서도 도발하는 걸로밖에 보이지 않는데 말이지.

—아니, 그게 아니다. 남친이 아니라고.

"어때? 우리의 수영복은."

다시금 그 말을 듣자, 나는 실례가 되지 않게 두 사람을 바라봤다.

에미는 하얀색을 중심으로 푸른색과 녹색 문양이 들어간 상쾌한 분위기의 천이 넓은 타입이다.

"에미다운 느낌이 드러난다고 말해야 할까? 잘 어울리는 것 같아."

"에헤헤…… 시빌라 씨에게 제일 어울리는 걸로 골라달라고 부탁했거든."

그랬었나. 어쩐지 처음치고는 익숙해보이고 잘 어울린다 싶었다. 이런 부분에 관해서도 시빌라는 역시 센스가 좋다.

반면 시빌라는 검은색에 상하가 나뉜 타입의 수영복이다. 하얀 원 포인트가 있지만, 심플한 수영복이다.

천의 면적은, 에미보다도 적다. 몸매는 에미보다 성숙한데도 말이지.

그보다, 남자도 여자도 모두 시빌라의 옆을 지나가면서 돌아볼 정도로 눈에 띈다. 정말로 이 어스름의 여신, 숨길 생각 같은 건 털끝만큼도 없어 보이는군…….

"시빌라도 잘 어울리지만, 너무 눈에 띄는 건 어떤가 싶은데."

시빌라는 가슴을 살짝 모으면서 즐겁게 움직였다…… 아니, 잠깐. 움직이지마. 지금 그 한순간에 주변 사람 몇 명이 발을

멈췄다고. 진짜로 너 너무 눈에 띄잖아.

"……러셀은 정말로, 안 보네."

"뭐야, 문제있냐?"

"설마. 프렛치가 말한 대로네. 굉장히 좋아. 지금까지 본 가운데서, 제일 좋네."

그건…… 칭찬하고 있는, 거겠지? 시빌라라면 몰라도, 프레데리카가 인정한 거라면…… 뭐, 긍정적으로 받아들이자.

"그런데……."

나는 주변에 사람이 줄어든 걸 확인하고, 시빌라에게 얼굴을 가까이 가져갔다.

"너는 일단은 몸을 숨기고 있는 거 아니냐? 이렇게 눈에 띄어도 되겠어?"

"어라."

시빌라는 팔짱을 끼고는 무척 신기한 걸 묻는다는 듯한 표정으로 나를 봤다.

"너 말이야. 빈집털이가 무슨 차림새를 하는지 알아?"

시빌라의 뜬금 여신 기질이 이틀 만에 나왔다. 갑자기 문제를 꺼내는 데다, 아무리 생각해도 전혀 다른 화제다. 갑자기 빈집털이라니. 관계가 있는 건가?

"……소매치기를 하려던 때의 이브처럼, 몸을 가리는 천을 뒤집어쓰는 것 아닌가?"

"정답은, 『준남작 정도 신분의 옷을 입는다』야."

……뭐라고? 준남작이라면, 귀족 중에서는 낮은 작위여도

평민이 보기에는 당연하게도 월등히 높은 지위를 가진 사람이다. 그런 녀석이, 빈집털이라고?

"그래. 돈에 곤란해 보이는 상대는 돈을 훔칠 것 같으니까 경계하잖아. 하지만…… 돈에 곤란해 보이지 않는 상대라면?"

"앗!"

옆에서 나 대신 에미가 놀라면서 소리를 질렀다. 물론 나도 그 이유를 깨닫고 놀랐다.

"왕도라면, 신흥 귀족은 누가 누구인지 얼굴을 몰라. 그러니까 준남작의 옷을 입고, 사람이 적은 뒷골목에서 습격하는 거야. 부자 같아 보이니까 아무도 경계하지 않아…… 실제로는 귀족의 옷을 사서 너덜너덜한 옷을 입은 소매치기보다 지갑 속의 여유가 없는데 말이지."

……그렇군. 맹점이었다. 돈이 많아 보이니까, 위험을 무릅쓰면서까지 돈을 훔칠 것 같아 보이지는 않는 건가.

이 정보, 설마 시빌라밖에 모르는 건 아니겠지? 너무나도 유용한 정보라서, 지금 당장 젬마 할머니나 프레데리카에게 알려주고 싶을 정도다.

즉, 지금의 시빌라를 본다 해도 아무도 연상조차 할 수 없다는 뜻이다. 이 제일 눈에 띄는 여자가 어둠마법의 인도자인 여신이라는 걸. 동시에…… 내가 어둠마법을 다루는, 누군가에게서 숨을 필요가 있는 남자라는 걸 아무도 눈치 채지 못하는 거다. 거기까지 생각하고 움직이다니…….

……. 아니, 잠깐만…… 시빌라라고……?

"즉, 나는 숨어있는 거야. 이 모래사장 한가운데에서 눈에 띄는 차림새를 해서, 모두가 『숨어야만 하는 인간이 할 행동이 아니다』라고 생각하게 하는 거지."

당당히 허리에 손을 대고 가슴을 편 시빌라의 의기양양한 얼굴을 봤다. 에미는 옆에서 「시빌라 씨, 정말로 머리 좋네요오」라고 말하고 있다…… 그러나.

나는 스트레이트로 물었다.

"거짓말은 아니겠지만…… 본심은?"

"절반은 끝내주는 수영복으로 주목을 받고 싶으니까! 뭐~, 들키면 그때 생각하자?"

그럴 것 같았어! 자, 봐라. 에미도 감탄하다가 행동하기 곤란해서 쓴웃음을 짓고 있잖아.

어때? 에미. 이게 시빌라라는 녀석이다. 내 평소 행동도 이해하겠지?

내게 의기양양한 얼굴을 과시하는 시빌라를 보면서 어이없어하고 있는데—!

"—꺄아아아앗!"

해변에서 갑자기 여성의 비명이 들려왔다. 우리는 서로의 얼굴을 확인한 뒤에 목소리가 들린 방향으로 달렸다.

그곳에 있는 건, 여기 있을 리가 없는 존재였다.

"……니들 래빗?! 이런 사람 많은 해변에?!"

시빌라의 외침과 함께 나타난 건, 모래사장에 있을 리가 없는 마물이었다.

니들 래빗. 그건 바로 어제 시빌라에게 들은 이름이다. 확실히, 세이리스 제2던전의 마물이었을 거다.

“두 사람은 물러나. 《파이어 재블린》!”

시빌라는 모래사장에 나타난 마물에게 곧바로 마법을 날려서 일격에 태워버렸다. 눈에 띄는 외견에 화려한 행동을 한지라, 주변에 있던 해수욕장 손님이 박수를 보냈다.

모두의 주목을 받자, 시빌라는 웃으면서 손가락을 두 개 세우며 어필했다.

“굉장해…… 그보다 터무니없는 미인이야…….”

“마법도 굉장해…….”

“해변의 여신님이야…….”

대놓고 여신님이라고 하고 있잖아. 너도 손 흔들지 말라고.

아까 했던 말은 철회하자. 시빌라는 『절반은 눈에 띄고 싶다』가 아니다. 『9할은 눈에 띄고 싶다, 1할은 여신이라는게 들키지 않으면 좋겠다』 정도밖에 생각하지 않고 있다.

시빌라는 불타버린 토끼 뿔을 있는 힘껏 뿌리부터 부러뜨리고는 포장마차 남자에게 고기를 가져갔다. 그리고 가볍게 교섭하더니, 고기를 건네주고는 이쪽으로 돌아왔다. 장사 성립인 건가.

“뭐, 금방 대응한 편이군. 수고했어.”

“…….”

“이봐, 무시냐.”

“어, 아아. 아무것도 아니야. 그래서 뭐라고 했어?”

"……아니, 너 괜찮은 거냐?"

지금까지와는 달리 마음이 여기에 없는 듯한 시빌라를 보자 아무리 나라도 걱정이 됐다. 평소에는 여유가 넘쳐 흐르던 여자니까.

"시빌라 씨. 저기, 수고하셨어요."

"아아, 괜찮아. 여기서는 러셀이 나설 수 없으니까. 나는 이럴 때를 위해서 재강림 직후부터 일단 최저한은 싸울 수 있게 해놨거든."

최저한이라고 해도, 이미 지금의 시빌라는…… 레벨 30 이상이었나? 충분히 베테랑의 영역이다. 고작 며칠이건만, 어느새……. ……아니, 그러고 보니 드래곤의 심장이라는, 경험치를 얻을 수 있는 특별한 걸 먹기도 하면서 레벨을 올렸었지…….

자, 우선 시빌라가 이렇게 된 원인은 짐작이 가기에, 직구로 물어보자.

"시빌라. 이 마물의 출현은 예상하지 못했던 거냐?"

던전 스칼렛 배트가 아드리아에 나타났던 걸 생각하면, 해수욕장에 마물이 나타나는 정도는 예상할 수 있을 것 같은데…….

시빌라는 내 질문에 표정을 바꾸지 않고 입가에 손을 대며 고민에 잠겼다.

"무리야. 세이리스의 제1, 제2, 제3던전 각각에는 철책이 있어서 마물이 나올 수 없게 되어있어. 그리고 이동경로 도중에는 세 곳 모두 실력 있는 사람이 상주하고 있거든. 예를 들어 제3던전의 문지기 말인데, 그쪽은 【도적】계야."

"알 수 있는 거냐?"

"장비와 냄새로. 분명 발이 빠를 거야. 길드까지의 거리라면 바로 연락할 수 있을 만큼."

과연. 구조나 모두의 피난을 전하기 위해 발이 빠른 사람을 상주시키고 있는 건가. 그렇게나 한눈에 간파할 수 있는데, 이번 건은 시빌라도 몰랐던 건가.

"제2던전의 마물이니까, 그쪽에서 나왔을 테지만…… 그렇게 가정하면 모르겠네. 어떻게 빠져나온 걸까?"

"그렇게나? 가능성은 있지 않나?"

"모래사장에 오기 전에 문지기는 물론이고, 십중팔구 세이리스의 병사가 쓰러뜨렸을 테니까. 이브도 무서워했던, 치안 유지 담당의 세이리스 병사가 말이지."

그러고 보니, 온 직후에도 봤었지. 정중하면서도 강함이 느껴지는 세이리스의 병사들. 만약 마물이 나왔다면 가만히 있을 리 없다.

"……으음…… 뭐, 좋아."

시빌라는 마지막으로 애매하게 화제를 끝내고는 바위 뒤까지 가서 팔짱을 끼며 침묵하고 말았다. 그 얼굴은, 분노도 곤혹도 아닌 조용한 얼굴이었다.

그러고는 정작 시빌라는 놀고 오라고 해서, 조금 낌새를 신경 쓰면서도 에미와 함께 바다에 들어가서 놀거나, 바다의 물건을 만져보며 즐기기도 했다.

본 적 없는 바다 생물을 바위 뒤에 있던 시빌라에게 보여주자, 예전에 자넷에게 들은 이름이 나왔다. 지식밖에 없었던 바다 생물을 서로 보고 만지며 감동했다.

에미가 불가사리의 실물을 보고 비명을 지르며 달라붙는 등 약간의 해프닝도 있었다. 그보다 나 자신도 그 모양이 움직이는 모습을 보고 놀라서 소리를 지르고 말았다. 그런 우리를 보고 시빌라는 즐겁게 웃었지만…….

……결국 이날, 시빌라는 한 번도 헤엄치지 않았다.

"잘 놀았네~."

마음껏 놀아버린 우리는 해변에 부설된 몸을 씻기 위한 시설을 이용했다. 물의 마석을 사용하는지, 깨끗하고 잘 관리되어 있었다.

세이리스는 바다의 도시. 여관까지의 길을 수영복을 입고 걸어도 그리 눈에 띄지 않는다.

"저기, 시빌라 씨."

"응? 왜 그래? 에미."

"시빌라 씨는, 머리가 좋다고 하고 저도 굉장하다고 생각하지만, 그래도 이번 일은 그렇게나 어려운 느낌인가요? 얼마나 고민하고 있나 싶어서요."

에미의 질문은, 시빌라가 고민하는 일에 관한 것. 나도 그건 신경이 쓰였다. 시빌라는 대체 얼마나 고민하고 있는지, 상상도 가지 않으니까.

"그게 말이지. 던전 안이라면 몰라도, 마물이 밖으로 나오게 되면 너무 어렵거든."

어떤 대답이 나올지 기대하고 있었는데, 이 녀석치고는 웬일로, 생각보다 간단히 항복 선언을 듣게 되었다.

"예를 들어, 마왕은 최하층에서 우리를 만나지 않고 사라졌다. 그리고 그 최하층은 샛길도 없었다. ……즉, 벽을 통과했거나, 샛길을 던전 메이크한 거야."

아아, 확실히 나도 마왕을 만나지 못했다는 건 신기하게 생각했었다. 벽을 통과하는 걸 상상하기도 했지만, 애초에 던전을 다시 만든 건가.

"나는 일단 돌아올 때 색적마법을 쓰고 있었어. 그래도 마왕같이 보이는 건 없었어."

……그랬었나. 황급히 달려가는 것 같으면서도 하나하나 생각하고 있었구나.

"그러면, 하나의 가능성이 생겨나."

"……그건?"

"나무를 숨기려면 숲속에 숨겨라. 그럼…… 인간형 생물을 숨기려면?"

—아!

나와 에미는 눈을 크게 뜨고 주변을 봤다. 그곳에는 평범한 평민, 이쪽을 의아한 듯 잠시 바라보는 통행인, 포장마차 사람, 노점 사람. ……오늘은 보석상 노점이 하나 없다.

"그래. 이 도시 사람 전체에 혐의가 걸려있고, 동시에 인질이기도 해."

시빌라에게 들은 순간, 우리 세 사람을 제외한 이들이 마치 뭔가 완전히 다른 존재처럼 보였다. 옆을 보자, 에미도 불안과 공포가 뒤섞인 표정으로 이쪽을 보고 있었다.

그때 시빌라가 손뼉을 쳤다.

"뭐, 이런 말을 해봤자 어쩔 수 없어. 세이리스의 마왕이 얼마나 예전부터 그게 가능했는지는 몰라도, 아직 이 도시에 아무것도 하지 않았다는 건 뭔가 집착하는 게 있는 거겠지."

"도시는 몰라도, 우리는?"

"끝장을 내는 것도 귀찮아했잖아? 대낮에 당당히 암살할 가능성은 낮을 거야. 게다가, 나는 환술 해제도 가능하니까 발견하기만 하면 금방 알 수 있어."

……과연, 거기까지 생각하고…… 생각한 끝에, 마왕에 대한 경계는 푼 건가.

"예상할 수 있는 건 여기까지……. 예상과 예언은 달라. 나는 예언가가 아니니까, 표적을 좁힐 수는 없어. 하지만—."

항복이라는 포즈를 취하고는 말을 이었다.

"—예언가는 머리가 좋은 사람이 아니라 그런 스킬을 가진 사람이야. 그러니까 어느 의미로, 그것에 의지해버리는 건 위험해. 내가 생각하는 건 어디까지나 가능성뿐이야."

그것만 단언한 시빌라는 다시 걸었다.

에미가 그 뒷모습을 보면서 나지막하게 중얼거렸다.

"책임을, 느끼고 있는 걸지도."

"……책임? 저 시빌라가?"

"응. 해수욕장 손님이 위험해진 거, 자기 때문일지도 모른다면서. 그러니까 오늘, 그다지 놀지 못했던 게 아닐까. 나, 시빌라 씨하고도 헤엄치고 싶었는데……."

그런가…… 내가 봐도 두 사람은 무척 이야기도 많이 하고 친해졌으니까, 같이 놀고 싶었겠지. 시빌라를 꽤 신경 쓰고 있구나.

나도 오늘의 시빌라는 웃고는 있어도, 어딘가 절박한 것처럼 보였다.

……역시, 예전 【어스름의 마경】이 세이리스 제3던전에서 패배한 것도 포함해서 책임감을 느끼는 걸까.

본래는 마왕의 짓이거나, 혹은 던전 앞을 제대로 경계하지 않은 인간의 책임일텐데, 진짜 여신인 시빌라에게 그 책임을 떠넘기는 건 도리에 어긋난다고 생각하지만…… 그래도 저 녀석은 자신의 책임으로 생각하고 있는 거겠지. 역시 그런 부분은 긍지가 있는 여신답다.

우리는 시빌라의 등을 말없이 따라가면서 여관으로 돌아왔다.

저녁은 여관에서 해산물이 많은 뷔페를 먹고, 에미와 함께 입맛을 다셨다. 해산물을 이렇게나 많이 먹을 수 있으니까, 세이리스에 사는 사람이 부러워졌다.

그러나 의외로 매일 이 맛있는 해산물 요리가 이어진다면 작은 마을의 고기나 채소 요리가 그리워질지도 모른다. 익숙한 맛이라는 거겠지.

……시빌라는 이때도 말을 거의 하지 않았다.

방으로 돌아오자, 완전히 해가 저물어 있었다.

나와 에미는 어땠냐면…… 우리 중에서 가장 이야기 계기를 잘 만들고, 떠들썩하게 끼어드는 시빌라가 조용하기도 한지라 무척이나 거북한 분위기가 감돌고 있었다. 동시에 이 세 사람은 역시 시빌라를 중심으로 돌아가고 있다는 걸 재확인할 수 있었다.

"—후, 후후후……."

그러던 중, 뒤에서 웃음소리가 들리자 나와 에미는 황급히 돌아봤다.

그곳에는…… 기다리고 기다리던, 시빌라의 건방진 미소.

"러셀, 회복과 치료."

"맡겨둬."

들은 대로 마법을 사용하자, 하루 내내 놀았던 피로가 날아간 데다 오늘을 쉰 것으로 얻은 정신적인 해방감도 맛볼 수 있었다.

……역시, 내가 생각한 것 이상으로 궁지에 몰려있었던 거겠지. 에미와 함께 바다에서 놀아서 다행이다. 에미도 아침에 시달렸다고는 생각하지 못할 만큼 기운이 느껴졌다.

"그럼, 전신을 완벽하게 장비하고 따라와."

시빌라의 자신만만한 말에 믿음직함을 느끼면서, 둘이서 저녁때와는 완전히 다른 기분으로 시빌라의 뒤를 따라갔다.

그렇게 해서 도착한 곳은 해수욕장. 아무도 없는 모래사장이었다.

"와, 예쁘다……."

새까만 하늘에 떠오른 커다란 만월. 해수면에 떠오른 달은 광대한 수면에 흔들려서 확산되어 우리를 향해 긴 꼬리를 내밀고 있었다.

문득 시빌라가 내 옆으로 왔다.

"러셀도 달이 아름답다고 말해도 돼."

"어째서 네가 허가하는 거냐……. 뭐, 일단. 달은 아름답네."

"좋아."

내가 들은 대로 감상을 말하자, 어째서인지 고개를 끄덕이며 떨어졌다. 너무나도 이해할 수 없어서 에미와 눈을 마주하며 고개를 갸웃했다. 시빌라가 만족스럽다면 그래도 상관없겠지만…….

그대로 한동안 모래사장을 걸었다. 표식이 될 만한 게 적은 모래사장은 그다지 변화가 없다. 기껏해야 근처 포장마차의 흔적이나 주변 건물로 위치를 파악하는 정도다.

얼마나 걸었을까? 모래사장이 있는 부분이 끝나고, 해수욕장 손님이 오지 않을 법한 깎아지르는 바위 주변에서, 시빌라가 발을 멈췄다.

"후후, 후후후……!"

그런 아무것도 없는 곳에서, 무척이나 즐거운 듯이 의미심장하게 웃기 시작했다. 사정을 모른다면, 누가 보더라도 위험한 여자다. ……그러나, 오늘 하루 내내 침울했던 시빌라가 이렇게 웃었다면, 뭔가 의미가 있을 거다.
"지금까지는 실컷 추월당해왔지만, 적어도 원인을 밝혀내는 정도는 재빨리 끝내야겠지."
"추월당했다…… 마왕 말이냐?"
"응. 그럼, 에미."
시빌라는 근처 바위를 손등으로 살짝 두드렸다.
"여기 근처로 와봐."
에미는 시빌라의 지시대로 바위 근처에 오더니 「앗」 하고 작게 중얼거렸다.
"눈치챘나 보네."
"발밑에서, 차가운 공기가……."
에미가 그 바위에 손을 대자…… 암벽이 삐걱대는 소리를 냈다.
시빌라는 팔짱을 끼고 에미를 보면서 생각을 밝혔다.
"니들 래빗. 세이리스 제2던전의 마물. 그러니까 지금 병사나 문지기들은 필사적으로 제2던전을 조사하고 있을 거야."
"당연하겠지."
"그래, 당연한 일이야. ……나무를 숨기려면, 숲이어야 하니까!"
시빌라가 갑자기 외친 동시에, 에미가 가호의 힘으로 암벽을 밀어버렸다!
그리고 나는…… 그 마물이 어째서 누구에게도 발견되지 않고 나타났는가, 그리고 어디에서 나타났는가…… 그 모든 것을, 눈앞의 광경으로 이해했다.

그 녀석은, 니들 래빗의 출현 장소를, 니들 래빗이 출현하는 던전이 있는 도시에 숨긴 것이다.

"똑같은 마물이니까, 상상할 수 없었겠지. 그래— 세이리스 제4던전의 가능성을!"

10 그 마왕다움이 드러나는 던전의 탐색과, 예상 밖의 재회

눈앞에 뻥 뚫린 던전 입구.

그냥 동굴이 아니라 마물이 있는 던전이라는 걸 증명하듯이, 안쪽은 던전의 마력으로 밝아서 내부를 바라볼 수 있게 되어있다.

아무도 없는 밤의 해안에, 암벽에 부딪히는 파도 소리가 크게 느껴진다. 나는 눈앞에 나타난 너무나도 충격적인 광경에 숨을 삼키면서 팔짱을 끼고 이 비밀을 밝혀낸 여자를 바라봤다.

“언제 눈치챈거냐?”

“낮이야. 마물이 나타난 루트를 『제2던전』, 『해저』, 『지면』, 『그 이외』로 좁히고, 곧바로 앞의 두 개는 잘라냈어. 지면일 가능성도, 모래사장이라면 있을 수 없어.”

“어째서냐?”

“자잘한 모래는 금방 무너지고, 아무리 작은 구멍이라도 모래가 떨어지게 되니까…… 무엇보다 빈틈이 없는 만큼, 같은 공간의 부피라면 바위처럼 무겁거든. 그러니까 니들 래빗이 나타날 만큼의 구멍은 무리. 모래 덩어리를 헤치고 나올 만큼의 힘은 없어.”

살랑살랑하고, 돌과 비교하면 부드럽고 가벼운 이미지인데,

겉보기로는 모르는 법인가.

"그러니까 던전 입구가 모래사장일 경우는 아마 없어. 그러면 암벽. 그리고, 작은 마물이 들키지 않고 일방통행할 수 있다면 이 주변이겠구나 싶었거든."

"……앗. 그래서 시빌라 씨는 헤엄치지 않고 바위 뒤에서 우왕좌왕 걸었던 거네요."

"맞아. ……낮에는 나를 걱정하고 있었지? 같이 놀아주지 못해서 조금 미안하게 생각하고 있었어."

"네?! 아, 아니에요. 신경 쓰지 마세요! 조금 침울해지신 것 같아서 걱정했지만, 시빌라 씨는 역시 굉장한 사람이라는 걸 알게 되었으니까요!"

에미는 낮의 시빌라가 그저 마왕에게 추월당해서 침울해져 있었던 게 아니라는 걸 알고 안심한 모양이다. 시빌라는 그런 에미의 올곧은 말을 기쁜 듯이 들었다.

에미는 오늘 제일 밝은 표정이다. 모래사장에서도 꽤 밝았지만, 시빌라의 본심을 알게 된 것이 에미의 기분을 완전히 되찾아준 마지막 한 수였을지도 모른다.

"원래부터 이 동굴을 찾아내기 위해 색적마법을 쓰고 있었어. 위쪽은 없으니까, 밤중에 착착 나아가자!"

완전히 여유로운 미소를 되찾은 시빌라가 가장 먼저 던전에 들어갔다. 나와 에미는 그 뒷모습을 보면서 눈을 마주했다.

"이거야 원. 이런 곳에 던전이라니. 시빌라와 마왕의 두뇌전인가."

"응…… 나, 진심으로 시빌라 씨가 아군이라서 다행이라고 생각해……."

정말이다. 이 두 사람의 싸움, 끼어들 수 있을 것 같지 않다……. 우리는 그런 믿음직한 우리 여신님의 등을 쫓아서 던전으로 발을 들였다.

"……응?"

"왜 그래? 러셀."

위화감을 느끼고 뒤를 돌아봤지만, 밤바다가 작게 시야에 비칠 뿐이었다.

"아니, 기분 탓이겠지."

소리가 들린 것 같은데…… 누군가가 여기까지 온다면 역시 보일거다. 마왕이 숨을 리가 없다고 생각하고 싶다. 옆에 에미가 있는 이상, 위험은 없겠지만.

"……《윈드 배리어》."

일단, 기습은 경계해두자.

어느 정도 걷자, 좌우로 갈라지는 길에서 시빌라가 멈춰 섰다.

"색적, 적이 좌우에 걸렸어. 자, 그럼. 무척이나 드문 신규 던전 탐색이야. 오랜만에…… 도 아닌가."

아드리아 던전도 막 완성된 거였으니까.

"에미는 오른쪽으로 가봐. 러셀은 뒤를 경계. 아마 내 예상대로라면 왼쪽 마물은 이동 후에 움직일 테니까."

그 지시대로 에미를 선두에 세우고 오른쪽으로 나아가자,

눈앞에 나타난 마물을 본 시빌라가 중얼거렸다.

"니들 보어……!"

보라색 멧돼지의 이마에 두껍고 짧은 뿔이 난 마물이다.

"역시 저질러줬네. 중층의 마물을 제1층에서부터 내보내다니, 자칫해서 약한 파티가 들어왔다면 멀쩡히 넘어갈 수 없었을 거야."

……상층의 마물인 니들 래빗을 던전에서 내보내 놓고, 안에 들어오니까 갑자기 이런 격차가 있다니. 이 위험한 함정을 본 우리는 확신했다.

―틀림없이, 이 던전은 그 마왕이 만들었다.

저돌맹진이라는 문자 그대로 전진 보행으로 전력을 내는 멧돼지 마물. 에미가 그걸 방패로 막아내고, 오른손의 검으로 일도양단했다.

그 모습을 곁눈질로 확인한 나는 후방을 주시했다.

"왔어. 쏴."

"《다크 스피어》!"

시빌라의 중얼거림과 함께 후방에서 나타난 것은…… 니들 보어였다. 제1층에서 중층 마물 두 마리의 협공. 게다가 시빌라가 먼저 경고했다는 걸 고려하면, 이쪽의 움직임을 완전히 간파하고 있는 거다. ……정말이지. 심술궂기 그지없다.

니들 보어는 외모 그대로 한 번 직진을 시작하면 궤도를 수정하지 않는 마물이라서 알기 쉽다. 하층의 갑옷을 물리쳐온 내 마법에 맞은 니들 보어는 일격에 절명했지만, 돌진의 기세를 싣고 뒹굴면서 던전 벽에 부딪혀서 멈췄다.

시빌라가 뿔을 꺾는 걸 보면서 다음에 어떤 수단을 쓸지 상상을 부풀렸다. 상층에서 이정도 수준의 마물이라면, 하층에서는 대체 어떤 마물이 나타날까.

그리고 무엇보다…… 플로어 보스다. 어떤 모습일지 전혀 상상이 가지 않는다.

단 한가지, 나는 지금부터 예감하고 있었다. 쉽지는 않으리라는 것을.

그로부터 순조롭게 니들 보어를 쓰러뜨리며 제1층의 마물을 처리했다. 협공을 당하는 일도 많았지만, 한 번 대처법을 익히면 다음은 문제는 없다. 에미에게 전위를 맡기면서, 협공을 노리는 뒤쪽 마물은 내가 쓰러뜨린다.

그리고 이 계층도 아마 종반일 무렵, 시빌라는 복잡한 표정으로 팔짱을 끼며 신음했다.

"굉장한 숫자가 있네. 오른쪽에 다섯, 왼쪽에…… 대체 몇 마리가 있는 거야? 위험하네……."

"그렇게나?"

"응. 그래도 뭉쳐있는 이상 대처할 수 있어. 만약을 위해 나는 범위 공격, 러셀은 스플래시 준비. 에미는 오른쪽을 혼자서 담당해주겠어?"

"네. 맡겨주세요!"

지시를 듣고, 시빌라와 함께 길을 나아가자…… 그 너머는,

상상과는 다른 광경이었다.

"넓은 방에, 마물이 없어. 좌우에 있는 좁은 길의 벽에 숨어있는 모양이네. ……정면으로 나와서 쏘라는 거야? 막아버려도 되겠지만."

"경계하는 거야 당연한 일이지만, 들어가 보지 않으면 모르겠군."

함께 고개를 끄덕이고는, 방어마법을 사용하면서 방으로 뛰어들었다.

에미의 담당인 오른쪽은 예상대로 니들 보어고, 왼쪽은……!

"……니들 래빗! 여기에 와서 랭크가 내려갔네!"

낮에 봤던 니들 래빗이 바위 뒤여서 보이지 않던 작은 구멍에서 차례차례 나타났다. 마물만이 쓰는 샛길이 어마어마하게 존재한다!

니들 래빗은 나오자마자 기습하지 않고, 좌우에서 둘러싸듯이 옆으로 뛰었다.

"《플레임 웨이브》! 포메이션이라는 거야?! 건방지네!"

"《다크 스플래시》!"

나는 명백하게 마물로는 보이지 않는 움직임에 질색하면서 대처했다. 그로부터 시빌라가 혀를 차며 놀라운 말을 했다.

"러셀! 위에 스피어!"

"《다크 스피어》!"

그 마법을 쓴 순간, 니들 래빗의 시체가 천장에서 떨어졌다.

"천장에도 작은 구멍이 뚫려있어! 《플레임 웨이브》!"

오른쪽에 있는 시빌라가 그쪽의 마물을 쓰러뜨리고 있지만, 내가 천장에 마법을 쏜 사이에 니들 래빗이 다시 옆에서 둘러싸듯이 펼쳐졌다.

방어마법이 있기에 초조하지는 않지만, 적의 개체수가 많아서 귀찮다! 이 꺼림칙함, 틀림없이 그 빌어먹을 마왕이군!

내가 다시 시빌라의 지시에 따라 천장을 공격하자…… 시야 구석에서 은색의 빛이 비쳤다.

저건 뭐지? 새로운 적인가?!

"러셀! 쏘면 안 돼!"

시빌라의 지시에 놀라는 사이, 더욱 놀라운 일이 일어났다.

—니들 래빗이 모두, 선혈을 흩뿌리며 쓰러졌다.

그걸 해낸 자의 모습을 확인하고, 역시 뒤에서 느낀 기척은 틀린 게 아니었다는 걸 깨달았다. 그 모습을 보고, 이미 마물을 쓰러뜨린 에미가 나를 대신해서 외쳤다.

"이브?!"

갈색 머리 쇼트헤어에, 움직이기 편해 보이는 가벼운 옷. 여관에서 보내줄 때와는 다른, 명백하게 근접 전투용 차림새를 한 이브가 이쪽을 향해 살짝 고개를 숙였다.

"……넵. 안녕하심까."

뭐라 말을 걸어야 할지 몰라 망설이는 사이, 이브는 이쪽의 낌새를 엿보면서 몇 번이고 고개를 살짝 끄덕였다. 시빌라가 깔끔하게 잘라줘서 여성이라는 건 확실히 알게 됐지만, 원래

부터 소년 같았던지라 뭔가 남동생 같은 분위기다.

"이브, 제법이네! 고마워. ……근데 어째서 여기에 있어?"

"그게, 저는 눈이 좋아서 우연히 발견했으니까 따라온 검다……. 근데 제 도움 같은 건 필요 없을 만큼, 언니네는 무지막지 세네요. 멧돼지를 방패로 받아내서 날려버리다니 진짜 쫄았습다."

"뭐, 그렇지. 에미는【성기사】니까."

"성기사……【성기사】?! 어, 진짭니까? 아니, 확실히 그렇게 강하다면……."

이브의 반짝반짝 빛나는 시선을 받은 에미는 머리를 긁적이며 수줍어했다. 시빌라가 먼저 살짝 대화의 계기를 만들어준 와중에, 나는 시빌라와 잠깐 눈을 마주쳤다. 시빌라는 이브에게 허그를 하기 3초 전…… 한쪽 눈을 감고 입으로 손끝을 댔다. —알았다.

"그런데 이브."

"뭠까?"

"당신, 여신을 믿어?"

대놓고 강속구를 날렸잖아! 조금 더 부드럽게 들어가야지!

내가 어둠마법을 사용하는 것에 관해서, 이브에게는 우선 비밀로 한 뒤에 떠보려는 건 아이 콘택트로 알았다…… 그래도 보통 그렇게 갑자기 물어보나?!

아니, 묻겠지. 왜냐하면…… 이 녀석은 시빌라니까!

……하지만, 시빌라가 갑자기 물어본다는 건, 모종의 확신

이 있다고도 할 수 있다. 에미와 이브도 갑작스러웠는지 놀라서 굳어졌지만…… 이브가 먼저 말을 쥐어 짜냈다.

"……네? 여신?"

"그래. 태양의 여신님은 정말 멋져. 여신님에게 거스르는 녀석은 신앙에 몸을 바친 내가 푹! 그런 식으로?"

"……아하하. 그거 뭘까. 여신님 같은 건 안 믿…… 전혀 안 믿는 건 아니지만……. 그래도 결국 우리를 구해주지도 않았고. 여신을 위해 【어새신】을 하라고 해도, 신앙보다는『먼저 돈이나 가져와!』라는 느낌임다."

이브의 입에서 나온 건 나나 빈스 같은 남자 고아에게도 밀리지 않는, 오히려 월등히 다부진 대답이었다. 시빌라는 물론 웃었다.

"아하하! 이브는 참 끝내주네. 정말 좋아!"

"오히려 저한테는, 언니 쪽이 여신 같습다."

"……좋네. 너 정말 좋아. 아아, 참고로 이브의 은화 주머니. 그거 멋대로 건네주긴 했지만, 저쪽 남자— 러셀이 가지고 있었던 거거든."

이브는 놀라서 눈을 크게 뜨고는 이쪽을 보면서 고개를 꾸벅 숙였다.

"앗, 아, 저기 오빠, 러셀 씨. 감사합니다! 아니, 그게…… 엄청 많이 들어있었는데, 죄다 초기 투자라고 해야 할까, 거기에 다 써버려서."

초기 투자라니, 고아치고는 어려운 말을 알고 있군. 교육해준 담당 신관이 좋았던 걸까. 이브에게 무슨 일이 일어났는지는 모르겠지만, 머리는 좋아 보인다.

내 출신 고아원에서는 젬마 할머니나 프레데리카가 가르쳐 줬었다. 그리고 무엇보다, 오래도록 고아원 지하에 잠들어 있던 책을 마구 읽어댄, 또래 교사 자넷의 존재가 컸다.

"아니, 신경 쓰지 마. 원래 나도 거금 같은 걸 가진 적이 없는 고아 출신이라 어떻게 써야 할지 곤란하던 참이니까. 이렇게 나를 도와주기 위해 썼다면, 돌려주지 않아도 돼."

"헤헤…… 엄청 좋은 사람이네요, 러셀 씨."

"그치그치!"

에미가 갑자기 나와 이브의 대화에 끼어들자, 이브는 놀라서 굳어졌고…… 에미를 빤히 바라봤다. 서로 뭔가를 짐작했는지, 에미는 「앗」 하고 작게 말했고, 이브와 시빌라는 활짝 웃으며 나와 에미를 교대로 바라봤다.

"아니, 지적하진 않습다. 언니는 같은 고아인데도 질투할 만큼 엄청 귀엽네요. ……근데 시빌라 씨."

"후후. 응, 뭔데?"

"—아까 『여신을 믿느냐』라는 거, 의미가 있는 질문 아닙까. 물론 어떤 이유라도 언니가 제시하는 길은 짭짤해 보이니까 따라가겠지만, 건너기 위험한 다리죠?"

목소리 톤을 낮춘 이브가 한마디를 던졌다. 밝게 웃던 시빌라의 얼굴이 순간 놀라움에 물들어 눈을 크게 떴고…… 드세고 사나운, 육식동물 같은 웃음으로 변했다. 이브는 처음으로 보는 시빌라의 얼굴에 숨을 삼켰다.

……아니, 나도 지금의 날카로운 지적에 놀랐다. 엄격한 환경에서 자란 고아가 이렇게나 예민한 감각을 지니고 있다니. 비교적 평온하게 자란 우리와는, 지식이나 지혜 같은 것이 아니라 근본적인 부분의 『경계력』이 다른 것 같다.

"좋네…… 좋아. 당신처럼 이성을 가진 굶주린 늑대 같은 아이, 나는 좋아해."

그리고 시빌라는…… 사양하지 않고 검은 날개를 꺼내서 펼쳤다. 그것은, 시빌라가 비밀을 공유하는 자에게만 보여주는 날개. 외부인에게는 가볍게 보여줄 수 없는 여신의 모습이었다.

"나는 시빌라. 『어스름의 여신』이라고 해."

"……으엑……?"

"아아, 참고로 딱히 태양의 여신을 잡아먹겠다는 수상한 종교는 아니야. 그쪽과 똑같이, 마왕을 토벌하는 비밀 팀 같은 셈이지. ……모두에게는 비밀이야~?"

이브는 일단 어떻게든 고개를 끄덕였다. 아직도 놀란 표정으로 입을 다물고 있다.

"러셀은 어둠마법을 쓸 수 있지만, 회복마법도 쓸 수 있달까, 퉁명스럽지만 다정한 오빠니까 이브도 친하게 지내줘."

"보호자처럼 나서지 마."

한 마디 많은 시빌라에게 지적을 날리고 분위기를 누그러뜨리자, 이브가 다시 움직였다.

"……아니, 과연…… 확실히, 태양의 여신을 믿었다면 까발릴 수도 있었겠네요……. 그래도 언니, 진짜 여신이라고 해도 납득입다. 그보다 너무 미인이라, 같은 인간이었다면 불합리했을 검다."

놀라움에서 돌아와서, 무척 마음이 편해진 듯 웃었다.

"오히려…… 시빌라 씨가 진짜 여신이라면, 매일 하던 기도를 듣고 처음으로 도와준 여신님입다. 그러니까 저번에 했던 말은 철회하겠습다—."

이브는 지금까지와는 다르게 다정한 표정을 짓고는, 양손을 맞대며 시빌라를 돌아봤다.

"—여신님에 대한 건 믿겠습다. 그리고, 저의 여신님은 시빌라 씨뿐입다!"

그야말로 태양처럼 해맑은 미소를 보냈다. 이번에는 시빌라가 놀란 듯이 눈을 크게 뜨고는…… 날개를 집어넣고 이브의 머리를 다정하게 쓰다듬었다.

"……으~음. 이번에는 정말로 착한 아이들뿐이네. 내가 더 곤란할 정도야."

"헤헤. 그런 말을 들으면 쑥스럽습다."

"그래도 처음에 소매치기를 하려고 했던 건 잊지 않았으니까."

"윽……."

좋은 느낌으로 끝나려고 할 무렵, 시빌라가 마지막으로 엄하게 마무리했다. 미수라고는 해도, 범죄는 범죄다. 그런 부분을 가볍게 흘려버리지는 않는 모양이다.

"러셀 전에, 도둑질은?"

"그, 그건 진짜로 안 했습다! 아무한테도 안 했다고요! 그러니까 에미 씨한테 잡혔을 때는 정말 죽을 만큼 후회했습다……."

"……나도 이런 말을 하고 싶은 건 아니야. 일단 믿겠지만, 속죄의 의미로 탐색을 도와줘야겠어."

"그, 그야 물론! 공짜로 일해도 문제없습다!"

"아니, 그러다가 고아원 아이들이 배를 곯게 된다면 반대로 우리가 미안하잖아. 쓰러뜨린 마물은 네 거야. 그러니까…… 자신의 금전욕을 따라서 팍팍 벌라고! 그게 결과적으로 우리를 돕는 것으로 이어지니까!"

"시빌라 씨……! 알겠습다!"

……능숙하다. 잘못을 훈계하면서도 좋은 착지 지점을 찾아주고 의욕을 끌어내는 방향으로 이끌어갔다. 어쩌면 이브도 넘어가고 있다는 걸 알면서도 수긍했을지도 모른다. 그러나 덕분에 두 사람의 관계는 표리 없이 양호해 보였다.

생각지 못한 동료가 가입했다. 만나는 건 두 번째지만, 활약은 믿을 수 있을 것 같다.

"자, 그럼. 오래 이야기했지만, 지금은 밤이잖아. 너무 시간이 늦어지면 이브보다 어린애들도 걱정할 테니까, 빨리 내려가자!"

시빌라의 호령에 모두가 수긍했고, 우리는 제2층으로 내려갔다.

다음은 제2층이 되는데…… 계단이 묘하게 길다. 옆으로 넓은 계단을 한동안 내려가자, 선두의 에미가 「우와……!」 하고 놀라운 목소리를 냈다.

"왜 그래?"

"아래가 보였는데…… 왜, 왠지…… 굉장히 넓어……!"

에미에 이어서 나와 시빌라도 내려오자…… 바위벽에 둘러싸인 계단이 마치 공중에 뜬 것처럼 높은 위치에 나타났다. 그 기나긴 계단을 내려가자, 겨우 지면다운 곳에 발을 디뎠다. 마침 커다란 방 정도의 넓은 공간이 있고…… 그 사방에, 아래로 내려가는 계단이 있다.

이거, 뭐였더라…… 자넷이 가르쳐준 적이 있는데…….

"우와, 피라미드의 정상이라도 된다는 거야?!"

그래, 그거다. 피라미드라는 건조물을 방불케 한다. 그 정상에 있는 듯한 형태다. 그리고 지금 피라미드 정상에서 보이는 지표에는…… 붉은 바위로 된 공간이 펼쳐져 있다. 계단이 너무 넓어서 먼 곳이 어두워서 보이지 않는다. 알게 된 건 단 하나. 이 제2층— 무시무시하게 넓다.

시빌라가 머리를 감싸 쥐면서 한숨을 내쉬고, 외쳤다.

"어어어어엄청 조잡해~~~~?!"

진심 어린 외침을 들은 우리 세 사람은 쓴웃음을 지으며 동의했다. 설마 던전 제2층이 벽도 뭣도 없이 그저 넓기만 할 줄이야…….

시빌라는 내부를 돌아보면서 몇몇 분석을 시작했다.

"색으로 추측하건대, 이곳은 하층이야. 즉, 갓 만든 던전……이거나, 아니면 일부러 이런 형태로 만든 거야. 던전 메이크는 던전 코어의 마력을 꽤 많이 소비해. 여기가 제5던전이고, 제4던전 제작이 끝난 게 아니라면 아마 최근에 만들었을 거야."

그렇다. 아드리아 던전도 제2층이 최하층이었지만, 다음 날에는 하층이 되어있었다. 단, 다다음 날도 하층이었다. 이건 그 던전이 갓 만들어졌다는 정보와 일치하고, 시빌라의 말대로 던전이 금방 확장되는 게 아니라는 걸 의미한다.

"단순하지만, 성가셔. 그리고 보아하니…… 마물이 사방팔방에서 나오고 있어. 이브, 위험해지면 러셀 근처로 돌아와. 방어마법에 들어올 수 있어."

"알겠습다!"

이브에게 주의사항을 전달하고, 각각 하층 마물에 대비했다. 나는 허리춤에서 검을 뽑고, 다시 윈드 배리어를 쳤다.

우리가 밟고 있는 피라미드를 올라오는 뿔 달린 마물이 아래에서 우글거리는 걸 조금이지만 확인할 수 있다. 던전 구성이 조잡하긴 하지만, 오로지 물량으로 짓뭉개겠다는 형태는 성가시다. 특히『일대일로 끌고 들어가기 힘들다』라는 점이 성가시다. 강한 마물을 다수로 둘러싸는 전법은 해본 적이 있지만, 우리가 그걸 당하게 될 줄이야…….

그러고 보니, 어제 에미에게 힘을 건네주면서 대상을 고르지 않는다는 걸 알게 된 마법이 있다.

"이브, 그리고 두 사람도."

"응? 뭡니까, 오빠."

“《인첸트 다크》.”

나는 바로 이브가 든 무기에 어둠마법을 부여했다. 그 칼끝을 보고 놀라는 이브에게 「잘 잘리니까 조심해」라고 한마디 충고하고는 두 사람을 돌아봤다.

내 의도를 알아챈 두 사람도 무기를 내밀었다.

“……슬슬 오고 있어!”

두 개의 칼날에 어둠의 빛을 두른 참에 시빌라가 선언했고, 나는 후방을 돌아봤다. 어렴풋하게만 보이던 마물의 모습을 확실하게 알아볼 수 있게 되었다.

“……니들 울프. 갑자기 제2던전에 없는 마물이 나왔네.”

이 녀석이 이곳의 마물인가. 그 모습을 보면, 박치기와 물어뜯기 양쪽을 쓰는 마물이라는 건 이해할 수 있다. 접근해오면 성가신 타입이라는 건 알겠다.

니들 울프는 이쪽을 둘러싸듯이 넓게 펼쳐지면서 돌계단을 올라왔다. ……명백하게 제1층의 니들 래빗과 똑같이 마왕이 손을 쓴 움직임이다.

평소에는 그것만으로도 우리에게 대처하는 건 충분하겠지만, 상대가 안 좋았구나.

나를 상대로, 그 전술은 소용없어!

“《다크 스플래시》!”

검을 한 손에 들고, 왼손에서 내가 담당하는 피라미드 한 면을 뒤덮는 걸 이미지하며 쐈다.

검은 마력 공격이 문자 그대로 옆을 후려치는 비가 되어서 늑대들의 몸에 쏟아졌다. 이중 영창으로 밀도가 진해진 다크 스플래시는 회피하려고 해도 피할 수 있는 게 아니다. 게다가 다가오면 다가올수록 빈틈이 줄어들고, 피탄 범위는 늘어난다.

방어도 회피도 할 수 없다. 이런 장해물 없는 곳은 이 마법과 상성이 발군이군!

"오, 러셀의 마법이 이쪽 녀석들한테도 꽤 맞고 있어! 아하하하, 웃긴다! 사이드 스텝 지령, 너무 지나쳐서 완전히 실수가 돼버렸네!"

오른쪽에서 올라오던 시빌라 담당의 마물도 아무래도 시빌라를 둘러싸듯이 움직이려던 모양이다. 그게 화근이 되었는지 내 마법 범위에 들어가게 되었다.

오른쪽이 범위 안이라는 건, 당연히 왼쪽도 범위 안이다.

"엄청 멋있다…… 러셀 씨, 진짜 장난 아닙다. 좋아, 이렇게나 줄었다면……."

역시 왼쪽, 이브가 담당하는 마물도 대폭 쓰러뜨린 모양이다. 나는 마법이 끊어지지 않도록 의식하며 연속 이중 영창을 이어가면서 이브를 관찰했다.

이브의 정면에는 이쪽과 마찬가지로 니들 울프가 있다. 이브는 그 민첩한 사이드 스텝을 능가하는 움직임으로 직접 마물에게 다가갔다. 손을 자유롭게 쓸 수 있도록 작은 원형 방패를 손목에 감고 있다. 그 방패를 상대에 입에 꽂아 넣으려는 듯이 재빨리 움직였다. 마물이 딱딱한 방패를 물어뜯는 소리가 들린 동시에, 이브의 나이프가 마물의 목을 갈랐다.

세련된 동작이다.

"우오, 검은 나이프, 굉장해?!"

이브는 칼날에 들어간 암속성 부여의 위력에 감탄하면서 내 옆으로 돌아왔다.

백스텝으로 내 옆에 착지한 동시에 품에서 투척 나이프로 견제하는 걸 보면, 마지막까지 방심하지 않고 있다. 투척도 정확해서, 나이프가 눈에 박힌 마물이 분노의 목소리를 내질렀다.

이브는 나의 암속성 부여에 놀랐지만…… 아니, 놀란 건 이쪽이다.

시빌라가 이브를 『굶주린 늑대』라고 표현했지만, 정말로 이브는 독특한 움직임을 보인다. 제1층에서 니들 래빗을 한꺼번에 쓰러뜨린 기술도 그렇고, 어중간한 실력이 아니다.

"《다크 스플래시》. ……없어졌나."

가장 효율 좋게 토벌하던 내가 담당한 방향에서 움직이는 게 보이지 않는 걸 확인하고 이브에게 말을 걸었다.

"이브, 힘들다면 도와주마."

"아뇨! 이쪽도 줄어들어서 괜찮을 겁니다. 무엇보다 제가 담당하게 된 이상, 열심히 노력하겠습니다!"

"알았다. 하지만 무리는 하지 마라."

나는 이브 자신의 말을 믿고, 뒤쪽이었던 에미를 돌아봤다. 피라미드 정상에서 천장으로 부자연스럽게 뻗은 계단, 에미는 그 옆에 있었다.

"—야아아압!"

빛나는 방패로 늑대를 아득한 저편으로 날려버리고 있다. ……저러면 날아간 충격과 낙법을 취하지 못하고 낙하하는 것만으로도 죽겠군.

방패가 메인이긴 하지만, 검 실력도 결코 나쁜 건 아니다. 에미에게는 목검을 휘두르던 경험과 성기사로서의 능력, 게다가 어둠마법 부여도 있다. 지금의 에미를 걱정하는 건 오히려 주제넘은 짓이라 할 수 있다.

하층이라고 해도 지금은 숫자가 거슬릴 뿐이지, 마물이 강한 건 아니다. 그런 건가? 아니, 지금도 충분히 성가시지만, 그 마왕이 만든 던전이니까 방심할 수는 없다.

"러셀! 내 쪽을 담당해줘!"

"어이어이, 네가 먼저 두 손 든 거냐? 알았다. 경험치를 벌어들이기로 하지."

이거야 원. 이브보다 먼저 시빌라 방향을 담당하게 되었군. 나는 아래쪽의 마물을 향해 다시 다크 스플래시를 연사하기 시작했다.

내 뒤로 물러난 시빌라는 매직 포션을 마시고는 내 옆으로……는, 오지 않았다.

"……저질러줬네. 그 빌어먹을 자식."

시빌라는 그렇게 중얼거리면서, 어째서인지 아무것도 없어야 하는 천장에 시선을 보냈다.

마물은 남김없이 토벌했건만, 이 반응을 보니 꺼림칙한 땀이 등을 타고 흘렀다.

“《다크 스플래시》! 이봐, 시빌라. 뭐가 있는 거냐?!”

“여기, 천장이 멀고 새까맣잖아.”

“……앗! 설마!”

시빌라가 다음에 천장을 향해 날린 마법은, 플레임 스트라이크. 시빌라가 사용하는 마법 가운데서도 고위력 마법이었다. 그 불길이 천장에 다가가자—!

『크가아아아……!』

멀어서 작게 느껴지지만, 또렷하게 『절규』라는 걸 알 수 있는 마물의 비명이 들려왔다.

“전원, 피라미드 제일 윗단에서 떨어져!”

시빌라가 외치자, 이브와 에미도 마물에 대처하면서 바로 움직였다. 다음 순간, 지면에 거구가 착지하는 소리와 함께 풍압이 이쪽에 닿았다.

“익룡(와이번)이야! 러셀, 목을!”

“그래!”

그곳에 있는 건, 날개를 가진 소형 용 마물의 타버린 모습이었다. 일어나기 전에 내 검이 익룡의 목을 날려버렸다. 동시에 반대쪽에 있던 에미가 꼬리를 잘랐다.

“싸움에서 유리한 위쪽을 점유하는 건 기본 전술! 그러니까 보통은 여기에 진을 치고 아래쪽을 볼 거야. 계단 옆이니까, 뭔가 있으리라고는 생각하지 않겠지. ……그러니까 알아채지 못해. 제1층과 제2층 사이에 마물이 지나갈 수 있는 통로가 뚫려있는 걸 말이지……!”

위에서 습격하기 위한, 마물이 통과할 공간……! 설마, 우리가 아래에만 정신이 팔린 틈에 진짜 전력인 익룡이 머리 위에서 습격하다니……!

"여기, 아마 제3층이야. 우리는 2층만큼 내려왔고, 익룡은 제2층의 구멍에서 나온 거지."

이런 녀석이 뒤에서 기습한다면, 아무리 숙련자라도 위험에 처한다. 그리고 무엇보다 무서운건…… 이 명백하게 상위 마물인 익룡이 나타난 시점에서, 전원이 이 녀석 쪽을 돌아본다는 거다. 원래는 뒤에서 니들 울프의 습격을 받았겠지.

그렇다— 이 피라미드 정상이라는 장소가 『그냥 조잡한 지형』에서 『가장 협공당하기 쉬운 지형』으로 변한 거다.

성격 최악인 던전 메이커. 규격 외의 능력을 자랑하는 최흉 마왕. ……그러나.

"《스톤 월》! 이걸로 통로를 막았어. ……제3던전에서는 실컷 선수를 빼앗겼으니까. 『상정』할 수 있는 쪼잔한 방법 전부, 내가 완봉해 보이겠어. 이번에는 내 색적마법을 상정하지 않은 그 마왕의 패배. 지금 그 망할 자식이 분통터져할 거라고 생각하니까, 그것만으로도 기분이 좋네!"

그런 마왕이 유일한 예상하지 못한 것— 이쪽에는 시빌라가 있다.

그래, 그렇지. 이렇게나 화려하게 던전 메이크를 해놓고, 핵심이었던 작전이 선수를 쳤는데도 완봉당하다니, 녀석에게는 그야말로 열 받을 일이겠지!

나는 시빌라와 마찬가지로 씨익 입꼬리를 들고는 말없이 하이 파이브를 했다. 시빌라는 에미와 이브와도 승리의 하이 파이브를 나눴다.

그 마왕이 만든 제4던전. 그 숨겨진 곳도, 제2층의 함정까지 읽어낸 시빌라의 승리다.

"후후후……! 러셀의 마법도 컨디션 좋아 보이고, 이대로 아래로 내려가자. 이 시빌라를 얕봤던 것, 후회하게 해주겠어……!"

그 얼굴은, 승리의 기쁨을 드러내면서도 결코 방심하지 않겠다는 의지로 활활 불타고 있었다.

마왕. 너는 아무래도 가장 적으로 돌려서는 안 되는 자를 화나게 만든 모양이다.

시빌라가 피라미드 최상층에서 빛의 마법을 날렸지만, 너무나도 넓어서 아무것도 보이지 않았다. 이렇게 되면 포기하고 자기 발로 이동할 수밖에 없겠지.

모두 함께 제2층, 아니 제3층 피라미드에서 내려오자 시빌라가 이브를 바라봤다.

"이브. 하나 중요한 확인을 잊어버렸네. 여신의 직업은 【어새신】이 맞아?"

"아, 그렇죠. 우리 고아원에서 어른들이 없어진 뒤에, 뭔가 갑자기 【어새신】 레벨 1이라는 말을 일방적으로 들어서, 아~ 이건가~, 싶었읍다. 아까 똑같은 목소리로 레벨 4라고 하더라고요."

【어새신】이라, 과연. 저번에 눈앞에서 그 움직임을 보였으니까 납득했다.

"그러고 보니 세이리스 제3던전을 공략하던 『질풍신뢰』에도 회피 탱커 어새신이 있었거든? 위를 노릴 수 있는 좋은 직업이니까, 제대로 육성해."

"어, 진짭니까. 해냈다! 옙, 힘내겠습다!"

승리의 포즈를 잡으며 펄쩍 뛰어오른 이브는 에미와 대화하러 갔다.

문득 나는, 하나 신경 쓰이는 게 있었다.

"이봐, 시빌라. 【어스름의 마경】이라는 건 【신관】이나 【성자】밖에 될 수 없는 거냐?"

"응? 음…… 그렇지도 않아. 하지만 【신관】이 제일 『반전』에 가깝거든. 그 낙차의 힘으로 단숨에 변한다는 느낌. 『높은 곳에서 떨어져야 호수에 깊게 가라앉는다』 같은?"

높은 곳에서 낮은 곳으로……라. 원리는 모르겠지만, 표현은 알기 쉽다.

"게다가, 【어스름의 마경】 말고도 다른 직업이 있어. 직업의 특징이 상대의 목숨을 도려내는 방향으로 쏠리게 돼. 하지만…… 그것들은 간단히 바뀌지 않아."

"무슨 뜻이냐?"

"『마법』은 몸에 깃드는 마력을 사용하잖아. 반면, 전사계를 포함한 근접직은 『육체』에 직업의 힘이 깃들어. 그러니까 변환의 부하가 커. 실패한 경우에는……."

"경우에는?"

시빌라는 바로 대답하지 않고 시선을 떼면서 말을 흐렸다. 설마, 다른 어스름의 직업으로 변환하는 건, 상상보다 훨씬 위험한 건가? 과거에 시빌라는 그런 일을…….

내가 가만히 바라보자, 시빌라는 체념한 듯이 미간에 주름을 잡으며 중얼거렸다.

"도중에, 격통으로 절규하게 돼. 그 시점에서 나는 변환을 그만뒀어."

그 대답을 듣자…… 나는 안도의 한숨을 내쉬었다.

"……지금 이야기에서 왜 그런 표정이 나오는데."

"아니, 사망하거나 신체의 어딘가가 결손되거나, 가호 자체가 없어진다고 생각했을 뿐이야."

"그렇게 위험하면 처음부터 할 리가 없잖아?! 애초에 어스름의 직업 부여(잡 그랜트)는 자기 신고자밖에 하지 않아!"

"그건 그렇지. 신경 쓰지 마."

나는 가볍게 대답하고는 조금 화난 것처럼 팔짱을 낀 시빌라와의 대화를 끝냈다. 에미와 이브가 이쪽을 돌아보고는 고개를 갸웃했지만, 나는 아무것도 아니라며 고개를 내저었다.

……뭐, 조금 안심했을 뿐이다. 네가 타인을 위험에 빠뜨리면서까지 어스름의 직업으로 변환시킬 리가 없다는 걸 알게 됐으니까. 물론, 처음부터 그런 짓은 하지 않으리라는 건 알고 있었지만, 확실하게 듣는 것하고는 하늘과 땅 차이가 난다.

그나저나, 『어스름의 여신』과 어스름의 다른 직업이라.

어떤 직업인지 흥미는 있지만…… 지금은 내가【어스름의 마경】이다.

혼자서라도 다른 녀석들 몫까지 확실히 활약해야겠다.

그로부터 한동안 걷자, 벽에 맞닥뜨렸다. 아무것도 없는 평탄한 벽이다. 어느 의미로는 예정대로의 막다른 길이어서, 모두 피곤한 듯 한숨을 내쉬었다.

"시빌라, 어떻게 생각해?"

"모두 왠지 모르게 예상했겠지만, 이 빌어먹게 조잡한 던전, 아마 피라미드 말고는 아무것도 없는 곳이야."

그 표현에 다른 두 사람도 쓴웃음을 짓는 걸 보면, 모두가 상상한 이 제3층의 구조는 똑같은 거겠지. 위에서 보면 네모날 뿐이고 무지막지하게 넓은 제3층에 거대한 피라미드 하나가 멀뚱하게 하나 있다.

조잡하다는 말만 나올 뿐…… 그러나 그 귀찮음은 최악이라는 말만 나온다. 출구를 찾기 위해서 의지할 것이 아무것도 없으니까. 위험은 없지만, 최대의 적은『피로감』이겠지.

"러셀. 엑스트라 힐 링크를 정기적으로 계속 무영창으로 사용해줘."

"알았다."

"에미는 나와 나란히 서서 같이 달려줘."

"네, 네에."

그것만을 전한 시빌라는 달리기 시작했다. 에미가 황급히 따라갔고, 나와 이브도 잠깐 눈을 마주치고는 따라갔다.

한동안 달리고 있는데, 문득 이브가 「그러고 보니」 하고 말을 꺼냈다.

"시빌라 씨. 피라미드를 돌면서 에미 씨를 시켜서 두드리거나 걷어차거나 하고 있는데, 그건 뭡니까?"

그건, 조금 전 마물을 전부 쓰러뜨린 뒤에 시빌라가 처음으로 내린 지시였다. 에미는 고개를 갸웃하면서도 시빌라의 말이니까 뭔가 의미가 있으리라 판단해서 그녀의 지시대로 피라미드의 벽돌 몇 군데를 있는 힘껏 걷어찼다.

아무것도 일어나지 않았지만, 시빌라는 결과적으로 만족한 뒤에 피라미드를 내려와서 현재의 제3층 지표 — 지표라고 하는 것도 이상한 표현이지만 — 부분을 탐색하기 시작했다.

……그 행위의 의미라.

"그거라면 나라도 알 수 있어."

"……진짜입까? 혹시 러셀 씨도 꽤 머리 좋습까?"

"글쎄다. 나도 어디까지나 예상에 지나지 않아."

이브는 아직 그 마왕을 보지 못했다. 그 불쾌한 이야기 내용을 들으면 얼마나 성격이 나쁜 녀석인지 금방 알 수 있겠지. 그걸 고려한 상태에서, 내 생각을 말했다.

"이 아래층을 찾는 작업에서, 어디에 아래로 가는 계단이 있는지 모르는 상태. 보통은 벽 어딘가에 아래층으로 가는 길이 있겠지만……."

"흠흠."

"이 『지루함』과 『피로감』과의 싸움으로밖에 보이지 않는 제3층. 가장 『피로감』을 느끼는 건, 어떤 경우라고 생각하지?"

알기 쉬운 힌트를 냈다. 이브는 내가 봐도 똑똑하다는 걸 알 수 있다. 이렇게 말하면 금방 알아채지 않을까?

그 예상대로, 이브는 달려가면서도 고민하다가 금방 이유를 알아맞힌 모양이다.

눈을 크게 뜨고 이쪽을 돌아보고는 그 이유를 말했다.

"……피라미드에 아래로 가는 계단이 있을 경우입다!"

"내가 생각한 가능성은 그거야."

그렇다. 피라미드는 출발 지점. 만약 이 넓기만 한 곳을 유유히 탐색한 뒤에, 처음 위치로 돌아왔을 때 지하로 가는 입구가 있다면 그 정신적 고통은 헤아릴 수 없겠지. 그래서 시빌라는 탐색 전에 그걸 예측해서 그 가능성을 처음으로 없앤 것이다.

들으면 누구나 떠올릴 법한 방법이지만, 처음에 그걸 떠올릴 수 있느냐면 좀 어렵다. 이건 틀림없이, 저 여신이 마왕과의 지혜 승부에 집념을 불태우고 있다는 증거.

"먼 곳을 비춰봤는데, 지하로 가는 길은 보이지 않았어. 그러니 시빌라는 『최속』으로 찾아내기 위해 달리고 있는 거겠지. 저 녀석이라면 금방 찾을 수 있을 거다."

"넵. 시빌라 언니, 미인인 것만이 아니라 무지 멋있으니까 믿음직합다!"

시빌라가 완전히 마음에 든 모양인 이브가 칭찬하는 모습을 흐뭇하게 보면서, 우리는 앞서가는 두 사람의 모습을 지켜봤다.

시야 끝에서 에미가 뭐라 기쁜 듯한 표정으로 시빌라를 보고 있다. 시빌라는 달리면서 머리를 긁적긁적 긁었다.

시빌라는 벽을 따라가나 싶더니만, 바로 뒤돌아서 방에 걸레질을 하는 듯한 속도로 이동하기 시작했다. 그렇게 반복되는 탐색을 계속한 지 몇 번째일까.

마법을 써서 지치지는 않는다고는 하지만, 피라미드가 있는 장소까지 돌아왔다가 멈추지 않고 그 너머까지 탐색할 줄이야. 정말로 이 넓은 제3층을 단숨에 전부 볼 생각인가.

얼마나 회복마법을 썼는지 알 수 없게 될 무렵.

"……후후후!"

시빌라에게서 다시 그 목소리가 들려왔다. 내가 그 너머를 보기도 전에, 시빌라의 마법이 지면을 공격해서 파괴음이 터졌다. 그와 동시에 에미가 「아앗~!」 하고 외쳤다.

"뭐냐, 에미. 무슨 일이야?"

"있어~!"

에미가 가리킨 바닥에는 놀랍게도 구멍이 뻥 뚫려있었고, 그곳에 아래로 가는 계단이 있었다. 겨우 이 제3층도 끝인가……!

"노 힌트에, 벽도 피라미드도 보이지 않는 어중간하게 동떨어진 장소! 나처럼 머릿속에 어디를 달리고 있는지 기억하는 사람이 없다면, 여기서 완전히 막혔겠네!"

……정말이다. 한없이 심술궂은 던전이군……!

벽에서도 피라미드에서도, 계단까지는 꽤 거리가 떨어져 있을 거다……! 나도 한 번은『아래층은 없을지도 모른다』라는 생각조차 했으니까.

솔직히 혼자서 이 던전에 도전할 생각은 도저히 들지 않는다…….

……하지만, 그래도 시빌라의 기억력과 감각이 더 위였다. 아무런 표식도 없는 곳을 정확히 외우듯이 달리고는 아래층을 찾아낸 거다.

뜻밖의 함정이든, 단순한 어려움이든 지금의 시빌라 앞에서는 없는 거나 다름없다.

"러셀, 에미. 방어마법!"

그리고 시빌라의 선언대로, 나와 에미가 마법을 사용했다. 거리고 나는 바로 싸울 수 있게 암속성 부여도 잊지 않았다.

"이제 지루하네. 다들 그렇지?"

마물도 없이 실컷 달리기만 했던 울분이 쌓였는지, 우리는 모두 고개를 끄덕였다.

"에미를 앞세우고, 아래로 가자. 다음에도 분명 성가시겠지. 그래도 반드시 이기겠어!"

그리고 우리는 제4층으로 가는 계단을 내려갔다.

계단 밑에서 하층을 빠져나왔다는 것을 증명하듯이 보라색 빛이 새어 나왔다.

그 계단을 모두 내려간 곳에…… 있었다. 내 안에서 몇 번이고 토벌을 바랐던, 그 모습이.

"어스름 주제에 설마, 설마 이 최하층을, 이렇게나 빨리 찾아낼 줄이야……!"

"내가 한 수 위였을 뿐이거든~? **싸구려** 던전, 유감이었습니다!"

"이게……! 어둠에다, 저열한 주제에, 여신이면서도 싸구려 투성이인 주제에! 너무나도 거칠고, 버릇없고, 무례함의 극치! 도저히 용서할 수 없군요……!"

마왕이 팔을 좌우로 펼친 순간, 좌우 지면에서 마물이 나타났다.

커다란 뿔과 커다란 몸을 가진 거룡 같은 마물이지만…… 지루함과 싸워온 내가 보기에는, 쓰러뜨릴 보람이 있는 멋진 사냥감으로밖에 보이지 않는다.

지금 당장 저 마물을 먹잇감으로 삼고 싶다면서 검이 흥분으로 떨면서 소리를 냈다.

오늘은 줄곧 시빌라만 좋은 모습을 보여줬던 것 같다.

믿음직한 파트너는 자랑스럽지만…… 그것만으로 납득할 리 없다.

적어도 마지막 정도는, 내가 나설 차례가 남아있어도 되겠지?

자, 【어스름의 마경】의 시간이다.

11 제4던전에서의 싸움, 그리고 마왕을 궁지에 몰아넣는 시빌라의 한 수

좌우의 마물을 봤다. 제2던전 하층의 이야기밖에 듣지 못했던 때와 비교해도, 명백하게 강하다는걸 알 수 있는 거구의 마물이다.

이제 막 출현한 그 녀석들은 이쪽을 노려보기만 하며 가만히 있다.

"몰래몰래 숨는다, 기습 공격한다, 물량으로 밀어붙인다. ……이것도 저것도, 그야말로 품격이 떨어지는 방식이네에~."

플로어 보스가 나온 모양이지만, 시빌라는 계속 도발했다. 마왕은 응수할 작정인지, 출현한 마물 두 마리는 아직 움직이지 않았다.

"……굉장히 여유롭군요. 내가 공격을 피할 수 있을 정도의 싸구려 권속을 데려온 주제에."

"으음, 통하지 않을까? 너, 머리에 피가 오르기 쉬운 것 같으니까. 그런건 제어하기 쉽다고 생각하는데~."

"……입만 살아서는."

마왕의 말을 듣자, 시빌라는 큭큭 웃었다. 정말로 여유만만이라는 듯이 입에 손을 대고, 어깨를 으쓱하며 다시 도발했다.

대체 이 대화에 무슨 의도가…….

"입이 죽으면 큰일이잖아~! 이야~, 귀여운 시빌라의 여신 보이스를 듣지 못하게 된다니, 세계의 손실이라고~ 이게 나를 포함한 평범한 사람의 상식이겠지만—."

……의도가, 있다. 이 아무렇지도 않은 대화조차도 이 녀석의 손바닥 위인 건가.

시빌라는 다음으로, 터무니없는 말을 꺼냈다.

"—너는, 입 하나 정도는 죽어도 목소리는 낼 수 있겠네!"

"큭!"

마왕의 윤곽인 검은 안개가, 흔들렸다. 이 녀석, 지금 명백하게 동요했어!

하지만, 뭐지……? 입이, 하나 정도는 죽어도 목소리가 나온다……?

내 의문을 제쳐놓고, 시빌라는 다시 거듭해서 도발했다.

"아하하! 소인배 소인배! 에미는 왼쪽! 러셀은 오른쪽! 바로 화를 내면서 덮쳐올 테니까 대비해! 아~, 정말 정신은 꼬맹이인 채 힘만 가지게 된 녀석은 귀찮다니까~!"

"크륵……!"

시빌라가 선언한 동시에 마왕이 양팔을 앞으로 내밀었고, 거룡이 움직이기 시작했다. 이유는 모르겠지만, 이대로 모두 시빌라의 계획대로인가.

자세한 건 모르겠지만 이쪽에게 유리하게 움직여줬다는 건 상대의 반응으로 알 수 있다.

좋아. 지금부터는 내가 활약할 시간이군.

나는 지시대로 오른쪽 플로어 보스를 향해 다크 스피어를 날렸다.

어두운 녹색 비늘에 덮인 용은 작은 아가미가 있고 뿔이 나온 정도의 차이는 있어도, 거대한 도마뱀 같은 외모를 가졌다.

날개가 없고 그저 돌진하는 것에만 특화된 플로어 보스는 내 마법을 얻어맞고 거구를 크게 흔들었다. 대미지는 줬지만, 제압하지는 못했다.

그걸 또 한 번, 다크 스피어를 정면에 꽂아 넣었다!

"《스톤 월》!"

내가 다음 마법을 직격시킨 동시에, 시빌라가 특기인 돌벽을 만들었다.

그러나 이 플로어 보스는 그 정도로 멈추지 않는다……고 생각했지만, 돌벽이 나타난 건 용의 오른 다리 부분. 한쪽 다리가 올라간 상태에서 짓밟듯이 힘이 들어가자, 당연히 왼쪽—내가 보기에는 오른쪽—으로 중심이 기울어졌다.

결과적으로, 플로어 보스는 감속하지 못한 채 벽에 정면충돌했다.

"《어비스 네일》."

시빌라가 만든 절호의 기회를 놓치지 않기 위해, 나는 복부를 꿰뚫기 위한 마법을 날렸다.

다크 스플래시를 지근거리에서 꽂아 넣을 수도 있었지만, 기간트에 비해 움직임이 재빠른 데다 꼬리가 성가시다. 예전에 싸운 파이어 드래곤은 그래서 고전했었으니까.

스톤 월로 아드리아 플로어 보스였던 리빙 아머를 들어 올렸을 때도 생각했던 거지만, 시빌라는 효과적인 사용법을 최고의 국면에서 활용한다.

마법은 발상력 하나만으로도 한없이 편리해진다. 물론 판단하는 스피드도 빠르다.

이제 마음 놓고, 상대를 깎아내는 것에 집중할 수 있다!

"《어비스 네일》."

다시 마법 한 방을 날리자 플로어 보스가 경련한 동시에, 뒤에서 굉음이 들렸다.

그쪽을 곁눈질로 잠깐 보자, 플로어 보스가 벽에 처박혀서 하얀 복부를 드러내고 있었다. ……저 거구를, 성기사 스킬로 날려버린 건가. 역시 에미라고 할 수밖에 없다.

얼굴에서 검은 물방울이 흐르고 있다. 반격과 동시에 암속성을 부여한 검으로 벤 모양이다. 정말이지, 믿음직스럽기 그지없다. 저쪽을 걱정할 필요는 없어 보인다.

이쪽의 담당 플로어 보스가 일어나더니 분노를 드러내듯이 발을 구르며 머리를 낮췄다. 자, 다음은 어떻게 할까.

"러셀. 다음, 발은 움직이지 마!"

흠. 뭔가 떠올린 건가? 좋아. 너에게 맡기겠어.

나는 시빌라의 다음 한 수를 믿고 끄덕이고는 정면의 마물을 향해 마법을 꽂아 넣었다.

날아가더라도 회복은 가능하지만, 이 녀석은 순수하게 물리 공격에만 특화된 플로어 보스겠지. 방어마법이 없다면 일격에 뭉개질 수 있다.

"《다크 스플래시》."

이 정도 거리라면 나를 향해 직진해서 올 테니까, 이 마법이 제일 유효하겠지. 슬슬 부딪친다. 자…… 시빌라. 다음은 어쩔 거지?

"《스톤 월》!"

그 마법을 들은 순간, 조금 전과 마찬가지로 플로어 보스의 축을 좌우로 틀어버리는 줄 알았다. 성공한 방법을 또 한 번 하는 것이 일반적인, 평범한 전술가다.

그러나 시빌라는 일반적이지도 않고, 평범한 전술가도 아니었다.

올라간 건, 나였다.

"……아! 《다크 스피어》!"

발밑에서 나를 들어 올린 스톤 월이 나를 대신해서 돌진을 받아 산산이 부서졌다.

—이렇게 나왔나. 재미있군!

나는 기세를 죽이지 않은 플로어 보스의 빈틈투성이 등을 향해 마법을 꽂아 넣었다.

천장이 높은 최하층 플로어를 공중에서 부감한 순간, 마왕과 눈이 마주쳤다. 그 얼굴은, 눈을 크게 뜨고 있었다. 틀림없이 경악한 얼굴이다.

……그래. 그렇겠지? 실컷 시빌라에게 바보 취급을 당하고, 그럼에도 자기가 강하다고 생각하고 있었겠지? 그저 운 좋게

함정을 전부 격파했을 뿐이라고 생각했겠지.

그 생각은, 근본부터 틀렸어.

너는, 우리 『어스름의 서약』을 적으로 돌렸다. 그걸 후회하게 해줄 테니까.

장본인인 시빌라 쪽을 바라보니 나를 보며 엄지를 세웠다. 그 후에 이브의 귓가에 입을 가져가서 뭔가 속삭였다.

자연 낙하해서 지면에 착지한 순간 윈드 배리어를 다시 중첩했다. 마지막으로 다리가 지면에 접촉한 동시에 회복마법을 걸었다.

다소 통증이 느껴졌지만, 바로 마법으로 치료했다. 저 플로어 보스의 돌진을 정통으로 맞는 것에 비하면 훨씬 나으니까.

이브 쪽을 확인하자, 시빌라는 허리춤의 파우치에서 검은 천을 꺼내서 이브에게 덮어줬다. 그리고 어깨를 탁 두드리자, 이브는 뒤로 물러났다.

"시빌라, 아까는 굉장한 판단이었어. 역시 놀랐다고."

"내가 애드리브로 올렸는데도 바로 마법을 쓸 여유를 보여준 네가 더 놀라웠거든."

서로 호흡 맞춘 방법에 대해서 가볍게 말을 나누자, 스피드가 약간 둔해진 플로어 보스가 다시 일어났다. 나는 문득 시빌라에게 신경 쓰이던 의문을 물었다.

"어째서 저 녀석은…… 마왕은 공격하지 않는 거지?"

마왕은 밉살스럽다는 듯이 이쪽을 보고 있지만, 전혀 움직일 낌새가 없었다.

“저 검은 안개를 몸에 두르고 있을 때는 차지 모드. 마물 소환과 마력 축적의 형태야. 그래서 아드리아의 녀석도 검으로 공격할 때 해제했었잖아.”

“아아, 그래서인가.”

“그런 거야. 어제도 대단한 공격은 하지 않았잖아. 그러니까 옆에 있는 『펫』들. 아니, 플로어 보스를 쓰러뜨리면 아마 모습을 드러낼 거야! 공격하는 건 그 이후네!”

시빌라가 외치자, 그걸 듣고 있던 마왕이 팔짱을 꼈다. ……그런 것치고는 윤곽이 묘하군.

“흠…… 아무튼 알았다. 먼저 플로어 보스를 쓰러뜨리겠어.”

“응. 열심히 해줘!”

그로부터 나와 시빌라는 몇 번이고 연계해서 플로어 보스에게 어둠마법을 꽂아 넣었다.

에미 쪽은 원래 상성상 유리한지, 근접전이라면 밀리지 않는다는 인상이다.

상당히 높은 빈도로 엑스트라 힐 링크를 쓰고 있기에 일격에 팔을 못 쓰게 될 일이 없는 한 지지 않겠지. 매번 회피하는 건 위험하지만, 시빌라는 몇 번이고 서포트해서 내게 날아오는 공격을 빗나가게 했다.

마왕은 짜증이 난다는 듯이 팔짱을 낀 채로 발로 소리를 내고 있었다.

역시 플로어 보스는 완전 방어 무시의 어둠마법 공격을 견디지 못하고 있는 모양이군. 에미 쪽 플로어 보스도 바닥이 뚫린 물병 같은 기세로 얼굴에서 피를 뚝뚝 흘리고 있다.

슬슬 마지막이다.

“《어비스 네일》!”

이미 피하는 것조차 뜻대로 하지 못하게 된 플로어 보스에게 마법을 꽂아 넣은 동시에, 에미도 플로어 보스의 거구를 올라서 점프했다. 검을 아래로 들고 착지한 순간이 플로어 보스의 마지막이겠지.

그 착지를 지켜보고 있는데—!

“꺄아아아아아아아아!”

—놀랍게도, 마왕이 절규를 내질렀다! 에미도 플로어 보스를 찌르려다가 놀라서 마왕 쪽을 봤다. 무슨 일이 일어난거지…… 아니, 잘 보니, 있다!

검은 천으로 전신을 뒤덮고, 검은 칼날을 든 소녀가 플로어 보스 뒤에 숨어있다가 뒤에서 마왕을 베었다. 틀림없다. 이브가 했다!

“네 이년! 너! 넌…… 뭐냐 너는! 나이프, 후드…… 어, 어째서 이런 싸구려 여자가 여기에……!”

물론 이 마지막 한 수는 시빌라의 계획이겠지. ……역시 그랬었나.

조금 전, 일부러 큰소리로 나중에 쓰러뜨리겠다고 마왕에게 들으란 듯이 외쳤는데, 이상하다고 생각했다. 이쪽의 계획을 굳이 전해줄 필요가 없기 때문이다.

플로어 보스가 쓰러진 순간, 서로의 의식이 그쪽으로 집중

되는 그 한순간을 노려서 이브에게 지시를 내린 거구나. 나도 에미도 마지막까지 깨닫지 못했다.

"싸다고 해서 안중에도 넣지 않는 건 가난해지는 사람의 발상이거든~? 거금을 버는 사람보다, 일상에서 『오늘 정도는 비싼 걸 사도 괜찮겠지』를 매일 해버리는 사람이 파멸해. 그 중에서도…… 그 아이는 아주 뛰어난, 파산 안건이야."

"서, 설마 이 여자……!"

"현재 금전 트러블에 휘말린 세이리스 고아원에 있는, 고아【어새신】이야. 싸다고 생각해서 안중에도 넣지 않은 시점에서, 이렇게 되는 건 당연하네."

그 말을 들은 순간…… 마왕은 오늘 최대급의 분노를 폭발시켰다.

"—아아아아아아아아! 아아아싸구려야 싸구려! 이런, 이런 싸구려가! 이 몸에게, 처음으로 상처를 입히다니! 결단코, 결단코 인정할 수 없어어어어어어!"

그 직후, 이곳저곳에서 마물이 나타났다. 마치 플로어 보스처럼 소환됐는데…… 이건 자포자기라고밖에 말할 도리가 없을 만큼 심했다.

이마에 뿔이 세 개 달린, 대형 사슴 같은 마물. 그 마물 위에 똑같은 마물이 겹치듯이 소환됐다. 명백하게 냉정함을 잃어버린 조잡한 소환.

그러나, 숫자는 매우 많다. 그 모든 마물은…… 이브를 바라보고 있었다.

—위험해!

"러셀은 잔챙이 처리! 에미는 이브를 지켜줘!"

"알았다!"

"맡겨주세요!"

"제2던전에서 니들 무스를 불렀네. 능력만큼은 대단하다니까……."

시빌라가 씁쓸하게 혀를 찼다. 이브는 무기를 들고 경계했지만, 뿔만 경계하고 있어서인지 사슴 다리에 걷어차여서 공중에 떴다.

이브의 몸이 천장 근처까지 공처럼 날아가는 모습을 보니 등골에 차가운 것이 흘렀다.

"《엑스트라 힐》, 《다크 스플래시》!"

에미가 공중에서 이브를 안았고, 나는 여전히 이브를 노리는 니들 무스에게 어둠마법을 꽂아 넣었다. 다소 횟수는 필요했지만, 그래도 플로어 보스 정도는 아니었다. 게다가 이브를 노리고 에미에게 쇄도했기 때문에 쓰러뜨리는 건 손쉬웠다.

무진장한 마력으로 마법을 퍼부은 뒤에는, 살아있는 적은 없었다. 그러나 모든 게 끝난 무렵에는, 그 마왕도 사라져버렸다. 도망쳤나…… 나도 일격을 넣고 싶었는데.

혀를 차려고 했지만— 시빌라가 웃고 있는 걸 깨달았다.

"마왕은 놓쳐버렸지만, 전과는 있었네."

시빌라가 그렇게 단언했다는 건, 적어도 나쁜 결과는 아닌 모양이다. 시빌라는 마왕이 있던 곳으로 다가가서 바닥을 부스럭부스럭 뒤졌고, 에미의 뒤에서 새파란 얼굴을 한 이브를 돌아봤다.

이브…… 이제 막 던전에 들어오기 시작했는데 그렇게 많이 나온 거대한 마물에게 일격을 맞았으니까…… 무서운 건 당연하겠지.

시빌라는 이브를 끌어안고는 얼굴을 톡톡 다정하게 두드려 줬다.

그리고 다음 한마디는…… 공포에 몸을 떠는 이브 본인조차도 놀라서 눈을 크게 뜨게 만든 말이었다.

"이브, 고마워. 정말로 정말로, 굉장한 공적이야. ……어쩌면, 당신이 따라와 준 덕분에, 그 마왕을 쓰러뜨릴 수 있을지도 몰라."

자, 어느 정도 회수할만한 걸 회수하고 싶은데…… 아무리 생각해도, 이 플로어 보스의 소재를 가져가는 건 무리다.

이유는 단 하나. 제2층의, 자포자기처럼 던전 메이크로 만든 맵을 뚫을 생각이 들지 않는다는 것. 그리고 이 무거운 소재를 들고 조깅을 한 뒤에, 저 거대한 피라미드를 올라갈 생각이 들지 않는다는 거다.

정말로, 시빌라가 처음에 말했던 대로 『조잡』하다는 한마디로 넘길 수밖에 없는 곳이군…….

시빌라의 제안으로, 우리는 플로어 보스였던 드래곤의 고기를 먹기로 했다.

"자, 아~앙."

"아, 아~앙…… 으급……. ……아! 우와, 이거 쩔어. 지금까지 먹은 것과는 너무 다름다…… 꼬맹이들한테도 먹여주고 싶은데, 조금 미안한 기분이 듬다……."

"이건 내가 무리해서 부탁했는데도 노력해준 포상이야. 물론 가지고 돌아가도 되겠지만, 자기 몫은 손으로 들고 가기보다는 이 자리에서 뱃속에 넣어두는 게 좋잖아~?"

"과, 과연……! 넵. 내일 식사가 필요 없을 만큼 마구 먹겠슴다!"

시빌라가 차례차례 조리하자, 이브가 다 구워지는 대로 손을 뻗었다. 에미도 많이 먹는 데다 맛있는 것에는 사족을 못 쓰니까, 이브와 함께 시빌라가 구운 고기를 차례차례 먹었다.

두 사람은 식욕이 왕성하지만, 그래도 역시 먹는 속도에는 한계가 있었다. 시빌라는 이래도 먹을 수 있겠냐는 듯이 꼬치구이를 만든 뒤에 일어섰다.

"러셀."

나도 그 한마디를 듣고 일어났고, 시빌라가 말없이 걸어가는 곳을 따라갔다. 이걸로 두 번째다. 목적은 알고 있다.

시빌라의 목적지는, 역시 드래곤이었다. 시빌라는 땅을 기는 용의 모습을 한 플로어 보스의 가슴 부근을 익숙하게 갈랐다.

이윽고 작은 고깃덩어리를 꺼내서, 그걸 말없이 불로 구워 내밀었다.

"이것도 가능할 거야."

"그건 기대되네."

그렇다— 드래곤의 심장이다.

저번에 파이어 드래곤의 심장을 먹고 레벨 업한 이상, 이 드래곤의 심장도 비슷한 효과가 있을 것 같았다.

"니들 어스 드래곤, 아마 한쪽은 제2던전에 있던 거겠네. 두 마리 동시는 역시 좀 부담스러웠어…… 에미가 없었다면 도저히 버티지 못했을 거야."

그래…… 정말로 무섭기 그지없었지. 가뜩이나 드래곤 플로어 보스는 강한데다, 그 녀석이 두 마리나 나오는 건 아무리 그래도 너무하다.

암속성을 부여했다고는 해도, 에미는 혼자서 저 드래곤을 힘으로 밀어붙여서 이긴건가. 제3던전 때도 그랬지만…… 정말로, 강하네.

나는 그런 생각을 하면서 손에 든 심장을 먹었다.

……좋은 맛이다. 정말로 이건 최고의 보수군…….

그러나 맛보다, 무엇보다도…….

—【어스름의 마경】 레벨 12 《어비스 트랩》—

……이 경험치량이 실로 어마어마하다.

푸른 기간트 플로어 보스로 그런대로 경험치를 획득했다고는 해도, 레벨이 오른 순간은 쓰러뜨린 순간이 아니라 먹은 순간이니까.

"……【어스름의 마경】이라는 직업이니까 잘 오르지 않는다고 생각하는데, 혹시 원래는 더 올라가는 건가?"

"좋은 점을 눈치챘네. 맞아. 그래서 드래곤 상대로 자이언트 킬링을 성공한 드래곤 킬러는 그 순간을 경계로 한 단계 위의 존재가 돼. 도시의 A랭크는 그런 경험을 한 사람이 많아."

"과연, 그렇군. 모두 드래곤 킬러를 동경할 법하는군."

"그런 거지. ……물론 쓰러뜨린 사람의 숫자의 수백 배나 많은, 쓰러뜨리지 못한 사람이 있지만."

그런가. 그렇겠지. 다들 영웅을 동경한다. 나도 그랬고, 빈스도 그랬다. 직업을 얻기 전부터 자신이 그 영웅의 이야기처럼 활약할 수 있으리라 생각했다.

—그러나, 현실은 무르지 않다.

그때는 완전 회복마법으로 어떻게든 버텨냈지만, 여전히 그 파이어 드래곤과의 싸움을 정공법으로 헤쳐나갈 수 있다는 마음은 들지 않는다.

대체 얼마나 많은 사람이 영웅이 되는 순간을 꿈꾸며 사라졌던 걸까.

……어둠마법을 쓰는 것, 그리고 시빌라의 서포트를 받는 것에 익숙해져 있었다. 그러나 특별한 힘을 얻었다 해도, 나는 결국 나에 불과하다. 방심하면, 진다.

시빌라의 진가는 두뇌고, 에미의 진가는 방어력, 이브는 암살이나 교란. 이 파티의 공격 담당은 틀림없이 나다. 기합, 다시 넣어야겠어.

"……응?"

내가 주먹을 움켜쥐면서 결의를 새로 다지자, 뭔가 묘한 술렁거림이 들었다.

전에도, 뭔가 이런 방심을 했었는데…….

“아.”

그리고, 그 예감은 바로 확신으로 변했다.

—시빌라가 또 하나의 심장을 우걱우걱 먹고 있다.

“이봐, 그건 에미의 몫이잖아……?”

“에미는 이제 위를 노릴 필요가 없을 만큼 강하고, 오히려 그 아이는 가르쳐주면 먹지 않을 거야…… 다정하니까. 그러니까 내가 먹을래.”

시빌라는 조금 아련한 눈을 하면서도, 마지막에는 맛있게 먹어치웠다.

“너에게는 사양이라는게 없는 거냐?”

“오히려 러셀은 용케 내가 사양하리라고 생각하고 있네. 시빌라는 어스름의 서약을 한 모두를 위한 여신이지만, 나 스스로는 자신의 욕망이 제일이야!”

그래…… 정말, 그 말대로지…….

우리 중에서 제일 오래 알고 지낸 내가 그 말을 제일 납득할 수밖에 없다. 오히려, 이것이야말로 시빌라라는 느낌이다.

내가 이 재미있고 유감스러운 못난 여신에게 익숙해지는 날이 올까? 스스로 생각해봤지만, 전혀 올 것 같지 않다. 적어도 두뇌로 추월하는 것은 이미 포기했다.

이거야 원. 마음 가는 대로 휘둘려주기로 할까.

그리고, 그런 나날에…… 익숙해지지 않는 게 즐거울 것 같다고 생각하기 시작했다.

던전 하층에서 할 일을 어느 정도 마친 우리는 이 세이리스 제4던전에서 나가기 위해 움직였다. 솔직히 시빌라 없이는 마물이 있든 없든 돌아다닐 생각이 들지 않는 위층을 생각하면, 세이리스 제4던전은 두 번 다시 들어오고 싶지 않다.

우리는 시빌라의 선도를 받아 헤매지 않고 밖으로 나올 수 있었다. 일단 안심인가.

"밤이 좀 늦어버렸지만, 이브는 오늘 정말 고마웠어."

"아뇨아뇨, 괜찮습다! 시빌라 씨의 부탁이라면 뭐든지, 얼마든지 하겠습다."

그 말을 듣자…… 시빌라는 말이 없어지더니, 씨~익 하고 이를 드러내면서 입을 벌렸다. ……아아, 사악한 얼굴이다…….

"그래……? 그렇단 말이지. 뭐든 해준다는 거지."

"네? 저기, 뭐, 가능한 거라면 뭐든……"

시빌라는 이쪽을 돌아보더니, 나와 에미에게 덤덤히 지시를 내렸다.

"먼저 돌아가."

"뭐?"

시빌라는 어안이 벙벙해진 우리를 돌아보지도 않은 채 이브와 어깨동무를 하고 바로 떠나버렸다. 진짜로 해산인가. 옆에서 보면 유괴라고.

마찬가지로 전개를 따라가지 못한 표정을 한 에미와 눈이 마주하고는, 한숨을 내쉬었다.

"……돌아갈까."

"아하하, 그럴까……."

나는 시빌라가 떠난 방면을 보면서, 그 시빌라의 너무나 너무나 즐거워 보이는 표정을 보고 확신에 가까운 걸 느끼고 있었다.

—분명히 뭔가 고생하게 되겠군.

힘내라 이브. 성가신 녀석에게 찍혀버린 건 진짜로 동정하겠지만, 힘내라.

그 재미있고 유감스러운 여신을 상대로 내가 할 수 있는 건, 없다.

역시 여관에서 쉬어야 하는 저녁 식사 후의 출격은 정신적으로 지쳤다.

어제만큼 찝찝하지는 않지만, 아직 개운하지는 않다.

조금 더, 자는 데 시간을 썼어야 하나.

"와아…… 이불 님, 기분 좋아…… 너무 좋아…… 잘 자~."

"그래, 수고했어."

"잘 자, 흑연의 성자님~. 에헤헤헤~."

하루의 마지막에, 참으로 신기한 호칭을 듣고 당황했다. 내가 어떻게 답해야 할지 고민하는 사이에 벌써 잠들어서 숨소리가 들려왔다.

시빌라와는 방향이 다르지만, 이 녀석도 이 녀석대로 엄청나게 마이 페이스라니까…….

식탐을 드러낸 에미는 남자인 내가 봐도 상당한 양의 고기를 먹었다. 어제도 그렇고, 대체 몸 어디에 그렇게 들어가는지 모를 만큼 먹고 있는 것 같다.

오늘은 특히 애썼으니까, 그야 잠기운도 오겠지.

나는 오늘 일을 돌이켜봤다. 시빌라의 제안으로 아침에는 바다에서 놀았던가. 나와 에미는 정말로 그것뿐이었다.

그러나…… 시빌라는 달랐다.

모래사장에서 놀게 했던 그 자체가 시빌라의 배려이자 전략. 그리고 시빌라는 우리와 마찬가지로 제3던전 탐색에서 활약했는데도 오늘 아침부터 계속 마왕과 수면 아래에서 싸우고 있었다.

숨겨진 던전의 위치를 밝혀내고, 마물 출현 위치를 밝혀내고, 넓은 제3층을 조사하고, 플로어 보스와의 전투에서도 활약했다. 그러는 사이 시빌라는 계속 두뇌를 풀 회전하면서 전혀 쉬지 않았다.

……그 녀석은 정말로 굉장한 녀석이야. 도저히 대신할 수 없을 것 같다.

그리고, 이브. 그렇게나 재능 있는 어새신이 우리의 아군이 되었다는 의미는 크다. 그때 시빌라가 그렇게나 확실하게 『성과』가 있었다고 단언했으니까.

상황을 생각해보면, 그 작전은 이브 없이는 불가능했겠지.

……그런가. 전혀 쉬지 않았던 시빌라는 지금도 쉬지 않고

있다. 이브와 만나고 있다. 그건 결코, 사리사욕으로 부탁하고 있는 건 아니겠지.

그 시빌라니까, 확신은 가질 수 없지만…….

아아…… 조금 잠기운이 온다. 어쩌면 이건 안심에서 오는 걸지도 모른다.

내려오기 시작한 눈꺼풀의 암막을 받아들이면서, 그 마왕을 철저하게 추월했던 시빌라의 『다음 한 수』를 기대하며 수마에 몸을 맡겼다.

다음 날 아침. 완전히 해가 떠올라서 밝은 실내의 천장을 인식한 나는 눈을 떴다. 방의 하얀 벽에 태양광이 반사되어 내 눈 속에 꽂혔다.

잠에 취한 머리가 각성한 무렵, 점점 현실을 인식했다…… 이거 꽤 늦은 시간인데. 나는 침대에서 일어나— 당연한 듯이 방 의자에 앉아 쉬고 있는 여자와 눈을 마주했다.

"좋은 아침. 그 모습을 보니 정신적인 피로도 없어 보이네."

"……그래. 좋은 아침."

명백하게 일에 몰두해서 나보다 늦게 잠들었을 시빌라는 나보다 일찍 일어난 모양이다.

"정말로 너는 굉장히 애쓰고 있네. 가끔은 쉬는 게 어때?"

솔직한 말을 전하자…… 오히려 마른하늘에 날벼락이라는 표정으로 놀랐다.

"……역대 【어스름의 마경】 중에서도 제일 무리하는 너한테 그런 말을 들어도 말이지."

"그런가?"

"그렇거든. 술사가 전위에 서는 시점에서 엉망진창인데, 마법으로 쏘아 올렸는데도 호흡을 맞추는 네가 제일 무모한 노력을 하고 있거든? 하아~, 싫다 싫어. 무자각이라니까……."

칭찬하는 건지 어이없어하는 건지 모르겠지만…… 내가 제일 노력하고 있다고 생각하는 녀석에게 그런 평가를 받으니 나쁜 기분은 들지 않았다.

"아, 러셀, 좋은 아침~."

밖에 나갔었는지, 에미가 방에 들어와서 밝은 표정으로 손을 흔들었다.

"좋은 아침. 에미가 일찍 일어났나 보네."

에미가 고개를 끄덕이자, 「우후후후」 하는 의미심장한 웃음소리가 들려왔다.

"그렇거든~? 에미가 자는 얼굴을 빤~히 보고 있었어."

"하웃?! 그, 그건 말하지 않겠다고 했잖아요!"

"확실히 말했지. 근데 내가 그런 걸 지킬 것 같아~?"

……아침부터 실로 시빌라가 시빌라다운 정상 운행을 하고 있다. 드디어 에미도 이 녀석과의 관계를 각오할 무렵이겠지.

"뭐, 나도 에미보다 일찍 일어날 때는 필연적으로 보게 되니까, 피차일반이겠지."

"어?! 아, 그, 그러게! 응!"

이거면 되겠다고 생각했는데, 에미는 상당히 안절부절못하는 대답이었다.

"에미는 꽤 가까이서 장시간……."

"그, 그건 안 돼요!"

"좋은 반응이네~, 아하하하!"

시빌라의 장난스러운 웃음이 들려서 에미에게 동정하던 와중, 시빌라의 손목이 햇빛을 받아서 반짝이는 걸 눈치챘다.

……저건, 브레이슬릿인가?

"어라? 시빌라 씨, 그 브레이슬릿, 어제는 없었던 거네요."

브레이슬릿은 비교적 폭이 넓고 눈에 띄어서, 에미도 당연히 눈치챈 모양이다. 그 질문을 듣자, 시빌라는…… 실로 즐거운 듯한 미소를 짓더니, 의아한 말을 꺼냈다.

"이건 말이지…… 승리의 열쇠야."

12 여자 둘이라도 시끄러운 장신구점 순회. 승리의 열쇠가, 문을 연다

시빌라의 브레이슬릿. 에미에게 사준 물건과 비교하면 명백하게 고급품이라는 걸 알 수 있는 일품이다.

그나저나, 어디에서 본 듯한 디자인인데…….

"잘 어울리지?"

화가 날 만큼 어울린다. 그러나 고집으로라도 어울린다고 말하고 싶지 않다.

"시빌라 씨, 굉장히 잘 어울려요!"

그러나, 그런 내 마음이 에미에게 통할 리가 없었다.

"으~음, 역시 에미는 나의 천사네! 자, 러셀도 에미의 귀여움을 본받을 것! 내가 학원 면접관이었다면 입시에서 탈락시켰을거야."

실로 불합리한 면접관이군. 그보다 대체 무슨 학원이야?

정오 전, 여관 밖으로 나가자 태양의 열기가 피부를 태웠다. 오늘의 시빌라는 원피스다.

『아마 지금의 세이리스에는 제1던전 말고 최하층 플로어 보스는 없어.』

이건 여관을 나서기 전 시빌라의 말이다. 상정 외를 몇 번이고 생각한 시빌라에게 정말로 그게 괜찮은건가 물어봤다. 그

대답은, 납득이 가는 것이었다.

『그 녀석이 제일 열 받았던거, 언제라고 생각해? 그때 꺼낸 건 뭐였지?』

그 마왕이 화가 났던 건 이브에게 베였을 때. 선택한 건, 니들 무스.

—그래. 검은 기간트도, 푸른 기간트도 아니였다.

그 상황에서 제3던전의 마물을 고르지 않았다. 그건 즉, 기간트계 마물이 아직 보충되지 않았다는 것, 그 사실은 플로어 보스를 부르지 못했다는 걸 의미한다.

"그 전에, 잠깐 들르고 싶은 곳이 있어."

예전에 이브에게 옷을 사준 가게도 있는, 복식계 점포가 집중된 큰길을 걸어서 목적지로.

"에미도 멋진 장신구가 늘어선 가게, 흥미가 있지~?"

"네? 네? 저기, 그게 뭐, 그야 그렇지만……."

"자, 2대1! 그럼 가자~!"

반대할 새도 없이 다수결로 행선지가 결정되고 말았다……. 에미가 거북한 듯이 몸짓으로 사과하자, 네 탓이 아니라고 고개를 내저었다. 딱히 가는 게 싫은 것도 아니니까.

시빌라가 고른 건, 주변보다 장식이 훨씬 과다한 건물.

"어서 오세요. 손, 님……?!"

내가 멍하니 보고 있자, 여성 점원이 시빌라에게 눈을 빛내며 접근했다.

"손님처럼 아름다운 분, 처음 봤어요……! 본점의 물품들은 분명 손님을 더욱 빛내고, 두드러지게 만들 거랍니다! 괜찮으시다면 제가 직접 안내해드려도 될까요?"

"눈썰미가 좋네! 세계 제일의 미소녀인 내가 살 물건, 어울려주지 않겠어?"

"물론이죠!"

……그렇지. 시빌라 같은 여자가 원피스를 입었다면, 암행을 나온 공주님처럼 보이겠지. 에미는 점원과 시빌라를 배웅하고는 내 쪽으로 돌아왔다.

"우우…… 알고는 있었지만, 시빌라 씨와 나란히 있으면 같은 여자로서 열등감이 들어서 마음이 죽어……."

"딱히 지지는 않는다고 생각하는데…… 비교 대상이 여신이니까. 인간으로는 당해낼 수 없겠지."

"인간이라면, 이라……."

에미가 문득 신기한 부분에서 걸린 모양이었다.

"왜 그래?"

"아냐. 시빌라 씨에게 대항할 수 있는 모험가를 한 명 알아서."

……진짜냐? 저 시빌라와 비견해도 손색이 없는, 영애가 아니라…… 모험가?

"러셀이 없어진 다음 날에 빈스한테 찾아온 마도사인데, 여신상이 움직이는 듯한 느낌의 굉~장한 미인이야. 게다가 자넷보다, 그게…… 박력이 굉장해. 나보다 키가 큰데, 거기다…… 이렇게."

몸짓 손짓으로 가슴 부분을 양손으로 들고는 구체를 안듯이 빙글 움직였다.

어이어이, 에미보다 키가 크고 자넷보다 가슴이 크다니, 그건 대체 무슨 생물이야. 그보다 모험가라니 절대 무리잖아. ……그보다, 잠깐만?

"빈스는 경계하지 않았던 거냐? 아니면……."

"빈스가 케이티 씨를 거부하는 건 있을 수 없어. 그보다 천이 너무 적었으니까, 대놓고 계속 보더라. ……아, 그 사람은 케이티 씨라고 하는데."

"케이티, 라……."

들어본 적 없는 이름이다…… 뭐, 용모의 특징이 짐작 가지 않는다는 시점에서 알 리가 없나. 그러나 처음 듣는 이야기다.

"이야기로 추측하건대, 빈스가 적극적으로 얽히려 했다는 건 상상이 가는데…… 지금까지 이야기하지 않았다는건, 에미와는 사이가 안 좋았던 거냐?"

……조금 사려가 부족한 질문이었을지도 모른다. 에미는 그 파티에서 나왔으니까. 모종의 이유가 파티에 있었더라도 이상하지 않다.

에미는 고개를 숙이고는 슬픈 표정을 지었다. 그러나…… 그 대답은 의외였다.

"굉장히 좋았다고 생각해. ……이것저것 가르쳐줬고, 나를 동경한다고 해서, 굉장히 잘 대해줬어. 혼잣말이 많았지만, 결점 같은 건 외면도 내면도 전혀 찾을 수 없을 만큼, 좋은 사람이었어……."

……그럼 어째서, 그런 괴로운 표정을 짓고 있는 거야?

내가 질문을 거듭하려고 하자— 2층에서 시빌라의 긴박한 외침이 갑자기 우리에게 닿았다!

"—러셀! 에미!"

그 긴박한 목소리를 듣고 에미와 눈을 마주하고는, 대화를 접고 시빌라가 있는 2층으로 달려갔다.

시빌라가 따지고 있는 건, 조금 전과는 다른 점원이었다. 분위기로 추측하건대, 점장 클래스의 인간이 아닐까?

심상치 않은 모습이라, 에미가 바로 뛰어들어서 두 사람 사이로 들어갔다.

"모험가 【성기사】 에미입니다. 그녀는 제 파티 멤버인데, 뭔가 문제라도 있었나요?"

"서, 성기사님……!"

시빌라에게 손을 뻗으려던 남자가 팔을 붙잡혀서 움직이지 못하고 식은땀을 흘렸다.

……저 손에 붙잡히면 전력으로 움직이려 해도 정말로 돌 속에 파묻힌 것처럼 움직이지 못하게 되니까. 경험자이기에, 그 힘은 잘 알고 있다.

나는 에미가 제지하는 사이 시빌라에게 향했다.

"시빌라. 무슨 일이냐?"

"내가 세이리스의 위조 화폐를 이용한 사람이라는 의심을 사고 있어."

위조, 화폐라고……?!

시빌라는 평소 전혀 화폐를 들고 다니지 않는다. 모두 길드 태그에 등록된 자신의 등록 기록으로 결제하고 있다.

예전에도 『시대는 무현금 거래』라고 말한 대로, 시빌라는 현금(캐시)을 내지 않는다. 내가 가게 남자에게 반론하려 하자, 시빌라의 손등이 눈앞에 다가왔다.

"러셀."

"뭐냐?"

시빌라는 에미가 남자를 말리는 모습을 곁눈질하면서 내게 얼굴을 내밀었고…… 목소리를 죽였다.

"겨우 단서를 붙잡았어. 괜히 의혹을 풀려고 하지 말고, 이야기를 듣자."

……단서? 이 위조 화폐 소동과 시빌라의 목적이 관계가 있는 건가?

나는 의문을 가지면서도 시빌라의 방침에 맡겼다.

"일단, 안쪽에서 이야기를 들어도 될까? 무슨 문제가 일어난다면 나도 도울 수 있을지도 모르니까."

"아, 알겠습니다……."

남자는 에미가 손을 놓아서 안심한 듯 크게 한숨을 내쉬더니 우리를 가게 안으로 안내했다.

내부는 하얀 벽을 중심으로 하면서도 곳곳에 금색으로 반

흑연의 성자 2
© MasamiT/OVERLAP
Illustration icomochi
[NOT FOR SALE]

NOVEL

짝이는 장식품과 액자가 비싸 보이는 그림이 그려진 복도.

그러나 시빌라는 물론이고 에미조차도 그런 비싸 보이는 물건에 시선을 빼앗기지 않았다. 서로 경계심을 숨기지도 않고 안쪽 방으로 들어갔다.

커다란 손님용 소파에 우리를 권유한 남자가 맞은편에 앉았다. 소파에는 시빌라를 중심으로 두고 나와 에미가 좌우에서 시빌라를 감싸는 형태다.

눈앞의 남자를 응시했다. 붉은색과 금색의 옷을 입은 초로의 남자다.

"제가 점주입니다. 우선, 사과의 말씀을 드리겠습니다…… 저희는 그쪽 성기사님과 적대할 생각은 전혀 없다는 것을, 다시금……."

"무슨 말씀이시죠."

"……네?"

"제가 아니라, 시빌라 씨— 이 사람에게 사과해야죠. 아닌가요?"

평소의 밝은 모습을 감춘 에미가 상대의 말을 막았다. ……에미의 말 그대로다. 상대를 의심했다면, 먼저 그 상대에게 사과해야겠지.

에미에게 처음으로 사과한 건, 역시 【성기사】가 대표라고 생각했기 때문이겠지. 실제로는 아무리 생각해도 『여신』인 시빌라가 신분으로는 훨씬 위지만…….

"……그랬었지요. 손님…… 아니, 시빌라 님. 일방적으로 의심하고 말아서 죄송합니다."

시빌라는 남자의 얼굴을 보면서 팔짱을 낀 채 침묵했다. 그 눈초리는 매우 날카롭고, 현재 단계에서 화해하려는 자세는 보이지 않는다.

이어지는 말이 없어서 남자가 불안한 듯 고개를 들자, 시빌라는 퉁명스럽게 말했다.

"이유."

"……무, 무슨 말씀이신지?"

"나를 위조 화폐 범인이라고 주장한다면, 나름대로 증거가 있을 거 아냐? 꽤 단정적이었으니까. 그러니까, 그 이유."

시빌라는 에미의 머리를 빗겨주듯이 쓰다듬었다. 에미는 놀라면서도 시빌라를 믿는다는 듯이 웃으며, 사이가 좋다는 걸— 그리고, 시빌라의 지위가 더 높다는 걸— 과시했다.

그 두 사람의 모습을 보자, 역시 남자는 초조해하기 시작했다.

"무, 물론이죠. 손님을 의심한 이상, 그 근원이 된 사건을 공유하도록 하겠습니다. 먼저, 손님을 의심한 이유 말입니다만—."

그리고 남자가 꺼낸 한마디에, 나는 일종의 예감을 느꼈다.

여기까지가 모두 시빌라의 예상대로가 아니었을까 하는 것.

"—손님이 손목에 차고 있는, 그 브레이슬릿입니다."

『승리의 열쇠』라는 그 브레이슬릿을 언급하자…… 승리의 여신은 이 방에 들어오고 나서 처음으로 입꼬리를 살짝 들었다.

그리고 몇 가지 이야기를 듣던 와중, 시빌라가 하나의 말을 되물었다.

"—출장 노점?"

"네. 본점은 바다를 보러 온 관광객은 물론이거니와 『관광구』와 『항만구』 사이에 있는, 이곳 『중심구』에 귀족이나 관리를 타깃으로 한 점포를 두고 있습니다."

"뭐, 그야 그렇겠지. 금세공 장신구 같은건 평민에게는 어울리지 않으니까."

"네. 하지만 도시 운영이 올바르게 진행되고 있는지 알아보기 위해 암행으로 시장을 보러 오는 영식도 계시고, 평민의 식사에 흥미를 보이는 영애나 【검성】 등의 직업을 가진 자금력 있는 분도 『중앙구』보다는 『관광구』 쪽을 찾으시는 경우가 많으니까요."

이 도시를 알려면 평민의 생활을 보는 게 좋다고 생각하는 귀족도 있는 건가.

시빌라는 진열된 장식품 몇 개를 손으로 들어보면서 형태를 손가락으로 어루만졌다.

"아~, 이거 내 것과 아주 닮은 장식이네."

"알 수 있는 거냐?"

"에미의 브레이슬릿은 바람 같은 유선형 디자인이고, 표면의 광택을 중요하게 여기고 있어. 반면 이 가게 건…… 봐봐. 이 반지가 특히 그래."

시빌라는 반지를 손으로 잡고는 브레이슬릿과 인접시켜 비교하면서 설명을 이어갔다.

"이 가게의 상품은, 사용하는 재료도 많고 공도 들이고 있어. 고가가 되지 않을 수 없지."

그 말을 듣고 비교해보니, 에미의 브레이슬릿보다는 시빌라의 브레이슬릿이 이 가게 상품에 가깝다는 인상을 받는다.

시빌라가 해설하자, 점주는 놀란 듯 끄덕였다.

"네. 시빌라 님의 말씀대로입니다. 그 브레이슬릿은, 저희 출장 노점에서 진열했던 상품이 틀림없다고 생각합니다."

"나도 그렇게 생각해. ……그리고, 그 구입자가 위조 화폐와 무슨 관계가 있는데?"

"출장 노점의 담당 판매원이 소지하고 있던 매상금을, 세이리스 병사가 불시 조사를 했거든요. 그 결과, 안에서 위조 화폐가 나왔기에 세이리스 병사들에게 붙잡히고 말았습니다……."

점주는 그렇게 말하며 고개를 푹 숙였다.

세이리스 병사라면, 우리에게 맨 먼저 위조 화폐 이야기를 한 엄격하다는 평판의 병사들이다.

"……보통, 위조 화폐를 사용한 게 누군지 모른다면 나를 의심하는 건 이상해. 하지만, 당신은 말했었지? 『확실히 이 상품이라고 들었다』라고."

"네. 고가의 상품을 다루는 점포를 『관광구』에 내는 이상, 많이 낼 수는 없습니다. 감옥에 들어간 점원에게서 그날 판매한 것은 그 브레이슬릿뿐이라고 들었죠. 바로 며칠 전의 일입니다."

그렇군. 내가 에미에게 브레이슬릿을 사러 간 날의 일인가.

남자의 이야기를 듣던 시빌라는 팔짱을 끼면서 하나 제안했다.

"그럼, 우리가 그 점원을 만나러 간다면, 분명 모르던 것도 알 수 있게 되지 않을까? 에미도 러셀도, 그러면 되겠지?"

그 말은 어디까지나 결정을 알리는 것에 지나지 않는다. 나도 에미도 고개를 끄덕였고, 시빌라의 제안을 따르는 형태로 『진범 체포에 협력한다』라는 자세를 보였다.

"그래, 참고로 파티 멤버인, 이쪽의 무뚝뚝한 녀석은【성자】야."

"한 마디 많아."

시빌라가 태그를 만져서 조작한 내 직업을 보여주자, 점주는 놀라서 펄쩍 뛰면서도 황급히 내게 고개를 숙였다. 조금 안쓰럽게 생각될 만큼 필사적인 모습의 점주를 보자, 시빌라는 실로 시빌라답게 히죽히죽 웃었다.

이거야 원. 믿음직한 여신님이라니까.

점주가 안내한 곳은 도시에서도 특히나 커다란 관청. 모래사장이 있는 거리와는 달리 반대쪽의 『항만구』에는 배가 몇 척이나 나와 있다.

귀족 영지에는 간단히 들어가지 못하게 커다란 울타리가 만들어져 있다.

과연. 저쪽이 도시의 『중심구』인가.

"수속을 밟을 테니, 잠시 기다려주세요."

관청에 들어간 점주가 뭐라 대화를 나누더니 병사를 한 명 데리고 돌아왔다.

"그쪽 사람들이 동행자입니까?"
"네. 단서가 있기에 진범 체포에 협력해주신다고 하더군요."
"알겠습니다. 동행자는 부디 발언이나 행동을 조심해주세요."
과연, 이야기로 들은 대로 엄격해 보인다.
점점 빛이 줄어드는 건물 안쪽. 선도하던 병사와 파수병이 경례를 나눴고, 두 사람은 몇 마디 말을 나누고는 우리를 감옥 안으로 안내했다.

병사의 안내를 받은 감옥 한 곳에 그 남성이 있었다.
"점장님……!"
조금 야윈 듯한 점원이 점주의 모습을 보자 목소리를 높였다.
"그 브레이슬릿을 찬 분을 데려왔다. ……이 브레이슬릿이 틀림없겠지?"
시빌라가 앞으로 나와 브레이슬릿을 보여주자, 남성은 눈을 크게 떴다.
"트, 틀림없습니다! 이 브레이슬릿을 산 사람이 위조 화폐를 사용한 범인입니다!"
"……역시. 시빌라 님, 이 브레이슬릿을 어디에서—."
"하, 하지만 아닙니다! 이 사람이 아니에요!"
"—뭐, 라고?"
남성은 곤란한 듯 점주와 시빌라를 교대로 바라보면서, 나지막하게 중얼거렸다.
"……남자, 입니다."

"뭐?"

"저에게서 브레이슬릿을 산 건, 남자입니다……!"

그 증언은, 시빌라가 범인이 아니라는 명확한 증거. 자잘한 요소에 정신이 팔려서 범인의 정보에 관한 중요한 부분이 빠져나가 있었다.

위조 화폐를 사용한 진범은, 남자. 이걸로 시빌라에 대한 혐의는 풀렸겠지.

그러나…… 이윽고 브레이슬릿이 실물이라는 것의 의미를 모두가 이해하기 시작했다. 그리고 점주와 병사가, 시빌라와 동행한 남자에게 의혹의 시선을 보냈다.

—그나저나…… 이 점원 남자, 어디서 본 적이 있는데.

점원은 이쪽을 보고는 눈을 가늘게 떴다. 나도 그 점원이 누구였는지 떠올리기 위해 바라봤다.

"……이 사람, 만난 적이 있습니다!"

점장이 눈을 크게 떴고, 에미가 조마조마하며 시선을 여기저기 보냈다.

시빌라는…… 차분한 모습이군.

"나도, 이 점원을 본 적이 있어."

점장과 병사는 나에게 더더욱 의혹의 시선을 보냈다. ……뭐, 이렇게 될 건 알고 있었다. 아무리 생각해도 이 상황이라면 내가 범인이겠지.

사흘 전, 노점의 점원…… 그래도 당연하지만, 거리에 있던 사람의 얼굴을 일일이 기억할 리가 없다……. 하지만, 에미의 브레이슬릿은 장식이 다르니까 나는 아니다.

"……이야기를 들어봐도 될까요?"

"아, 소용없어."

시빌라가 끼어들어서 점장의 말을 끊었다.

"그때 러셀은 가진 은화를 전부 여관에 놔두고 있었거든. 모험가 길드에 태그로 지불했을 때의 정보가 남아있을 거야. 그걸 위조할 수는 없지."

모험가 길드의 관할은, 왕국이다. 태그와 연결된 길드의 기록은 의심할 여지가 없다.

"시빌라는 어떻게 생각해?"

이야기를 던지자, 시빌라는 에미를 가리켰다. 점원은 그 손짓에 반응했다.

"……실례지만, 그 브레이슬릿을 보여주실 수 있을까요?"

자기 점포의 상품과 관계없는 브레이슬릿에 무슨 의미가 있을까?

에미는 들은 대로 브레이슬릿을 감옥에 가까이 가져갔다. 그 장식을 잡아먹을 듯이 바라보던 점원은 문득 고개를 끄덕였다.

"이건, 노점 옆에 있던 가게의 것이군요. 아마 개인 점포라고 생각하는데……."

에미에게 사준 브레이슬릿 가게……의, 옆에 있던 점원이 정면의 남자인가.

"그랬군, 떠올랐어."

"……응? 저와 만난 걸, 말입니까?"

"그래, 내가 에미…… 이 녀석의 브레이슬릿을 태그로 구입했지. 그때도 같은 차림을 하고 있었으니까, 옆에서 구입하던 나를 봤던 게 아닐까?"

그날은 식사를 하고 돌아가던 중에 이브와 만난 날이다. 당연히 오늘처럼 경장이었고, 이브의 복장을 두 사람이 입혀주던 사이, 나는 시빌라에게 쫓겨나서 거리로 나왔었다.

그때, 처음으로 태그 결제로 산 게 에미의 브레이슬릿이다. 후일 그 노점이 없어졌던 건, 체포된 직후였기 때문이겠지.

"……그렇습니까. 어쩐지……. 머리도 눈도 검은 사람은 드무니까, 옆에서 상품을 살 때 기억했던 걸 제 손님이라고 생각했던 거겠죠……."

남자의 이야기를 정리하면, 이렇다.

이 점원이 장신구점 출장 노점을 시장에서 열었다.

내가 그 옆에서 에미용 브레이슬릿을 샀다.

흑발 흑안인 내가 옆에서 사던 모습을 자기 손님이라고 착각했다.

"과연, 앞뒤는 맞지만……. 이거야 원, 원점으로 돌아왔군."

"그렇, 군요……."

점원이 낙담한 듯이 고개를 풀썩 꺾었다. 뭐, 그렇겠지. 진범을 찾았다고 생각했는데, 결국 아무것도 아니었으니까.

—아니, 잠깐만.

"시빌라."

"응."

"결국, 너는 그 브레이슬릿을 어디서 입수한 거지? 내가 산 건 에미의 브레이슬릿뿐, 그리고 범인은 지금 네가 찬 브레이슬릿을 샀지. 그러나 진범은 남자고, 결제 수단은 현금. 네가 그걸 가지고 있다면, 진범에게서 입수한 거냐?"

"으음, 오늘의 러셀은 날카롭네. 개운해져서 그런가?"

모두의 주목을 받은 시빌라는 실로 즐거운 듯 히죽히죽 웃었다.

이 녀석. 어디까지 알고 있는 거지…… 슬슬 가르쳐줘.

"딱히 범인을 알고 있다거나 그런 건 아니야. 단지…… 뭐라고 해야 할까. 이건 주운 거라서 차고 있던 거야."

"주운 물건, 입니까."

"그래. 어딘가에서 대충 떨어져 있었던, 누군가의 소유물을 빌린 거지."

위조 화폐를 사용한 범인이, 이런 비싼 물건을 떨어뜨렸다고……?

비싼 물건이라면, 어지간한 부자거나 정신이 미숙한 귀족이 아닌 한 보관에 주의를 기울일 거다.

나조차도, 내가 산 브레이슬릿을 다시 이브처럼 신체 능력이 뛰어난 소매치기에게 도둑맞지 않게 꽤 경계하고 있었는데 말이지.

그래, 그야말로 귀족조차도 함부로…….

……대충, 브레이슬릿을…….

귀족…… 귀족…….

문득, 갑자기 해안에서 수영복을 입은 시빌라가 즐겁게 웃던 모습을 떠올렸다.

시빌라의 차림새에서 갑자기 이야기가 비약된, 빈집털이의 복장 이야기. 그때, 시빌라는 뭐라고 말했지?

『정답은, 『준남작 정도 신분의 옷을 입는다』야.』

왜냐하면, 아무도 경계하지 않으니까.

『눈에 띄는 차림새를 해서, 모두가 『숨어야만 하는 인간이 할 행동이 아니다』라고 생각하게 하는 거지.』

—지금, 모든 조각이 모여 해답의 문이 되었다.

나는, 승리의 열쇠(브레이슬릿)가 문의 열쇠 구멍을 여는 소리를 들었다.

나는 시빌라의 브레이슬릿을 봤다.

비싼 브레이슬릿. 돈을 사치스럽게 사용한, 장인이 표면을 장식한 브레이슬릿.

그리고…… 대충 주머니에 넣은, 브레이슬릿.

도둑맞는다고는 생각하지 않고, 주머니에 넣은 브레이슬릿이다.

"시빌라의 브레이슬릿을 산 인물이, 떠올랐어."

"……뭐?"

내 대답을 들은 시빌라는 눈을 크게 뜨며 놀랐다. 오오, 오랜만에 보는 시빌라의 얼빠진 얼굴이다. 이 표정을 내가 끌어내다니, 기분이 좋군.

시빌라는 침묵하다가, 조금 시간을 두고 복귀했다.

아니, 분화했다.

"—아니, 잠깐 기다려! 이 브레이슬릿을 산 녀석, 러셀은 봤던 거야?!"

"알고 있어. 그보다, 대화하던 도중에 떠올랐지."

내 말에 항의하는 시빌라를 타이르면서, 나는 이야기를 듣던 점원을 돌아봤다.

"이봐, 당신. 내가 옆 가게에서 브레이슬릿을 산 직후에, 시빌라가 찬 브레이슬릿을 팔았……었지?"

"그랬……을지도 모르죠."

내가 브레이슬릿을 산 순간을 기억하고 있다는 건, 그만큼 인상에 남았다는 거다. 그러나 굉장히 애매한 말투군…….

그 남자는 뭔가 본 적이 있는 것 같다는 이유로 순간 지인인가 싶었지만…… 너무나도 대충 주머니에 쑤셔 넣었기에 절대 지인이 아니라고 생각했었다.

"키가 큰 귀족이었지. 후드를 쓴, 얼굴이 보이지 않던 귀족이다. 구입한 걸 주머니에 넣고 경계도 하지 않아서 부자는 다르다고 생각했던 것, 잘 기억하고 있지."

"……아! 네, 확실히 그 남자입니다! 그래요, 잊고 있었어요…… 귀족이 금화를 내지 못할 리가 없다고 생각해서 방심하고 있었죠. 바로 그 남자에게 위조 화폐를 받아서……!"

새로운 진술을 듣자, 점장은 물론이고 병사 남자가 놀라서 외쳤다.

"자네, 틀림없나?!"

"네, 넷! 물론이죠! 그와 저의 기억이 일치한 이상, 진범은 그 귀족 남자입니다! 어째서 저는 지금까지 잊고…… 아니, 오히려 어째서 그 남자를 의심하지 않은 거지……?"

감옥 안의 남자가 중얼중얼 혼잣말을 늘어놓는 가운데, 병사가 이쪽을 돌아보더니 고개를 깊이 숙였다.

"정보 제공, 감사합니다. 이 정보를 근거로 병사를 모아 도시 귀족 중에서 위조 화폐를 사용한 범인을 찾아내겠습니다. 위조 화폐 범죄는 예전부터 이 도시에서 보고되고 있었으니, 아무리 세이리스라 해도 반드시 찾아내서 붙잡기 위해 영주님도 관리도 안간힘을 쓰고 있으니까요."

세이리스 병사는 고개를 다시 숙이면서 「그럼 저는 이만」이라고 한마디 하고는 밖으로 나가려고 했지만, 시빌라가 제지했다.

"앗! 왜 그러십니까? 저는 이 정보를 바로 제공해서……."

시빌라는 남자의 이야기를 듣지 않고 에미의 태그를 만졌다. 그곳에 나타난 건, 최상위직의 이름.

"서, 【성기사】님!"

그리고 시빌라는 나의 태그에도 손을 댔다.

"【성자】님까지…… 여러분은 대체……."

"우리는 『어스름의 서약』이라는 모험가 파티야. 세이리스 제3던전 하층까지 들어간, 현재 A랭크인 진짜 최강팀이지. 뭣하면 『질풍신뢰』에 확인해봐도 좋아."

이제 막 만든 건데 A랭크인 거냐. 처음 들었다고. 모르는 사이에 S랭크 정도가 되더라도 놀라지 않을 것 같다.

"이, 이거 대단한 실례를……!"

"괜찮아. 우리가 숨기고 있었으니까. ……그리고, 지금부터가 본론."

시빌라는 팔짱을 끼고 병사를 노려봤다. 지금까지 가벼운 분위기였던 시빌라의 큰 변화를 느끼자, 나를 제외한 모두가 숨을 삼켰다.

"우리는 길드의 의뢰로 줄곧 위조 화폐를 사용한 범인을 쫓고 있었어. ……진범을 상대한다면, 최소한 세이리스 제3던전 중층의 마물을 상대할 수 있는 실력이 없으면, 까놓고 말해서 개죽음이야."

"제3던전의 중층이라면, 설마……."

"옆에 있는 성기사 아이는 기간트의 공격을 한 손으로 받아낼 수 있어. 그래도 힘든 싸움이 될 거야. 전임자가 어떻게 됐는지…… 듣고 싶어?"

에미에게 화제가 넘어가자, 그녀는 사실이라는 걸 알리기 위해 고개를 끄덕였다. 위협이나 다름없는 시빌라의 말을 듣자 병사는 얼굴이 새파래졌고, 살짝 고개를 내젓는 게 고작이었다.

"그래도."

모두가 몸을 떠는 가운데, 시빌라는 팔짱을 끼면서 다시 미소를 지었다.

"이번에는 우리가 맡을 거니까 괜찮아. 이보다 더할 수 없는 전력을 투입할 거야."

"뭐라고요. 여러분이……!"

"우리가 패한다면 위조 화폐를 만든 녀석은 한동안 무시하는 게 좋아. 뭐~ 쓰러뜨릴 생각이니까 안심하고 있으라고? 우리의 요구는, 마을에 마물이 나오거나 모래사장에서 마법의 충돌이 시작되면 세이리스의 모든 사람들을 마물에게서 보호할 것. 그럴 경우, 병사들도 전원 그 자리에서 이탈할 것!"

그리고 시빌라는 남자라면 누구라도 매료할 수 있는 윙크를 병사에게 보내고는, 원피스를 흔들면서 남자 갑옷의 흉판을 손등으로 두드렸다.

"던전은 봉쇄해. 우리는 붉은 로브를 머리에 뒤집어쓸 거야. 세이리스 병사가 우수하다는 건 알고 있으니까, 우리도 도시를 지키는 쪽에 전력을 할애하지 않아도 된다고 믿고 있을게. 할 수 있겠지?"

"……예! 알겠습니다!"

시빌라가 지근거리까지 접근하자 순간 멍해졌던 남자는 그녀의 말을 머릿속에서 곱씹고는, 문 앞에서 파수병에게 했던 것과 똑같은 경례를 하고 밖으로 나갔다.

……능숙하다. 어둠마법을 사용하기 위해 사람을 물리는

걸 타인에게 자연스럽게 맡겼다.

그러나, 남자의 본성이라고는 해도…… 유감스러운 여신의 내면을 알고 있는 몸으로서는 병사를 손바닥에 올려놓고 굴리는 모습을 보니 조금 동정하게 된다…….

"그러니까 점장님. 우리는 이제 갈테니까, 당신도 한동안 가게 안에 숨어있어. 점원 씨도 의외로 여기가 제일 안전할지도 몰라. 일이 끝날 무렵에는 나오게 될테니까. 뭐, 편하게 기다리고 있으라고."

시빌라가 재빨리 이야기를 정리하자, 점장은 손을 맞잡으며 눈을 빛냈다.

"여신님이시군요……! 뭐라 감사의 말씀을 드려야 할지……!"

"그럼~, 나는 귀여운 여신님이야! 숭배할 권리를 줄게!"

역시 너, 숨길 생각 없지?

관청을 나와서, 주변에 아무도 없어진 걸 확인하고는 크게 한숨을 내쉬었다.

……이거야 원, 이 녀석은……. 내가 뭐라 따지기 전에, 에미가 환희의 목소리를 높였다.

"시빌라 씨, 굉장해요……! 길드와 협력해서 진범을 계속 쫓고 있었네요!"

"아, 그건 거짓말."

"어."

예상 밖의 대답을 들은 에미는 웃은 채 얼어붙었다.

나는 시빌라의 대답이 예상대로였다는 것에 쓴웃음을 지으면서 설명을 재촉했다.

"어차피 길드의 의뢰를 받았다든가 전임자가 어떻다든가, 그것도 포함해서 전부 그 자리에서 날조한 거겠지."

"어머, A랭크가 되었다는 건 사실인데?"

"작은 사실을 끼워 넣은 게 성가시군……."

시빌라의 변명에 어이없어하고 있는데, 이번에는 시빌라가 어이없다는 한숨을 내쉬며 게슴츠레한 눈으로 바라봤다.

"그보다 러셀. 네가 조금 더 빨리 진범을 알아챘다면 나도 이렇게까지 여기저기 돌아다니지 않아도 됐잖아."

"나 말고 다른 사람이 산 물건은 기억하지 않는 게 보통이잖아."

"……뭐, 그렇지. 집에서 먹은 이틀 전의 저녁 식사 같은 건, 의외로 떠올리지 못하는 법이니까."

그건…… 확실히, 바로 떠올릴 자신이 없다…….

자넷만큼 우수하지 않은 나로서는, 다른 곳에서 물건을 산 손님 같은 건 기억하지 못한다.

"그리고, 남자 점원이 러셀을 자기 손님하고 혼동했었잖아. 그거, 인식 저해 마법의 영향을 받은 거야. 지적한 걸로 암시가 풀린 거지."

"과연, 그래서 그런 반응이었나."

잠꼬대처럼 자기 기억에 곤혹스러워하던 건, 마법의 영향이었나.

"그나저나, 나무를 숨기려면 숲속, 이라……."

"응. 귀족의 옷을 입은 남자가 돈에 곤란하리라고는 아무도 생각하지 않아. 이건 말하지 않았지만, 귀족의 옷에는 이득인 점이 또 하나 있어. 그건, 『의심하기 힘들다』야. 만약 무죄인 왕족을 체포하려고 했다면, 무죄가 확정된 시점에서 담당의 목이 날아가니까. 준남작이라도 혐의를 걸기 어려워서 적극적으로 움직이지 않아. 다들 자기 목숨이 아까우니까."

그야 그렇지. 귀족이 범죄를 저질렀다는 혐의가 있다 해도, 증명할 수 있는 소재가 모일 때까지는 집안을 수색하는 건 매우 어렵다.

체포한다면, 현행범 말고는 있을 수 없다.

"그래도 이번만큼은 러셀이 『승리의 열쇠』를 돌리는 담당을 맡아줬네. 내 예상을 넘어서다니, 굉장하잖아."

"우연이야."

"우연도 필연이며, 운도 실력이야. 인간은 그 모든 걸 합쳐서 앞으로 나아가는 거야."

시빌라는 묘하게 단호하게 말했다.

—운도 실력, 이라.

분명 이것도 시빌라의 여신, 아니 모험가로서의 경험에 따른 거겠지.

"그런데, 러셀은 이미 트랩은 익혔어?"

"그래, 다음 마법이지? 마침 익힌 참이야."

"좋아. 그럼 그 귀족 남자를 찾으러 가자."

그 밖에도 다른 질문을 하려고 했지만, 시빌라는 먼저 가버렸다. 그런 모습을 보고 에미와 눈을 마주하면서 어깨를 으쓱하는 것도 벌써 몇 번째일까.

에미도 완전히 시빌라라는 녀석을 이해하게 된 거겠지.

에미가 시빌라의 뒤를 따라가려고 하는데, 귀에 익은 목소리가 들려왔다.

"안녕하심까. 모두에게 이야기했슴다!"

"역시 선배!"

저건…… 그래. 에미에게 작업을 걸다가 뼈아픈 꼴을 당했던 녀석들이잖아.

보아하니, 인해전술로 주민에게 이번 일을 설명해준 모양이다. 경박한 녀석들이라고 생각했는데, 저런 녀석들이라도 이렇게 도시에 필요한 녀석들이구나.

……그렇게 생각했는데.

"이봐, 당신들."

"응? 우왓, 당신 혹시 그 위험한 여자한테 휘둘리던 남자냐!"

에미는 힘이 셀 뿐이지 그렇게 위험한 녀석이 아니야.

시빌라에게는…… 휘둘리고 있는 건 아니라고 생각하고 싶다.

"아까부터 여자만 구하고 있는데, 평등하게 모두 구하라고."

"아니아니 형씨, 그럴 필요는 없다고. 세이리스의 남자는 자립만이 있을 뿐! 바다의 도시에 사는 남자들은 모두, 여자와 아이들을 구하는 쪽으로 들어간다니까!"

당연한 듯이 반론이 돌아왔기에, 그 생각을 머릿속에서 곱

씹었다. 흠…… 과연. 이 도시에는 그런 룰이 있는 건가.
이 도시는 그렇게 다부지게 자란 거겠지.
"알았다. 너희도 위험해지면 도망쳐라."
"우리 같은 걸 걱정하다니, 역시 인기 많은 남자는 다르구만! 걱정할 것 없어! 요령이 좋은 것도 바다 사나이들의 자랑이니까!"
"선배, 그거 자랑이 아닙니다!"
"하긴 그러네! 하하하!"
그들은 웃으면서 젊은 여자……만이 아니라, 부모나 아이로 보이는 사람들도 구했다.
과연, 확실히 구해야 할 사람들을 구한다는 느낌이다. 괜히 C랭크에 오른게 아니라는 건가.
나 자신이 했던 말을 스스로 책임지기 위해 다시금 의식했다.
—평등하게 구하라, 인가.
그래. 이 도시에도 이런저런 신세를 졌다. 너희 헌팅남들도 포함해서 도시 사람들은 전원, 우리가 마왕에게서 지키겠어.

도시의 모습을 얼추 둘러본 뒤, 우리는 여관으로 돌아와서 싸우기 위한 장비를 갖췄다. 도중에 시빌라가 우리에게 붉은 천을 내밀었다.
"이건 뭐냐?"
"이야기했잖아. 적회(赤會)의 옷 중 하나야. 이 녀석들을 아는 사람은 보고도 못 본 척을 해."

이건 『붉은 구제회』인 척을 하기 위한 거였나. 그다지 쓰고 싶지는 않지만……. 그러나 이럴 때는 매우 유리하다. 폐를 끼치는 만큼, 이용하도록 하자.

나와 에미는 시빌라를 따라 붉은 로브를 쓰고 도시로 나갔다.

막상 도시를 걷자 확실히 사람들의 시선이 모이는 듯도 하고, 모이지 않는 듯도 한 신기한 감각이 느껴졌다. 눈길을 끌지만, 얽히고 싶지는 않다……는 건가.

장신구 노점 근처. 설마 여기에 이 인물이 있을 줄은 몰랐다.

"저게 그거다. ……누구와 착각했던걸까."

"……뭐야, 저거…… 그냥 그대로잖아……. 두 사람, 조용히."

뭔가 시빌라에게만 보이는 게 있는 건가. 불온한 중얼거림이다. 우리도 시빌라의 뒤를 따라가서 건물 뒤에 숨어 남자의 뒤를 쫓았다.

도중에 상당한 숫자의 병사가 거리로 나와서 주민에게 설명하며 건물 안으로 이끌었다.

사전에 연락이 되었기 때문인지, 병사들은 우리의 모습을 보자 살짝 고개를 숙이고는 다시 주민의 피난이나 경고를 위해 떠났다.

과연, 엄격한 만큼 우수해 보인다. 우리도 우리의 역할에 집중하기로 하자.

귀족 남자는 혼자 모래사장의 바위 뒤까지 오자, 주머니 안에서 짤랑짤랑 목걸이 다발을 꺼냈다. 뭘 저렇게 많이 샀어?

"뭐, 돌아온다면 던전의 파수병이 없는 여기겠지. 러셀. 저 귀족의 오른쪽…… 그래, 안쪽이야. 그 바위 뒤에 어비스 트랩."

"괜찮은거냐?"

시빌라는 말없이 끄덕였다. 처음 쓰는 마법이고, 잘못되면 어쩌냐는 의문에 시달렸지만…… 시빌라가 단언했으니 괜찮으리라 믿고, 나는 모래사장에 마법을 날렸다.

"《어비스 트랩》."

이중 영창으로, 지정된 장소에.

귀족 남자는 천천히 발을 옮겼다.

"……화풀이군요…… 나 참……."

투덜투덜 중얼거리면서 다음으로 발을 내디딘 순간—.

"—아아아아아아아아?!"

검고 농밀한 마력의 원기둥이 빛을 흡수하며 나타났다. 이게 어비스 트랩인가……!

명확하게 고위력이라는 걸 알 수 있는『함정』마법 발동. 귀족이 가진 목걸이가 찢어지면서 주변에 흩어졌다. 조각이 후두둑 떨어지는 가운데, 검은 기둥이 줄어들었다.

그걸 확인한 시빌라가 붉은 로브를 벗어던졌다. 나와 에미도 로브를 벗어던지자, 바위 뒤에 있던 남자와 눈이 마주쳤다.

"네, 네네네놈들으으으으으으은!"

그곳에는, 모래사장과는 어울리지 않는, 그 마왕이 확실하게 있었다. 인간으로밖에 보이지 않았는데! 아마 지금 순간에 시빌라가 뭔가 마법을 써서 환각을 깬 거겠지.

마지막의 마지막에, 시빌라는 마왕을 이렇게나 몰아넣은 거다.

전반전에서 실컷 우리를 휘두르던 규격 외의 마왕. 후반전은, 시빌라의 압승이다.

풀 회전해온 파트너의 두뇌는 역할을 마쳤다. 그럼 마지막 정도는, 도움이 되지 못하면 파트너라 할 수 없겠지.

자, 이걸로 세 번째— 마왕의 목숨에 이빨을 드러내는 어둠 마법이 나설 차례다.

13 시빌라가 선언한 마왕의 가격. 그 규격 외의 마왕과의 최종 결전

이쪽을 노려보는 부상당한 마왕과, 사람을 물려서 마법을 마음껏 쓸 수 있는 모래사장. 그야말로 절호의 타이밍이다.

자신만은 들키지 않으리라 방심하고 있었겠지. 그렇게나 우리를 휘둘렀던 지략의 마왕이 스스로 함정(트랩)에 걸린 모습은 실로 우스꽝스럽고 기분이 좋았다.

이 상황이 된 동시에, 시빌라의 브레이슬릿이 무엇인지도 깨달았다.

"과연. 확실히 이브 덕분이군."

"응. 그 아이는 정말 최고야."

에미가 이쪽을 보면서 「어?」 하고 고개를 갸웃했다. 나는 상황을 파악하지 못한 에미에게 모든 비밀을 밝혔다.

"브레이슬릿 말인데, 시빌라가 갑자기 그런 비싼 물건을 샀다고는 생각할 수 없어서 말이지. 그렇다면, 저걸 언제 손에 넣었는가. ……정답은, 세이리스 제4던전 최하층이야."

"어, 그 플로어 보스가 있던 곳?"

"그래. 그리고 그 브레이슬릿은……."

"—아아아아아아아아?! 그, 그건 내 거어어어어어어?!"

시빌라가 팔에서 푼 브레이슬릿을 보란 듯이 탁탁 두드리자, 마왕이 그 브레이슬릿을 가리키며 외쳤다. 에미는 그 반응을 보고 그제야 깨달았다.

"어? 하지만 귀족 진범이 브레이슬릿을…… 앗!"

"그래. 저 녀석은 아까까지 귀족 옷을 입고 있었지? 그 모습으로 위조 화폐를 써서 이 도시에서 물건을 마음껏 구입했던 거겠지. ……그래. 돈이 없는 가난뱅이 마왕을, 귀족 옷 안에 숨긴 거다. 그래서 아무도 의심하지 않은 거다."

"그럼, 시빌라 씨가 지금 들고 있는 건……."

그래. 평범하게 생각하면 마왕이 산 브레이슬릿을 회수해서 단서로 삼는 건 도저히 불가능하다. 그러나…… 그 불가능을 가능하게 만든 인물이 있다.

"이브가, 최하층에서 나이프를 한 번 휘둘렀어. 그때 허리춤의 주머니에서 떨어진 것을 시빌라가 주운 거겠지. ……내가 에미를 위해 브레이슬릿을 샀을 때, 옆에 있던 출장 노점에서 마왕이 산 브레이슬릿을 말이야!"

내 한마디를 듣자 마왕은 경악해서 뒷걸음질쳤고, 에미는 모든걸 깨닫고는 「아앗!」 하고 외쳤다.

시빌라에게 들을 때까지는 정말로 그저 귀족 남자로밖에 보이지 않았다. 순간 본 적이 있는 기분이 든 건, 그 마왕이 아드리아의 마왕과 같은 분위기를 가졌기 때문이겠지.

모종의 마법을 사용해서 인간으로 보이게 꾸민 거다.

그야말로, 시빌라가 날린 여신의 한 수.

그러나 그 열쇠는, 이브 없이는 손에 넣을 수 없었다.

이 마왕은, 단 한 번 나이프를 휘두른 이브에게 패한 것이다.

"귀족의 옷 같은 걸 몇 벌씩 준비할 수는 없겠지~? 【어스름의 마경】의 마법으로 흔적도 없이 날아가고, 구입한 장신구도 날아가다니. 유감이네~!"

시빌라가 궁지에 몰린 토끼를 보는 호랑이처럼, 무척 멋진 미소로 히죽히죽 웃으며 마왕을 내려다봤다. 마왕은 신음하면서도 모래사장에 마물을 소환하려고 움직였다.

에미가 나를 지키듯이 앞에 서고, 검을 뽑아서 방패를 겨눴다. 눈동자에는 반드시 여기서 쓰러뜨리겠다는 결의의 빛. 자신을 모욕한 자를 향한 분노.

나도 완전히 같은 표정이다.

모래사장까지 내려와 마왕과 대치했지만…… 저저번 일도 있기에 섣불리 공격마법을 꽂아 넣을 생각은 들지 않았다. 뒤를 바라봤던 저 녀석이 무슨 원리로 내 마법을 피했는지 모르는 이상, 그 수수께끼를 알 때까지는 공격하기 힘들다.

말없이 세 사람이 든 검에 암속성을 부여하던 중, 마왕이 입을 열었다.

"……설마, 싸구려들만 모인 당신들에게 이렇게까지 몰릴 줄이야……. 나도 방심한 모양이군요……."

"뭐~, 준비했어도 막았을지는 모르겠는데. 이브, 최초 멤버가 아니었으니까. 너의 단서인 이걸 얻게 해준 아이말이야."

시빌라는 자신의 브레이슬릿을 손가락으로 툭툭 강하게 두드렸다. 표면이 움푹 들어갈 듯한 브레이슬릿을 본 마왕은 불쾌한 듯이 미간에 주름을 잡았다.

"칫, 기품 있는 것을 다루는 법도 모르는 속물 같으니. ……흠집이 납니다. 어스름의 저속한 손으로 만지지 말아 줬으면 좋겠군요. 그건 본래 나의 것입니다."

"뭐? 웃기지마. 네 것일 리가 없잖아."

"……뭐라고요?"

갑자기 시빌라의 분위기가 변했다. 에미도 조금 놀라서 숨을 삼켰다.

"돈은 행동에 깃들고, 고귀함은 정신에 깃드는 법! 돈은, 그 어떤 귀족이라도 일찍이 활약했던 선조에 의한 것. 우연한 선물로 여자아이를 기쁘게 해주는 것도, 그 남자아이가 노력한 끝에 얻은 돈으로 산 거야!"

시빌라는 에미의 브레이슬릿을 보고, 다음에 마왕이 조금 전까지 입었던 옷의 잔해를 봤다.

"돈을 얻는 수단은, 결코 고결한 것만은 아니야. 그래도, 더 들어가면 반드시 과정이 있는 법이야. ……너는, 그 과정을 모두 짓밟고, 위조 화폐에 손을 댔어!"

시빌라는 모래사장에 흩어진, 끈이 끊어진 목걸이의 파편을 걷어차서 바다로 날려버렸다.

"그러니까, 너에게는 이걸 착용할 권리따윈 없어! 시간에 깃든 노력에 대한, 마이스터를 향한 존경의 감정이 없어! 요즘 시대에 이런 물건을 만들 수 있는 사람이라면, 평민 미만에서 올라온 사람인 경우도 흔할 텐데!"

"……"

"금화는 가짜, 실적은 전무, 모든게 허식! 세이리스의 던전 메이커. 이것들을 손에 넣기 위한 『가치』가, 너 자신에게는 전무, 제로야! 그러니까—."

그리고 시빌라는, 마지막 말을 던졌다.

"—그 어떤 고아라 해도, 비교해보면 분명히 네가 더 『**싸구려**』야."

그것은, 마왕의 격을 명확하게 결정하는 것이었다.

에미를 위해 산, 금색 브레이슬릿.

그건 일찍이 활약하지 못했던 내가 파이어 드래곤의 소재를 팔았을 때 얻은 돈으로 산 것이다. 시빌라가 지금 가지고 있는 것에 비하면 싸지만, 그래도 확실히 내가 노력해서 번 『가치』 있는 돈과 바꿔서 손에 넣은 것이다.

세이리스의 영주도, 선조가 처음부터 부자였다는 건 아니겠지.

장신구점의 상품 하나하나 모두 마이스터가 착실하게 시간을 거듭하며 그걸 만들고, 점원이 매일 접객하고, 각자가 자신의 노력으로 얻은 것이다.

싸우는 사람, 위에 선 사람. 그리고 사는 사람, 파는 사람. 그 모두가 행동에 가치를 가지고 있다.

위조 화폐에는, 그 모든 게 없다.

전무.

가치 제로다.

"……후, 후후후후후후……."

마왕은, 조용히 웃었다. 시빌라에게 반박하지 못하고, 분노를 넘어선 건가?

그리고 안개가 낀 양손을 펼치자, 소환진에서 마물이 나왔다. 나타난건, 날개가 돋아난…… 커다란 잠자리 같은 꺼림칙한 용모의 마물.

마물은 그 외모와 다르지 않게, 어딘가 불안해지는 소리를 내면서 떠올랐다.

시빌라의 말을 듣고 폭발한 건지, 자신이 저지른 짓을 들켜서 그런지는 모르겠지만.

그러나, 명확하게 단언할 것이 하나 있다.

"세이리스는 이제 멸망시키겠습니다."

—이 마왕은, 여기서 반드시 쓰러뜨리지 않으면 안된다는 거다.

마물이 일제히 하늘로 움직였다. ……빠르다!

나는 손을 위로 들어서, 아마 최적일 마법을 날렸다.

"《다크 스플래시》!"

빗방울처럼 퍼진 마법은 하늘로 날아가서 벌레 마물을 덮쳤다.

그러나, 맞은 기색이 없다. 내가 마법을 날린 동시에 이쪽을 보면서 하늘 위로 도망친 거다.

어느 정도 거리를 벌린 뒤, 다크 스플래시의 틈새를 누비듯이 회피하면서 산개하면서 이쪽을 향한 접근을 재개했다.

"《다크 스플래시》! 시빌라, 어떤 방법이 유효하지?"

"칫, 저질러줬네! 제1던전 최하층에 이런 빌어먹게 성가신 보스가 숨어있었다니!"

"무슨 소리야!"

"이런 강한 플로어 보스, 제2에서 제4던전까지 없었어. 그렇다면, 제1던전의 안쪽에 숨어있었던 거지. 역시 저 마왕, 바보는 아니네."

……과연. 강한 마물이 나오는 던전을 우선적으로 공략하고 있었지만, 중층부터 난이도가 올라간다는 초심자용 제1던전에 저 녀석들이 있었던 건가.

제1던전이 간단하다는 이야기는 했었지만, 하층을 공략했다는 이야기는 듣지 못했다.

"『맨이터 드래곤플라이』. 강한 편이지만, 원래 그렇게 성가신 상대는 아니야. 얇은 꼬리 끝에는 벌과 똑같은 공격수단을 가졌고, 발톱 같은 형태를 하고 있어. 그리고 턱이 위험. 절대로 당하면 안 돼."

시빌라의 정보를 곱씹으면서 바라보자, 확실히 꼬리가 나를 노리는 것처럼 보인다. 《다크 스플래시》를 쏘자, 그 꼬리를 이쪽에 겨누듯이 뻗으면서 맞을 범위를 줄이고 하늘로 도망쳤다.

재빨리 움직일 뿐이라면 몰라도, 공중 정지의 교묘함이 다른 생물과 전혀 다르다. 잠자리는 이렇게나 움직이는 게 불규칙한 벌레였나.

“《다크 스플래시》! 도저히 쉬운 상대로는 보이지 않는데!”

“던전에 나오기 때문이야. 당연하지만, 하늘에서 번개를 떨어뜨린다든가, 비를 내리게 한다든가, 그런 마법은 【마도사】에게는 없어. 왜냐하면 쓰는 게 던전이니까.”

아아, 점점 무슨 말을 하고 싶은 건지 알게 됐다……!

“던전에서는 『하늘로 도망치지 못하니까』, 그렇게 성가시지 않은 건가!”

“그래! 이녀석들, 자유롭게 움직이게 되면 이렇게나…… 크, 《파이어 웨이브》!”

시빌라가 마법을 날렸지만, 파이어 웨이브도 던전에 맞는 범위 마법. 좌우로는 넓어져도, 상하로는 넓어지지 않는다.

그 마법을 뚫고 나온 플로어 보스가 나를 노렸고, 에미가 공격을 튕겨냈다.

“칫, 《다크 스플래시》!”

지근거리에서 마법을 날리자, 역시 피할 수 없었는지 녀석의 꼬리 관절에 맞아서 녹색 액체를 뿌렸다. ……그러나 쓰러뜨리기에는 거리가 먼 대미지다.

이런 유형의 적에게는 도망칠 곳을 메우는 다크 스피어가 유효하지만, 당연히 그건 던전 내부에 한정된 이야기.

하늘을 자유롭게 움직이는 마물을 상대로, 어디로 폭풍이 퍼질지 모르는 다크 스피어로 넓은 하늘을 가득 메우는 건 무모한 것도 정도가 있다.

나와 시빌라가 대화하는 와중에, 에미는 방패를 들고 내게 접근했다.

"……이걸로 저도 한동안은 쓰지 못해요. 모으지 않고 갈까요."

"에미! 플로어 보스가 아니라 마왕을 경계해!"

"어……?!"

에미가 놀라면서도 나의 지시대로 마왕을 보며 방패를 들었다. 그리고…… 검은 안개가 없어지고, 마침내 마왕의 모습이 나타났다.

—그 모습은, 그야말로 『규격 외』라는 말밖에 나오지 않았다.

얼굴이, 놀랍게도 옆으로 세 개가 나란히 있다. 손은, 세 쌍…… 여섯 개 있다.

이 마왕이 지금까지 보인 갖가지 이상한 능력을 체현하는 듯한, 상식 밖의 모습이었다.

시빌라는 이 이질적인 용모를 예상했는지, 침착하게 있으면서도 혀를 찼다.

게다가, 아드리아의 마왕과는 다른 부분이 있다. 예전의 마왕은 등에 있었던 던전 코어가, 가슴 중심에 박혀있다.

팔이 많으니까, 정면에서의 공격은 막을 수 있다는 절대적인 자신감으로 이어진 거겠지.

"칫, 역시 당신, 『아수라』 같은 타입이었던 건가."

"……용케 알아내셨군요. 정말로 이번 머더러는 귀찮아요……."

나는 플로어 보스에게 공격을 퍼부으면서도, 시빌라에게 「무슨 소리야?」라고 녀석의 모습에 관한 설명을 재촉했다.

“진짜와 비슷할 뿐 똑같은건 아니지만 말이지. 금색의 솔개 이야기, 그 나라의 말 중 하나로…… 전투의 수호신이야. 모습만 흉내낸 거겠지.”

과연…… 전투의 수호신인가. 확실히 저 용모는 싸움에 어울려 보인다.

“……러셀이 뒤에서 날린 무영창 마법 공격을 피한건, 마법이 온다는 걸 사전에 감지하지 않으면 안 돼. 발밑에서 날아온 어비스 네일을 피하려면, 미래 예지가 아니라면……『러셀이 팔을 든 순간을 보고 있었다』 이외는 있을 수 없다고 생각했거든.”

그래서 입이 하나 죽어도 말할 수 있다고 속을 떠본 건가. 마왕이 모습을 감추는 걸 그만둘 만큼의 통찰력과 지식. 역시 믿음직하네…….

“자, 트릭을 알아냈다 해도…… 막을 수 있을까요!”

그리고 마왕은…… 세 개의 팔을 앞으로 내밀고, 마법을 날렸다!

“《아이스 니들》.”, “《아이스 니들》.”, “《아이스 니들》.”

그 세 개의 입에서, 동시에 마법의 이름이 나왔다. 얼음 바늘이 이쪽을 향해 고속으로 날아왔다. 에미는 그중 하나를 방패로, 두 개를 검으로 동시에 잘라냈다.

“멋지군요. 역시 성기사와 용의 무기…… 그만큼 싸구려 출신이라는 게 아깝습니다만, 참기로 하죠. 자, 그럼. 싸구려들은 내버려 두고…… 후후후.”

나는 마왕과 대치하게 된 에미를 신경 쓰면서도 이미 플로어가 아닌 곳의 보스를 상대하며 고전했다. 성가시지만, 버거워하고 있을 때가 아니다.

마왕과의 최후의 결전이자, 총력전. 양자 모두 손패를 모두 꺼내서 부딪친다.

여기서부터가 진짜 승부다. 이기러 가자.

14 에미 : 오늘이 내가, 시작되는 날

왼손에, 마법을 막은 충격이 스쳤다. 러셀이 암속성을 부여해준 오른손의 검도 써서, 마법이 뒤로 가지 않게 세 개 전부를 막았다.

용사와 마왕의 싸움. 머나먼 어딘가의 전설 같은 거라고 생각했다. 이야기 속에서만 있는, 자신과는 인연이 없는 세계라고.

그러나 빈스는【용사】가 되었고, 나는【성기사】가 되었다.

……별로 깊이 생각하지 않았다. 그저, 최상위직을 손에 넣었다는 기쁨과 바쁜 나날…… 그리고…… 러셀과의 관계에만 정신이 팔려있었다.

그러니까, 생각하지 않았다. 보고도 못 본 척을 했던 걸지도 모른다.

—용사가 실존한다면, 마왕도 실존한다는 걸.

처음에 마왕을 봤을 때는, 새까만 그림자에 눈이 달린, 명백하게 다른 마물과는 다른 생물이라고 생각했다. 그보다, 저렇게나 평범하게 말하는 존재라고는 생각하지 못했다.

뒤를 돌아보고 있는데도 어둠마법을 피한 순간, 러셀이 쓰러뜨린 건 이런 무서운 능력을 가진 수수께끼의 적이구나, 싶었다.

……그것조차도, 어설픈 생각이었다.

마왕의 진짜 모습은, 인간과 같은 부분은 실루엣뿐.

그것 말고는, 완전히 다른 생물이었다.

아니 정말, 무섭다거나 그런 레벨이 아니잖아! 뭐야 저 보라색 피부에 눈동자 없는 눈! 같은 인간의 형태를 하고 있는데 이렇게나 인상이 다르다니!

자는 정말로 마왕과 대치하고 있다는 사실을 다시금 깨닫게 된 느낌이 들었다.

게다가, 그 마왕은 시빌라 씨가 보더라도 이상한 존재인 모양이다.

"《아이스 재블린》.", "《아이스 재블린》.", "《아이스 재블린》."

설마하던, 머리도 팔도 3인분. 이제 꺼림칙하다거나 인외라든가, 그런 상상조차도 미적지근할만큼 위험하다. 그래도 정말로 위험한건, 머리 세 개와 팔 세 쌍이 그냥 겉치레만인 게 아니라 당연한 듯이 마법을 3인분 쓴다는 것이다. 반칙! 치사해! 룰 위반!

조금 전보다 랭크가 올라간 마법이 내 방패에 부딪혔다. 이 위력의 마법을 검으로 두 개나 튕겨내는 건 힘들다. 방패를 재빨리 움직여서 마법 두 개를 막았다.

……방패가 두 번째를 완전히 막지 못해서 궤도가 틀어진 얼음창이 바다에 돌진했고, 거대한 물기둥이 치솟았다. ……러셀 쪽으로 날아가지는 않았다. 다행이다.

이런 순간적인 판단은 서툴다…… 나는 어려운 일을 바로바로 생각할 수 없으니까.

"과연, 역시 성기사 정도 되면 꽤 제법이군요. 이거, 그 직업만큼은 대단히 근사해요."

"……인간은 팔이 두 개인데, 마법을 세 개나 동시에 쏘는건 비겁하잖아……."

"당신들은 세 명이니까, 오히려 이게 평등한 정도라고 생각합니다만."

"그럼 저 커다란 잠자리를 물러나게 해."

"후후후…… 물러나게 할 것 같습니까?"

생각하지 않거든~. 말해봤을 뿐이야.

……그래도 성가시다.

이쪽에서 공격하려고 해도 저 마왕이 태연하게 마법을 3인분 날린다는 것, 그 마법이 나만이 아니라 러셀이나 시빌라 씨를 태연하게 노린다는 것.

방어를 전문으로 삼은 직업은 나쁜이다. 러셀이 다치는 건 역시 싫다.

하물며, 저런 성격이 나쁜…… 싸구려 소리나 하면서 위조화폐로 반짝거리는 액세서리를 사들이고…… 그런데다가 고아와, 그들을 돌봐주는 사람까지 얕잡아보는 마왕이다.

용서할 수 없다.

"칫, 연계를 시작했나."

"러셀! 한쪽은 내가 맡을게!"

"무리하지마!"

등골에 차가운 게 스쳐서 러셀 쪽을 바라봤다. 그곳에는, 그 벌레가 모래사장과 해수면 아슬아슬한 곳까지 내려와서 협공하듯이 러셀과 시빌라 씨에게 접근해 있었다.

저, 저런 걸, 범위 마법으로 막을 수 있을 리가……!

"《다크 스플래시》!"

"《파이어 웨이브》!"

러셀은 뒤에 선 시빌라 씨의 등 쪽에서 어깨너머로 팔을 내밀었고, 양팔을 좌우로 크게 벌리며 마법의 이름을 외쳤다. 그 순간, 오른손과 시간차로 왼손에서 마법이 발사됐다.

저건 혹시, 무영창으로 왼손에서 쏜 거야?! 저런 것도 가능하구나. 굉장해……! 시빌라 씨는 거기에서 마법을 중첩하는 형태로 정면의 보스를 물러나게 했다.

하지만, 그래도 상대는 보스 두 마리.

아무리 능숙하게 대응해도, 그걸 웃돈다.

"큭……!"

러셀의 목에서, 피가……!

제3던전에서 기간트와 싸웠을 때와는 또 다른, 급소를 향한 일격. 러셀은 그래도 한 손으로 마법을 썼고, 그때는 이미 완전히 회복되었다.

러셀의 부상이 나은 그 순간, 내 쪽에서도 방패로 받아내던 팔에 활력이 샘솟았다.

지금 이거, 회복마법……?! ……그런…… 러셀은 저렇게 위험한 상황에 몰렸는데도 나도 신경 쓰면서 싸우는 거야……?!

"후후후후후…… 어스름의 여자와 노예가 버둥거리며 괴로워하는 모습을 보는 건 즐겁지만, 한눈을 팔면 안되죠. 《아이스 재블린》."

맞다. 마왕에게서 눈을 떼면 안 돼!

나는 황급히 방패로 막았다. 마법을 뒤로 보낼 수는 없다. 해수면 부근으로 날려버린다면, 어쩌면 해수면에 있는 보스에게 견제가 될지도……!

"숨을 곳이라도 만들게! 《스톤 월》!"

시빌라 씨가 외치며 그 믿음직한 돌벽을 만드는 소리가 들렸다…… 하지만, 그 희망은 단숨에 무너졌다.

커다란 파괴음이 들려온 거다.

"잠깐, 몸통박치기로 부수는 거야?! 아아, 정말. 《파이어 웨이브》! 이래서는 숨으려고 해도 좋은 표적이 될 뿐이잖아!"

"《다크 스플래시》! 강하네……!"

"응. 던전의 마물과 밖에서 싸우는 건 정말 못 해먹겠네……!"

마왕과 대치하면서 두 사람의 대화를 들었다.

내가 움직이지 않는 걸 이용해서 히죽히죽 두 사람의 고전을 즐기고 있는, 불쾌한 마왕.

"―큭! 《다크 스플래시》! 젠장, 선택지가 그밖에 없다고는 해도, 지금 쓸 수 있는 마법은 이 정도밖에 없어!"

뒤에서 들려온 목소리와 동시에, 눈앞에 있는 세 개의 얼굴이 동시에 이를 드러내면서, 기분 나쁜 조소를 보였다.

틀림없다…… 러셀이, 러셀이 다쳤어! 굉장히 아픈 듯한 목소리를 냈어!

아까처럼, 목을…… 설마, 목 말고도……!

……나는, 왜 이렇게…… 왜 이렇게 무력한 걸까.

확실히 지금은 마왕에게서 러셀을 지키고 있다.

그래도, 그것뿐.

러셀은 이렇게나 필사적으로 싸우고 있는데, 그런데도 다치고 있다.

자신에게 불리한 상황이라도, 두뇌와 능력을 풀로 발휘해서 싸우고 있다.

나는, 다쳐도 된다. 하지만, 러셀의 손가락에 나이프가 닿는 모습을 상상하기만 해도 다리가 떨릴 정도인데…….

그런 내가, 이런 불쾌한 마왕을 상대로 공격하지도 못하고 있다.

나는…… 또…… 지킬 수 없는 거야……?

그렇게 생각한 순간— 뭔가, 내 안에서, 어딘가 기시감이 드는 『검은 무언가』가 느껴졌다.

이건…… 검은 무언가? 아니면, 좀 더 다른…….

그, 래. 떠올랐다.

이건 예전에, 하몬드에서 아드리아 마을로 혼자 돌아갈 때, 절망했을 때 생겨난 것이다. 그때도 갑자기 머릿속이 확 냉정해졌다.

……뭔가, 나는, 굉장히 중요한 걸 잊어버린 기분이 든다.

그, 래…… 그건, 자넷과의 이야기와, 그걸 밑바탕으로 둔 러셀의 행동이었다.

남자아이보다도『활약하고 싶은 여자아이』의 이야기.

공주님이지만, 자존심이 있는, 활약하고 싶은 여자아이의 이야기.

공주님을 뛰어넘은, 성기사로서의 나를, 러셀에게 인정받았다.

근본적인 부분을 잊고 있었다.

활약하고 싶은 여자아이의 이야기.

러셀에게 인정받은 이야기.

결국 나는, 어느 쪽도, 나를 위한 이야기뿐이었잖아.

그래…… 어째서 이런 걸 눈치채지 못했을까.

러셀도,『가장 활약하고 싶을 거다』. 그걸 위해 어둠마법을 손에 넣었다.

……하지만, 결과는 어떻지? 원망할 만도 한 나를, 그 힘으로 구해주었다.

나는 언제나 받기만 할 뿐이다.

이러면서 러셀과 시빌라 씨 옆에 나란히 설 생각을 했다니, 정말로 웃음거리다.

언제까지나 지킨다, 지킨다, 보호자라도 될 작정이었던걸까.

나는, 아직 러셀을 **믿지** 않았던 게 아닐까?

지금, 마음속에서 다시 고개를 들이민 『무언가』가, 말 없는 말로 내게 말을 걸고 있다.

이 상황을, 내 안에 있는 『무언가』가 해결해주겠다.

이 나에게 깃든 『무언가』를, 그 사람이라면 해방시켜줄 수 있다면서.

“시빌라 씨.”

나는, 마왕을 바라보면서 시빌라 씨 쪽으로 물러났다.

“잠깐, 여유없거든! 무슨 일이야? 에미!”

나는, 내 안에 있는 『무언가』를 시빌라 씨에게 개방했다.

러셀과 비견되는 힘. 단순한 능력이 아니라, 명실공히 비견되는 것.

그리고, 이 『어스름의 서약』이라는 파티의 일원으로서, 어울리는 것.

“가능성…… 저한테도 【어스름의 마경】이 아닌 다른 어스름의 직업이, 구비되어 있지 않나요?”

시빌라 씨가, 숨을 삼켰다.

“어째서, 그걸…….”

“있죠?”

부정하지 않는 시빌라 씨에게 서둘러 말을 거듭했다.

다행이다……. 나는, 시빌라 씨에게 간단하게 용건만 전했다.

“그 직업으로, 이 상황을 타파할 수 있지 않을까요?”

시빌라 씨는 놀라면서도 바로 정신을 차리고는, 내 안의 『무언가』를 말했다.

러셀이 싸우는 소리가 들린다. 하지만, 지금은 러셀을 **믿는다**.

"에미의 【성기사】 스킬, 예상보다 위력이 낮다고 생각했거든. 러셀을 향한 일편단심하고, 그 레벨이라면 더 강했어야 해. 하지만 되살아날 때, 에미의 새하얀 마음은 절망에 갈기갈기 찢어져서, 어둠의 힘이 고개를 들이밀고 있었어."

……그렇구나. 역시 그랬었구나. 산속에서 그때 갑자기 냉정해진 건, 이 어둠의 힘 때문이었구나.

나는 이런저런 일들에 대해 수동적이었다. 러셀을 지키고 싶으니까 성기사가 되었다…… 그런 게 아니다. 여신님이 『되게 해준』 거다.

그러니까, 러셀을 지켰다.

러셀을 지키기 위한 힘이 필요하다고 생각했다.

그래서, 갑옷 기간트를 벨 수 있는 어둠마법을, 러셀에게 『받았다』.

그래서, 러셀을 지킬 수 있었다.

……언제나, 자신의 의지로 『이거다』라고 정한 게 아니다.

"저는, 이제 받기만 하는건 싫어요. 언제까지나 이러고 있을 수는 없어요."

"……. 그래, 알았어."

시빌라 씨도 그리 느긋하게 있을 시간은 없다는 건 알고 있을 거다.

내가 마왕의 모습을 시야에 넣으면서 기다리자, 시야 끝에서 검은 날개가 나타났다.

시빌라 씨가, 여신의 모습이 된 거다.

오늘 하루 종일 달리다 보니, 어느새 저녁해가 저물고 있었다.

모래사장의 붉은색이, 아름다운 푸른색으로 변하고 있다.

아아, 자넷.

이게, 어스름이구나.

"『어스름의 여신』 시빌라. 【성기사】 유지…… 거의 불가…… 큭! 승인. 《전직 거부(체인지)》…… 마력, 소비, 소비, 소비……. 《마력 변환》…… 《천직 부여(잡 그랜트)》 : 【어스름의 기사】!"

갑자기 시야가 트였다.

자신의 머릿속에 울리는 여신의 목소리를 들으면서, 나는 이해했다.

—그렇구나. 지금 알았다.

나는 제대로, 자신감을 가지고, 나란히 설 수 있는 사람이 되고 싶었던 거구나.

주역(러셀)의, 옆에.

이걸로, 분명……!

“맞다, 시빌라 씨.”

나는 여신님을 똑바로 바라보며, 직구를 던졌다.

“까놓고 말해서, 러셀에게 장난을 치는거, 절반은 쑥스러움을 숨기려는 거죠?”

시빌라 씨는, 눈을 크게 뜨며 깜짝 놀랐다.

아, 처음으로 시빌라 씨에게 한 방 먹여준 느낌이 든다.

과연. 러셀이 시빌라 씨를 그렇게 대하는 이유를 조금 알았다. 깜짝 놀란 시빌라 씨, 평소가 평소의 모습인 만큼 굉장히 귀엽다.

아아~.

모처럼 러셀의 제일이 되어주겠다~, 라는 기분으로 그 옆에 나란히 설 만큼 자신감을 얻었는데 말이지~.

러셀보다 먼저, 내가 시빌라 씨를 좋아하게 되어버렸으니까. 이렇게 마무리가 조금 어설퍼지는 거, 그야말로 나라는 느낌이 드네.

그래도, 지금까지 이런저런 것들을 받았으니까.

러셀의 좋은 점, 좀 더 시빌라 씨에게 알려주고 싶다.

그리고 좀 더, 함께 있고 싶은 멋진 사람이라고 생각했으면 좋겠다.

지금은 순수하게, 그렇게 생각한다.

"설마……! 네 이년, 저속한 어스름이! 용서할 수 없다. 용서할 수 없어어어어어어!"

마왕이 떨리는 목소리로 이쪽을 가리켰다.

서서히 미간에 주름을 잡고는, 외치면서 마법을 날려왔다.

"《스톤 월》! 여자아이의 일생일대 결심이거든! 훼방 놓지 마! 정말이지, 천박한 녀석이네!"

시빌라 씨는 그걸 막으면서 반박해줬다. 역시 시빌라 씨는 멋있고, 믿음직하다. 정말, 여자아이로서 동경하게 된다.

"러셀."

"……에미?"

나는, 러셀에게 짧게 한마디만 전했다.

"힘들겠지만, 그래도…… 마왕을 러셀에게 맡길게."

러셀은 상처 없이 넘어가지 못할지도 모른다. 이 선택은, 내게는 무엇보다 무서운 것이다. 하지만 저 마왕을 쓰러뜨리는 건, 러셀이어야 한다.

위험을 넘어서기 위해서는, 【흑연의 성자】 러셀이라는, 과거에 마왕 토벌을 이뤄낸 술사인 그를, 나 자신이 인정하고 믿어야만 한다.

괜찮다. 러셀은 언제나 굉장히 멋있으니까.

러셀은 놀라면서도 바로 고개를 끄덕이고는 시빌라 씨와 함께 마왕에게 향했다.

아까부터 하늘을 붕붕 날아다니는 보스를 노려봤다. 이 녀석들이 러셀을 그렇게나 위험하게 만들었다. 절대로 용서 못해.

나는, 그 보스가 접근한 순간 방패를 들고…… 스킬을 발동했다.

지금까지 하얗게 빛나던 방패가, 검은 어둠의 빛을 둘렀다.

그 능력은, 빛의 방패와는 정반대.

내게서 도망치려던 보스는 검은 방패에 빨려 들어왔다.

그 힘에 거스르지 못한 잠자리 보스는 괴로운 듯 꼬리의 발톱으로 공격했지만…… 나는 굳이 피하지 않았다. 피부에, 러셀과 똑같은 상처가 생겼다.

그 아픔조차도 러셀과 같은 자신의 것이라고 마음에 새기면서, 답례로 오른손의 검을 휘둘렀다.

고전하던 마물은, 러셀의 검은 검과 나의 검은 방패 앞에서 일격에 두 동강이 났다.

"—우선 한 마리."

자, 나를 시작하자.

15 인과응보라는 말이 한없이 어울린다

던전이라는 좁은 곳에서 풀려난, 하늘을 나는 갖가지 마물. 그것들에 고전하던 와중에 시빌라와 에미가 뭔가 대화를 나눴다.

확실히 들리지는 않았지만, 이런 상황이다. 일생일대의 결심을 했겠지.

다시 에미를 봤을 때…… 명확하게 분위기가 변한걸 알게 되었다. 그러나 내가 에미에게 놀란 건, 다음 한마디였다.

"힘들겠지만, 그래도…… 마왕을 러셀에게 맡길게."

그건, 성기사의 힘을 얻은 이유였던 나를 지키겠다는 고집을, 그만둔 한마디. 그리고…… 틀림없이, 나를 믿지 않는다면 나오지 않을 한마디.

그런가, 에미. 너는『앞으로 나아간』거구나.

지키기 위한 능력을 얻을 만큼 강한 마음조차도 뿌리치고, 나를 위해 그렇게까지 변한 거구나. 역시 너는 굉장한 녀석이야.

시빌라와 함께 마왕 앞에 섰다.

상대방의 증오가 담긴 시선을 받던 중, 뒤에서 작은 중얼거림이 들려왔다.

"우선 한 마리."

진짜냐. 에미는 혼자서 저 보스를 처리하기 시작한건가. 정말이지 내 주변에는 믿음직한 녀석들뿐이다.

이거야 원…… 나도 슬슬 큰 활약을 보여주지 않으면, 『어스름의 서약』이라는 파티의 형태뿐인 리더라는 것조차도 스스로 용납하지 못하게 될 것 같다!

"……저질러주셨군요. 설마 【성기사】에게서 그 성스러운 힘을 빼앗다니……!"

"흥. 너는 모르겠지. 에미는 러셀을 위해서라면 지위도 명예도 자존심도, 전부 슬라임의 저녁 식사로 버릴 수 있는 아이거든. ……강한 여자아이라니까. 정말이지, 잠깐의 삶인데도 저렇게나 멋있게 될 수 있으니까 눈부시단 말이야."

시빌라와 마왕의 대화를 들은 나도 모든 걸 깨달았다.

틀림없다. 에미는 『어스름의 직업』을 선택한 거다. 그것도, 나를 위해서.

너무나도 어려운, 상성에 따라서는 격통이 동반되는 직업 변경. 가슴에 뜨거운 것이 북받친다.

이건, 호의라든가 애정이라든가 그런 것하고는 전혀 다르다.

그래— 일체감조차 느낄 만큼의, 신뢰다.

그 사실을 깨닫자, 에미가 예전보다도 가깝게 느껴졌다.

그러나, 역시 이 마왕은 마음에 들지 않았던 모양이다.

고귀한 직업과 비싼 검. 그런 것에만 흥미가 있다는 느낌이었으니까.

"……"

마왕은 지금까지 노려보던 얼굴에서 문득 표정을 지웠다. 그건 지금까지의 위압적인 얼굴보다도, 사나운 얼굴보다도 공격적인 표정으로 비쳤다.

"……이제는 죽일 가치도 없지만, 그래도 당신들은 나를 여기까지 몰아세운 인간. 전력을 다하기로 하죠."

이제야 마왕이 적극적인 공격에 나섰다.

이제, 내 차례군.

조금 전에는 에미가 마왕의 공격을 막고 있었는데…… 마왕과 대치해 보니, 정말 시빌라의 상식이 통하지 않은 것도 무리는 아니다.

3인분의 무기와 마법을 하나의 두뇌로 다루다니, 성가시달까 비겁하기 그지없다. 상대와 완전히 똑같은걸 한다면 절대 이기지 못할 상대니까…….

머리도 세 개 있으니까, 사고회로도 세 개 있는 건가? 생각해봤자 별수 없나.

"러셀. 아마 마법부터 올 거야."

"사격전인가? 흠…… 그렇군."

시빌라의 판단을 듣고, 마왕의 의도를 짐작했다. 마왕은 손을 세 개 앞으로 내밀어서 나를 품평하듯이 가만히 바라봤다.

"【마경】은 소비 마력이 특히 심한 직업. 하물며 어둠마법이라면, 얼마나 버틸 수 있을까요? 【성기사】의 고결함에 비하면,

어둠마도사 따위는 내 상대가 되기에는 너무나도 부족합니다. 《아이스 재블린》."

마법의 말이 나온 순간, 세 명이 동시에 입을 움직였다.

그 손에서 나타나는, 세 개의 얼음창.

"《다크 스피어》."

'……《다크 스피어》.'

나는 머릿속에서 잠시 시간차를 두고 두 개의 얼음창을 튕겨냈다.

세 번째는—.

"《파이어 재블린》!"

—내 파트너가, 부족한 부분을 뒷받침해준다.

이 콤비네이션을 말없이 해내니까, 역시 이 녀석은 믿음직하다.

"한 명이 2인분의 마법을, 게다가 어둠마법으로 커버하는 겁니까. ……실로 어리석은 선택입니다. 《아이스 재블린》……언제까지 버틸 수 있을까요?"

마찬가지로 쏜 마법을, 마찬가지로 《다크 스피어》로 격추했다.

시빌라도 검은 허리에 차고 불꽃창을 날리면서, 매직 포션을 한 손에 들고 대비했다.

사격전이라…… 좋다.

마왕이 상대라 해도, 시빌라에게 받은 【어스름의 마경】의 힘을 가진 내가 질 가능성은 만에 하나도 존재하지 않는다.

무엇을 노리는지는 명백하지만, 너의 직성이 풀릴 때까지 어울려주지.

……그로부터 얼마나 시간이 지났을까?

"《아이스 재블린》."

"《다크 스피어》."

"《파이어 재블린》! 으급…… 푸하앗."

마왕과 나와 시빌라의 마법 사격전은 계속되고 있었다.

시빌라는 계속 오른손으로 마법을 쏘고 있다. 땀을 흘리면서 매직 포션을 왼손에 들고, 마신 뒤에는 모래사장에 던진다. 그 일련의 동작도 이걸로 다섯 번째다. 발밑에는 빈 병이 다섯 개 떨어져 있다.

매직 포션 하나로도 파이어 재블린은 그런대로 많은 횟수를 쏠 수 있다. 그러니 빈 병의 숫자가, 이 싸움이 얼마나 길었는지를 말해주고 있다.

몇 번이고, 몇 번이고 마법을 상쇄했다.

마왕의 얼음창, 가늘어지고 있지 않나? 이건 기분 탓이 아니다. 아무래도 명백하게 마왕이, 나와의 마력 소모 승부에서 밀리고 있다는 증거다.

"다른 한 마리에 생각보다 시간 잡아먹었어. 미안!"

"《다크 스피어》. 내가 하는 것보다 빨랐으니까 충분해."

에미가 그 플로어 보스를 두 마리 모두 토벌한 거겠지. 뒤를 경계하지 않고 내 앞에 서서 검을 들고 얼음창을 튕겨냈다.

지금까지 무표정하게 쏘던 마왕의 공격마법이, 뚝 멎었다. 그 얼굴이, 슬금슬금 눈을 크게 드며 경악을 형성했다.

"……이상하군요. 어째서…… 너는 대체 뭡니까……?"

마왕은, 여섯 개의 손 중 하나로 시빌라의 발밑을 가리켰다. 상황을 파악하지 못한 에미는 손가락을 따라 빈 병을 보고는, 시빌라의 땀투성이 얼굴을 봤다.

"그 남자의 다크 스피어는, 소비 마력이 파이어 재블린의 몇 배. 게다가 교대로 마법을 쏴서 나의 마법을 2인분 상쇄하고 있습니다. ……나는, 고갈을 노렸죠. 그리고 다섯 번…… 평범한 화염마법사 여자만이 마력을 보충했습니다."

에미가 뒤에 있는 나를 조심조심 바라봤다. 당연히 이쪽은 여전히 여유롭기에, 어깨를 으쓱하고는 「문제없어」라고 대답했다.

"어째서…… 어째서입니까! 있을 수 없어! 너의 마력은 아무리 적게 보더라도 수십 명 분량은 소비하고 있습니다! 레벨이 세 자릿수라도 도저히 가능한 마력이 아니라고요! 기절하더라도 이상하지 않습니다! 너는 대체……."

"아아, 그러고 보니."

나는 마왕의 말을 무시하면서, 시빌라를 향해 다른 마법을 사용했다.

"《엑스트라 힐 링크》, 《큐어 링크》. 회복을 잊어서 미안하다. 땀을 흘리기 전에 눈치챌 걸 그랬어."

피부와 옷의 더러움이 사라진 시빌라가 내 얼굴을 엿보면서 허리춤의 파우치를 두드렸다.

"……일단 묻겠는데, 마력 보충은 필요해?"

"굳이 따지자면, 그냥 음료수를 마시고 싶은데. 너는 꿀꺽꿀꺽 마시고 있었으니 수분 보충은 충분하잖아? 부러울 따름이야."

"하아, 너답네……."

나와 시빌라의 대화를 본 마왕은 처음으로 한 걸음, 물러섰다.

"……뭐, 라고요…… 성자의, 마법……? 어둠마법을 무한히 쓰고, 성자의 마법까지 전부 쓸 수 있다……? 그런, 그런 존재가 있을 리가…… 너는 대체, 누구……."

그 한 걸음을 메우기 위해, 나는 시빌라와 에미 사이에서 한 걸음을 내디뎠다.

"내가, 누구냐고?"

마왕은 내가 어떤 존재인지 물은 거겠지.

그럼, 이렇게 대답하자.

"—『흑연의 성자』 러셀. 어둠마법의 궁극에 도달할 성자다. 아드리아의 마왕은, 내가 쓰러뜨렸다."

마왕은 마침내, 싸우는 자로서의 여유를 잃어버린 얼굴로 눈을 크게 떴다. 조용히 눈을 감고는, 처음으로 나를 『적』으로 인식한 듯 노려봤다.

미간에 주름을 잡은 세 개의 얼굴이 신음하면서, 모래사장에서…… 아니 지면의 마법진에서 나타난 검을 뽑았다. 아드리아 던전의 마왕이 든 것과는 달리, 묘하게 장식이 과다한 금색의 검이다.

오른손에 두 자루, 왼손에 한 자루.

그리고 빈손에는 마법을 준비했다.

"……방심했다고 말하지는 않겠습니다. 아마 모든 『가능성』을 상정했더라도, 상식을 초월한 두뇌 **정도**로는 너의 존재를 예상하지 못했겠죠."

마왕은 그 두려움의 한 걸음을 메우려는 듯이 이쪽으로 한 발짝씩 발을 내밀기 시작했다.

"이 힘을 얻었는데도, 질 수는 없습니다. 하나의 두뇌로, 한 명씩 확실하게 담당하도록 하죠."

"좋다."

나도, 그리고 시빌라도, 에미도.

마왕에게 검을 겨눴다.

시빌라가 에미 근처로 가서 소곤소곤 중얼거렸다. ……뭐지?

그리고 시빌라는 내 쪽으로 와서 의아한 지시를 내렸다.

"러셀은 왼쪽에서. 절대 뒤로 돌아 들어가면 안 돼."

뒤로 돌아 들어가는 게 유리하게 느껴지는데…….

"상대의 여유가 사라질 만큼 공격해. 반드시 기회는 올 거야. 하지만, 나로는 안 돼. 에미도 말이지. ……러셀, 너만 믿을게."

평소보다 명확한 지시. 무슨 일인지는 모르겠지만, 아마 뭔가 꾸미고 있겠지. 여기에 왔는데 이 녀석에게 방책이 있다니, 실로 기대된다.

게다가 시빌라가 나밖에 할 수 없다고 단언했다면, 기대에 부응해줘야겠지.

마왕이 단숨에 파고들어서 우리를 향해 마법을 날리며 검을 들었다.

"그렇게는 안 돼!"

에미가 오른쪽에서 받아내서 검 하나를 막고 마법 두 개를 방패로 빨아들였다.

시빌라도 검을 들고 정면을 차지했다.

나는 왼쪽의 검 두 자루 중에서 하나를 담당했다. 왼손은 비었지만, 섣불리 썼다가 에미에게 유폭되는 건 피하고 싶다.

에미의 새로운 직업이 어둠마법을 무효화할 수 있을지 아직 모르니까.

교착 상태이긴 하지만, 잘 막고 있다. 우리가 각자 자신들의 힘을 전부 발휘하고 있기에, 이렇게나 규격 외의 마왕과 싸울 수 있는 거겠지.

"……역시 나름대로 강하군요. 하지만!"

마왕은 접근한 상태에서 일단 떨어져서 마법을 다시 날리려 했다.

"《아이스—"

"에에잇!"

그때 에미가 마왕을 따라서 한 발 앞으로 나서더니…… 방패가 검게 빛났다. 그 순간, 마왕의 다리가 모래사장에서 버티지 못하고 조금 끌려왔다.

그렇군. 저게 에미의 새로운 직업이 가진 힘인가. 공격마법 등의 원거리 공격 수단이 없는 에미가 그렇게 빠른 스피드로 보스 두 마리를 토벌할 수 있었던 이유를 이제야 알게 됐다.

상대를 튕겨내는 기술과 정반대인, 상대를 빨아들이는 기술. 그 능력은 마왕에게도 충분히 통하는 모양이다.

"……크윽!"

에미에게 벡스텝이 봉쇄된 마왕은 다시 공격을 해야 하는 상황에 빠졌다.

내가 검을 부딪치자…… 암속성을 실은 효과인지, 【어스름의 마경】이 든 내 검만의 특성인지는 모르겠지만…… 마왕의 검이 부러졌다!

"아직입니다아!"

기회라고 생각한 순간, 마왕이 단숨에 다음 검을 소환했다. 싸우기 위한 게 아니라, 명백하게 내가 산 브레이슬릿정도는 수십 개는 살 수 있을 법한 화려한 고가의 검이다.

젠장. 또 이런 비싼걸 부러뜨려야 하는 건가! 원래 가난하게 살고 있어서 그런지, 더더욱 증오를 싣지 않을 수가 없다!

나는 다시 나타난 마왕의 검을 강하게 후려쳐서 부러뜨리고, 눈앞에 튀어나온 팔을 마법으로 날려버렸다. 무영창 어둠마법으로 마법을 쓰는 팔을 튕겨내서, 다음 공격을 쏘는 걸 막았다.

덤으로 시빌라에게 뻗던 검도 걷어내자.

"……너는……."

마왕이 다시 나를 향해 검을 찌르고, 시빌라가 담당하는 검도 이쪽을 향했다. 그러나…… 공격 횟수가 많기만 할 뿐이지 실력은 대단하지 않다. 다소 나은 정도, 빈스가 훨씬 능숙하다.

"이정도 수준인가? 오랜만에 검을 나눌 수 있을 줄 알았는데 말이지."

"말도 안 돼…… 술사 쪽이, 기사보다 밀어붙이고 있다니, 예상 밖……."

마왕에게 수평으로 겨눈 검을 찌르듯이 움직였다. 그 움직임을 본 마왕이 내 팔을 자르겠다는 듯 움직였지만, 페인트다. 마왕이 움직이는 동작을 감지해서 한 발짝 물러섰다.

헛손질한 마왕의 팔을 잘라……내기에는, 추격할 속도가 부족했다. 잘라낼 생각으로 휘둘렀지만, 결과는 팔에 살짝 상처를 냈을 뿐이다.

"검술은 내가 위지만, 너는 육체 능력에 도움을 받는군?"

"……크……! 너는, 너는 대체……!

미약하지만 출혈 탓에 초조함을 드러낸 마왕은 다시 두 팔을 써서 나를 노렸다. 이미 시빌라를 신경쓸 여유는 없는 모양이다.

그 어설픈 칼끝을 양쪽 모두 튕겨내고, 마법을 쏘려는 팔에 겹쳐서 마법을 한 발 꽂아 넣었다.

지근거리에서도 교대 영창은 한 손으로 가능하다. 한 손으로 1인분이라면, 나에게 미치지 못한다.

몇 번 치고받는 사이, 마법의 팔을 완전히 들지 못하게 된 마왕이 외쳤다.

"너는 대체, 뭐냔 말이다?!"

"『흑연의 성자』 러셀이라고 했을 텐데. 쓸데없는 소리나 하기는, 이제 마법은 안 써도 되는 거냐?"

다시 나를 향해 날카롭게 찌른 검을 가볍게 쳐내면서 부러뜨렸다. 덤으로 시빌라 쪽으로 뻗은 검도 회수하면서 부러뜨렸다. 팔에 상처는…… 입히지 못했군.

"성자…… 술사…… 이겼어야 했어…… 플로어 보스에만 의지하는 메이커 중에서도, 나는 특별한 힘을 선택했단 말이다…… 마법도, 검도……."

"그래, 그건 인정하지. 아드리아의 녀석과 비교하면 네가 훨씬 강해."

"……그럼 어째서! 내가, 검을…… 이 검을 들고 있는데도!"

마왕은 절규하면서 몇 번째인지 모를 검을 공간에서 끄집어냈다. 그 마법, 편리해 보이는군. 나중에 시빌라에게 물어볼까.

"마력이 고갈되지 않는 【마경】이, 어째서 【성기사】보다 검에 능숙한 거냐……!"

어째서, 냐고?

"나 자신이, 검의 길을 선택했으니까. 여신에게 【성자】라는 직업을 받든, 【어스름의 마경】으로 술사가 되든, 나는 나 자신을 위해, 검사 이상으로 검의 힘을 바라며 나아갔다. 그것뿐이야."

"……예상 밖, 이다."

너에게는 이 정도의 일이 예상 밖인가? 그렇다면 시빌라에게 당한 것도 납득이 가는군.

"시빌라. 이제 너무 접근하지 않아도 돼. 나 혼자서 검 두 개는 어떻게든 되니까."

"그 여유, 좋네! 그럼 나는 글러먹은 마왕을 깔아뭉개는 역할을 맡을게!"

"네 이년, 어스름 주제에에에에에에에!"

"이예~이, 바보 바~보! 그리고 《플레임 스트라이크》! 이것도 하나 받으시지! 바~보!"

이 자리에서 실로 긴장감 없는 목소리가 날아왔다. 갑자기 도발 레벨이 대폭 떨어진 것 같다. 그러나 사이사이 들어오는 마법은 꽤 강력하다.

"조금 더 멀쩡한 도발은 없는 거냐?"

"상대의 지능 레벨에 맞추고 있는 거야. 저 녀석 바보니까, 이 정도면 충분하잖아."

"—아아아아아아!"

듣는 내가 웃어버릴 정도의 도발. 마왕은 당연히 분노 폭발이다. 그보다 에미는『푸훕』하고 참지 못하고 웃어버렸고, 그게 마왕의 신경을 더욱 거슬리게 해버렸다. 과연, 이보다 더할 수 없는 도발이군.

완전히 시빌라의 페이스지만, 그러는 사이에도 나는 마왕의 검을 계속 떨쳐내고 또 떨쳐냈다. 분노가 폭발해서 움직임이 난잡해진 만큼 꽤 편하다. 틀림없이 시빌라의 계산이겠지.

부러뜨릴 때마다 새로운 검이 나오지만, 이미 처음처럼 화려한 장식이 달린 검은 나오지 않았다. 슬슬 한계인가?

마왕이 다음 검을 든 순간.

—푹.

어딘가에서 엉뚱한 소리가 나면서 마왕의 등을 덮쳤다. 나는 그 순간…… 이게 바로 그것이라고 이해하고, 그 『여신의 한 수』를 붙잡았다.

마왕의 검을 오른손으로 밀어내고, 왼손에 의식을 집중하며 전력으로 외쳤다.

"《인첸트 다크》!"

그 순간, 등에 있던 것이 마왕의 몸에 푹푹 파고들었다.

"—아아아아아아아아아아아아아아악!"

나는 절규를 들으면서도 검을 밀어내는 오른팔을 더욱 밀어붙였다. 남은 팔이 전부 나를 노리고 덮쳐왔지만, 에미가 재주 좋게 모두 떨쳐냈다.

그 잠깐의 틈을 노려서, 나는 왼팔로 버티면서…… 그동안 쌓아온 분노와, 이 녀석에게 치명적인 일격을 먹였다는 달성감과 함께, 어깻죽지까지 올려 쳤다!

"아—아……!"

마왕은 베인 등에서 보라색 분수를 뿜어내면서 목소리가 되지 못한 절규를 내질렀다.

나는 계속해서 왼손의 무기를 뽑아 이번에는 마왕의 가슴에 깊이 꽂았다.

그렇다— 이 세이리스에 네 개나 생겨난 던전을 관할하고 있을, 커다란 코어. 그 중심에 나이프를 꽂자, 어둠의 빛이 보옥에 커다란 금을 가게 했다. 마왕은 한 번 크게 떨고는, 그대로 힘을 잃고 모든 검을 떨어뜨리고는 등부터 모래사장에 쓰러졌다.

—우리의, 승리다!

마왕의, 핏발 선 흰자위의 안구가 약해진 몸으로 필사적으로 무기를 확인하고자 살짝 고개를 움직여 가슴을 봤다. 그곳에 있는 건—.

"……뭡, 니, 까…… 이, 허접한…… 장난감은……."

—자루가 변색될 때까지 사용한, 명백한 중고품 나이프였다.

『뭡니까』, 라. 그런건 내가 알고 싶다.

그런 내 의문에 대답하듯이, 이게 무엇인지 당연한 듯이 알고 있는 여자가 움직였다.

시빌라는 나이프를 보더니, 실로 멋진 미소를 지으며 엄지를…… 마왕의 뒤쪽, 아득한 너머를 향해 세웠다.

"……어? 이브?"

에미가 중얼거린 건, 여기에 있을 리가 없는 네 번째 모험가다.

"넵. 시빌라 씨, 이걸로 임무 완료입다."

"정말 멋지게 해줬어. 그럼 답례로, 지금부터 즐겁고도 즐거운 제재 타임을 함께 즐겨볼까."

이브에게 대답한 시빌라는 그야말로 자기다운 서론을 늘어놓으면서 마왕에게 다가가 내려다봤다. 그 얼굴에는, 아름답지만 가학적인 미소가 감돌고 있었다.

시빌라는 모든 트릭을 밝히기 시작했다.

"【어새신】에는 고레벨이 된 자가 쓸 수 있는 스킬이 있어. 『은밀』. 뭐, 알고 있지?"

"……그, 건……."

"맞아. 기척을 지우는 『은밀』을 익히기 위해서 필요한 레벨, 꽤 높거든. 한 번 베인 너라면 알고 있겠지만, 그때 우리가 드래곤하고 싸울 당시의 레벨로는 도저히 부족했지."

……그건 그렇다. 그때 활약했다고 해도, 이브의 레벨은 그리 높지 않았을 거다. 그렇다면, 이브는 어디서 레벨을 올린 거지……?

"러셀은 알고 있지? 단번에 레벨 업할 수 있는 것."

"그거야 플로어 보스 토벌과…… 그로부터 후, 나는……."

드래곤의 심장으로, 레벨 업을……! 설마, 그럴 리가 없다.

"아니, 너, 그때 그거 먹었잖아!"

"그래. 먹었지. 드래곤의 『가슴살』을."

……뭐? 가슴살?

그때, 내가 심장을 먹을 때 옆에서 너도 우물우물 먹으면서 깔깔 웃었던건, 그냥 가슴살이었나? 명백하게 심장을 먹은 듯한 반응이었는데?

"적을 속이려면 아군부터 속이라고 하지. 니들 어스 드래곤의 심장은 이브에게 먹여줬어. 그야 강하겠지. 【어새신】 레벨 21이니까."

시빌라의 터무니없는 폭로를 듣자, 나와 에미는 말문이 막혔다. 그리고, 동시에 깨달았다. 시빌라가 그때, 이브와 함께 고아원에 간 이유를.

이브는 애초에 이 모래사장에서 던전에 들어가는 우리의 모습을 발견해서 그걸 쫓아 던전에 들어온거다. 당연히 어디서 마왕과 싸우게 되는지도 알고 있으니까, 눈이 좋은 이브라면 우리가 싸우는 모습이 보였겠지.

이후에는 우리가 전면에 의식을 집중시키고, 그리고 도발하고 도발해서 등을 비운다. 거기까지는 알겠지만, 마지막에는 『은밀』을 써서 날린 투척 나이프에 내가 암속성을 부여해주리라 믿고, 아무 말도 하지 않은 채 맡긴 거다.

그 결과가, 지금이다.

이렇게나…… 이렇게나 전부 읽고 있었던 건가. 시빌라는!

"놀라는 와중에 미안하지만, 마왕을 궁지에 몰아넣은 마지막 한 수는 러셀의 기억이었거든? 마지막에는 너도 말을 던질 권리가 있어. 그래도 우선 나부터."

그리고 시빌라는 히죽히죽 웃으면서, 진심으로 즐겁다는 듯 마왕을 내려다봤다.

마왕에게 최후의 심판을 내리는 거다.

"너를 쓰러뜨리는 건 【용사】의 검도 아니고, 【성기사】의 용아검도 아니고, 『어스름의 여신』의 검도 아니야. 왜냐하면 전부 무시했으니까~!"

세이리스에 숨어있던 규격 외의 힘을 가진 마왕.

금전 제일주의로, 가난한 타인을 태연하게 깔본다.

성기사라고 해도, 고아 출신이라면 흥미를 잃는다.

우리의 사투도, 시간이 걸리면 기다리는 것도 지겨워한다.

생각, 행동거지 모두가 악의의 덩어리처럼 제멋대로다.

그 몸은, 도시에서 긁어모은 장신구 투성이.

그러나, 그 모든 건 위조 화폐로 손에 넣은 것.

그런데도, 자신과 싸우는 상대로는 비싼 무기를 사용하는 고귀한 자를 원한다.

한없이 오만하고, 욕심 많고, 허식투성이인 마왕.

"너를 쓰러뜨리는 건, 고아에다, 초 가난한 전직 소매치기 어새신! 그런 아이조차도 1회용 무기로 던진, 이 도시에서 가자아아아아앙 싸구려인 너덜너덜한 중고 투척 나이프야! 이야~ 좋네에~! 진심으로! 너에게 마무리 일격을 날리기에 너무나도 어울리는, 정말로 더할 나위 없이 어울리는 무기라고 생각해~!"

움직이지 않는 몸으로 필사적으로 거부하려 하는 마왕을 조소하듯이, 시빌라는 큰소리를 내며 엄지를 밑으로 내렸다.

"이게, 너의 인과에 대한 응보야!"

할 말을 다 한 시빌라는 이쪽을 돌아보고는, 조금 전까지의 광기 어린 표정과는 전혀 다른 장난스러운 미소를 지었다.

"대신 말했어. 그쪽이 하고 싶은 말까지 빼앗아서 미안해."

"아니, 상관없어. 기분이 상쾌해."

"정말 최고예요."

고아원을 나쁘게 말한 것이 어지간히도 화가 났는지, 에미도 웬일로 매도에 나섰다.

그나저나, 녀석이 싫어할 부분을 이렇게나 정확하게 도려내서 이런 상황을 만들게 되니, 정말로 불평할 여지가 없다.

문자 그대로 그때 시빌라가 말했던, 이 마왕이 『가장 싫어할만한 최후』다.

……동시에, 나는 에미와 잠시 눈을 마주하고는 『시빌라만큼은 절대 적대하고 싶지 않다』라는 생각을 공유했다.

말의 공세가 너무하잖아. 저런 말을 들으면 마왕이라도 울거다.

시빌라의 말을 옆에서 실컷 들으면서 입꼬리를 끌어올리던 이브가 시빌라를 대신해서 마왕 앞에 섰다.

"이제 움직이지 않네요."

이브가 마왕을 내려다봤다.

"꽤 전부터 이야기는 들었습다."

그 눈동자에 비치는 건, 분노가 아니라— 연민.

"우리 꼬맹이들, 나를 포함해서 운 나쁘게 태어났구나~, 라고 생각하고 있긴 하지만 말이죠."

이브는 모래사장에 흩어진 반지를 하나 주웠다.

"우리는 하나로도 충분하다고 생각하는 걸, 손가락 열 개 넘게 끼울 수 있는데도 만족하지 못하다니. 그건 결국, 만족이 끝나지 않는다는 거 아님까. 그래도 우리는 뭐, 매일 즐겁게 살고 있습다. 아무것도 없더라도, 즐길 수 있는 건 많이 있으니까.”

“……물건의 가치를 모르는, 안쓰러운 여자로군.”

“나는, 뭘 가지더라도 행복 같은 건 느끼지 못하는, 불행밖에 없는 당신이 훨씬 안쓰럽게 보이지 말입다. 게다가—.”

그때까지 덤덤하던 이브가, 힐끔 시빌라 쪽으로 시선을 보냈다.

“—나는, 이제 내리막길이 끝났습다. 위조 화폐 같은 싸구려 같은 걸 써서 **이 정도**인 당신보다, 훨씬 올라갈 테니까.”

그 말은, 예전의 자신을 향한 결별의 선언이겠지.

그 미래에 길을 제시한 여신은 적어도 믿음직한 모습으로 다정하게 눈을 가늘게 떴다.

“에미는 괜찮은 거냐?”

“응. 시빌라 씨가 대부분 말했으니까, 떠오르지 않을 정도야.”

확실히, 다정한 에미는 그걸 넘어서는 매도의 어휘를 생각하기 힘들겠지.

그 대답에 납득한 나는 이브와 자리를 바꿔서 마왕을 내려다봤다.

나는 이 마왕에게 일단 물어볼 만큼 묻고 싶은 게 있다.

“태생적으로 빈곤한 고아 모임에 패한 기분은 어떠냐고 물어볼 생각은 없어.”

“…….”

“이곳 세이리스의 던전은 네 개 모두 너의 던전인 거냐?”

"……마물(펫)의 소환(서몬) 횟수로 그쪽 여자는 짐작했겠지만, 네 개 모두 나의 작품입니다."

생각보다 순순하게 대답하는군. 간단히 믿을 수는 없지만, 시빌라의 두뇌를 감안하고 이야기하고 있는 걸 보면, 거짓말인 건 아니겠지. 이런 판단은 시빌라에게 맡긴다.

"반대로 묻고 싶습니다만…… 그 힘을 얻고, 독립할 생각은 없습니까……."

"그 말, 아드리아의 마왕에게도 들었지."

"……들었는데도 여전히, 입니까…… 권속답군요……."

마왕들은 어스름의 여신과 내가 함께 행동하는게 어지간히 싫은 모양이다. 아마 이유를 물어본들 멀쩡한 대답이 돌아오지는 않겠지.

나는 문득 떠오른 의문을 던져봤다.

"그나저나, 너는 왜 그렇게나 비싼 것에 집착하지? 애초에 비싸니 뭐니 하는 것과 태생에 의미가 있는 건가?"

"고귀함, 고상함…… 태생, 취미, 취향, 그리고…… 돈과의 인연이 정해지는……."

마왕은 내게서 시선을 돌렸다.

"……하늘."

"하늘?"

"돈이 필요해…… 아직, 본 적 없는, 하늘을—."

천천히, 마지막 힘을 사용한 손을 허공에 뻗었다. 그 순간, 손끝부터 순서대로 잿가루처럼 사르륵 사라지더니, 마지막에는 아무것도 없었다는 듯이 사라지고 말았다.

이게 그 마왕의 최후인가…… 허망하군.

"시빌라. 예전처럼 도망쳤을 가능성은?"

"과거 토벌했을 때와 똑같이 사라졌으니까, 쓰러뜨렸다고 봐도 틀림없어. 그리고 이번에는 전이로 도망치지 못하게 쓰러뜨리고 나서 계속 상대의 마력을 깎는 마법을 쓰고 있었거든."

정말로 빈틈없는 녀석이다. 그나저나…… 겨우 전부 끝났군.

"아, 그보다도 마지막에 마왕이 마물을 도시에 내보냈었어. 우리도 합류해서 토벌하자."

시빌라가 터무니없는 말을 꺼내자, 우리는 얼굴을 마주 보며 고개를 끄덕였다.

"어디로 가면 되지?"

"제2던전 부근! 던전은 관광구 쪽만, 중심가는 병사가 지키고 있을 테니까 항만구는 결과적으로 마물이 들어가지 않았어. 제3던전은 저번에 토벌했고, 제1던전은 많이 줄어들어 있을 거야."

우리는 시빌라의 말을 들으면서 마물이 있을 법한 곳으로 달렸다. 이브는 고아원을 지키라는 지시를 받아서 일단 여기서 헤어지게 되었다.

고아 태생이지만, 자신감을 가지고 자랐다.

그걸, 태생을 이유로 얕잡아보고.

신세를 진 사람들까지 멸시했다.

반드시 쓰러뜨리겠다고 맹세했고, 두 번의 도주를 허용했다.

도시 안에서 귀족 옷을 입고 숨어있던 마왕을 폭로하고, 세 번째 싸움.

해가 질 때까지 이어진 최종 결전은, 지금 끝을 맞이했다.

겨우 우리는…… 그 마왕에게 승리한 거다.

마지막으로 모래사장을 돌아본 나는 마왕의 마지막 말을 떠올렸다.

—아직 본 적 없는, 하늘.

시선 너머, 어스름을 지난 구름 한 점 없는 하늘은, 떠들썩함조차 느껴지는 만천의 별.

"두고 갈거야?"

"시빌라. 마왕은 이 하늘의 뭘 보고 싶었던 거지?"

"……마왕에게만, 뭔가 다른 게 보인 게 아닐까? 그보다도, 가자."

내 질문을 가볍게 흘려버린 시빌라는 바로 거리 안으로 발을 들였다. ……그래. 시빌라는 여신 측이다. 조금 잘 알기는 해도, 마왕 측의 내부 사정을 전부 파악하고 있을 리는 없나.

마왕을 향한 작은 위화감은, 습격해온 마물을 처리하는 사이에 곧바로 사라졌다.

막간 자넷 : 헛돌고 있는 걸까, 이미 늦은 걸까. 그래도 나는 그저 절친의 행복을 바란다

호우 속에서는 가게도 제대로 열지 않기에 여관에서 잠든 다음 날 아침.

나는 어제 빗소리를 억누르기 위해 닫아둔 두꺼운 커튼을 힘차게 열었다.

—예전에 했던 말은 철회하기로 하자.

하늘은 여전히 흐린 나의 마음과는 상관없다. 어제의 통곡 같은건 감쪽같이 망각의 저편으로 보낸 것처럼 맑았다. 하늘은 내 심정 같은건 비추지 않고, 참으로 자유로웠다.

……뭐, 이게 만약 에미의 마음을 반영하고 있는 거라면 내가 할 말은 아무것도 없지만.

방 안에 다시 눈을 돌렸다. 침대 안에서, 케이티 씨가 어디 사는 공주님이나 여신님인가 싶을 만큼 아름다운 얼굴로 잠든 모습이 눈에 들어왔다.

정말로, 비현실적인 아름다움. 몸매도…… 뭘 먹으면 이렇게 자라는 걸까.

문득 머릿속에 그리운 목소리가 들렸다.

『자넷도 나랑 계속 똑같은 것만 먹고 자랐잖아?! 그보다 나보다 명백하게 먹는게 적었잖아! 어느새 이렇게 된 거야?! 불합리해~!』

함께 목욕탕에 들어갔을 때 나를 보던 에미와의 단막.

그, 주변을 따스하게 비추는 햇님 같은 소꿉친구의 목소리를 떠올리면서, 입가의 힘을 풀고 내 몸에 손을 댔다.

남자의 마음 같은 건 잘 모르겠지만, 그렇게 좋은 건가? 그렇게 대답했었다. ……좋은 거겠지. 나는 가지고 있는 쪽이니까 딱히 마음에 두고 있지 않을 뿐.

오히려 러셀에게는 이런게 없는 편이 오히려 지내기 편하고 좋은 상대였을지도 모른다. 나하고도 왠지 직접 말을 하는 경우가 줄어들고, 사양하고 있는 것처럼 느껴졌으니까. 나는 러셀이 바라보더라도 신경 쓰지 않았는데.

……아아. 이러면 안 된다. 안 돼.

러셀을 생각하니까, 아무래도 부정적인 마음이 들고 만다. 나 자신이 선택한 길이었는데도.

언제까지 숨길 수 있을까—.

"으응……?"

살짝 눈을 뜬 케이티 씨와 시선을 마주했다.

"일찍 일어나셨네요, 자넷 씨. 푹 주무셨나요?"

"네, 걱정하지 마세요. 좋은 아침이에요. 케이티 씨."

"네에, 후후."

그리고 모포를 걷자, 눈길을 끄는 자극적인 속옷과, 같은 인간으로는 보이지 않는 몸매. ……허리, 혹시 나보다 가는 건가?

에미가 내 몸을 보고 불합리하다고 말했던 마음을, 지금은 강하게 느낀다. 가슴이 큰 상태를 유지하면서 복근에 세로근을 긋는 방법, 부모에게 물려받은 피 말고는 생각이 나지 않는다. 애초에 몸의 구조가 다른 게 아닐까?

……부모에게 물려받은 피, 라.

"케이티 씨는, 저명한 부모님이 계신 건가요?"

문득 신경이 쓰인 나는 케이티 씨를 떠보기로 했다. 이 질문은 너무 갑작스러웠는지, 케이티 씨는 역시 놀란 듯이 고개를 갸웃했다.

"어머어머. 조금 놀랐는데…… 자넷 씨. 저에게 흥미가 있으신가요?"

"네? 네, 네에, 뭐…… 네."

거짓말은 하지 않았다.

"그래도, 죄송해요. 저, 부모님의 얼굴을 모르네요."

"앗…… 그러, 셨나요. 죄송해요. ……고아라면, 저하고 같네요."

"어머…… 어머어머, 참……."

케이티 씨는 몸을 내밀어서 내 몸을 양팔로 끌어안았다.

피하려고 했지만, 판단이 늦어졌다. ……조금 괴롭다.

"굉장히 노력했겠네요. 후후, 자넷 씨와 똑같다니, 기뻐요."

그래도, 그 몸은 부드럽고 묘하게 달콤한 냄새도 나서…….

정말, 나는 어째서 이렇게 이 사람을 경계하고 있는 걸까…….

—그래, 확실히 에미와…… 앗!

품속에서 조금 난폭하게 버둥거리자, 케이티 씨는 바로 팔을 풀었다. 이렇게까지 구속할 생각은 없었던 모양이다.

"아, 어라……."

"죄송해요. 답답해서요."

"어머! 죄송해요, 저도 참."

귀엽게 혀를 내밀며 머리를 긁적인 케이티 씨에게 한숨을 내쉬고, 내 옷을 꺼내기 위해 뒤를 돌아봤다.

—그, 순간.

방에 걸린 작은 거울이 뒤쪽 광경을 반사하는 게 시야에 들어왔다.

얼굴을 돌린 케이티 씨는, 아주 잠깐…… 오른손 검지를 굽혀서 입가에 대고 있었다. ……틀림없다. 저건, 고민하는 포즈다.

그건 잠깐의 순간이었고, 금방 원래 자세로 돌아가는 것도 어렴풋이 보였다.

그 이유는 모르겠지만, 포즈의 의미는 알 수 있다.

'케이티 씨는 내가 그녀의 구속을 푼 것에, 의문을 느끼고 있어……?'

그렇다면 지금 행위에도 의미가 있다? 순간적이지만 넘어갈 뻔했던건 혹시…….

……불확정 사항이지만, 케이티 씨와의 육체적 접촉은 최대한 피하자. 나는 아직, 여기서 에미가 맡겨준 것을 파악할 의무가 있다.

옆 방의 빈스와 함께 아침을 먹고, 거리로 나갔다. 목적지는 모험가 길드다.

오늘 단계까지 해둔 단체 지시는 두 가지 있다. 하나는, 길드에 성자의 화제를 꺼내지 않을 것. 또 하나는, 교회에 성자의 화제를 꺼내지 않을 것.

성녀의 정보는 검은 커튼 속에 있는 비밀 정보. 최상위직이라는 걸 제외하면 그 능력이 어느 정도인지는 아무도 모른다. 그걸 캐내는 건 룰 위반이며, 성녀가 소속된 상위 파티의 정보를 캐내려다가 걸리면 도시 길드 공헌도가 사라질 수도 있다.

상위 랭크 파티에는 그만한 권한이 있다. 그걸 허용한 건 왕가라고 한다. 독자적인 루트라면 몰라도, 귀족의 정점이 공인한 거다. 그럼 일반인이 따질 문제는 아니다. 이 룰 자체도 의아하게 생각하고 있지만, 지금은 마음껏 이용하기로 하자.

그리고 나는 지금, 하나의 마법을 쓰고 있다.

'……《서치 플로어》.'

던전용 색적마법이다. 본래는 좁은 던전에서도 모퉁이 너머에 있는 적을 발견하기 위해 쓰는 마법이고, 이런 거리에서 쓰는 마법이 아니다.

그러나, 그래도 가능성으로서 신경이 쓰인다. 케이티 씨의 동료가 이 도시에 계속 있던 사람인가. 그리고…… 케이티 씨는 정말로 이런 눈에 띄는 차림으로 줄곧 이 도시에서 빈스에게 들키지 않고 있었는가.

길드 접수대에 가서 수속을 밟고 대합실로 안내받았다. 안에 아무도 없다는 것도 사전에 마법으로 확인했다.

케이티 씨를 중심으로 셋이서 소파에 앉아 새로운 사람을 기다렸다.
"그나저나, 새로운 사람은 어떤 녀석이야? 들어도 돼?"
"신경 쓰이나요? 그래도 오고 나서의 즐거움이에요. 금방 올 테니까요—."
나는 두 사람의 대화를 듣다가…… 갑자기 잠기운이 몰려와서—.

"—적습!"
서치 플로어 마법에 걸린 마물의 반응을 느끼고 일어났다. 그 직후 내가 아까까지 잠들어 있었다는 걸 깨달았다. 허벅지에 부딪혀서 덜커덩 소리를 내는 대합실 테이블. 그 충격으로 떨어진 유리컵이 쓰러져서, 물이 바닥의 목재를 진하게 물들였다.
그리고…… 눈앞에, 오렌지색 머리와 금색 눈동자를 한, 모르는 여성. 나를 보면서 거북한 듯이 입을 열었다.
"……아, 저~기. 좋은 아침입니다?"
바로 반응하지 못하고 옆을 봤다. 그곳에는 눈을 동그랗게 뜨고 있다가 어느새 키득키득 웃고 있는 금발의 미녀.
"후후…… 자넷 씨도 참. 무슨 꿈을 꾸신 건가요? 계속 도시에 있었어요~."
"웬일이야. 피곤해?"
케이티 씨와 빈스가 말을 걸어와서, 겨우 자신의 상황을 받아들였다. 새로운 멤버를 만난다고 들어서 의욕을 다지고 있었는데, 대합실에서 잠들고 말았다. ……어, 어떻게 이런 실수를…… 대체 무슨 일이지? 너무 고민하다가 이것저것이 역효과가 난 건가……?

서치 플로어의 효과는 끊어졌고, 주변에는 인간밖에 없다. 당연하다. 여기는 도시 안이니까. 상대의 등장 타이밍을 알아보기 위해 마법을 썼는데, 그 순간을 놓쳐버렸다. 완전히 실패했다…….

헛돌고 있구나, 나…….

"저~기……자넷 씨, 가 맞으신거죠?"

"아, 네. 저는 【현자】 자넷이에요."

"그렇군요, 그렇군요. 근사한 파티 구성이네요. 케이티 씨!"

"아리아도 그렇게 생각하지? 후후, 나도 그래."

지금 대화로 두 가지 알게 된 점이 있다.

이 오렌지색 머리의 여성은 아리아. 그리고…… 케이티 씨보다 위치는 낮다. 무례한 모험가를 상대로도 정중하게 말하는 케이티 씨가 반말을 쓰는 것 자체도 처음 본다.

"일단 아리아 씨가 맞으신 거죠?"

"네! 아리아, 열심히 하겠습니다!"

아리아 씨는 일어나서 머리에 손을 대고 병사처럼 경례했다. 산뜻한 오렌지색 세미 롱헤어가 흔들린다. 기운이 넘치는 게 장점인 듯한 사람이다.

하지만, 나는 한 가지 신경 쓰이는게 있었다.

'……이 사람도, 굉장해…….'

아리아 씨는, 여러모로 컸다.

키는 케이티 씨 정도고, 체격도 좋다. 그리고 무엇보다…… 가슴까지 크다. 케이티 씨 정도는 아니지만, 몸이 큰 만큼 나보다 크게 보인다.

……고작 며칠 만에, 내가 파티에서 가슴 크기순으로 1위에서 최하위까지 떨어져 버렸다. 그런 시선을 좋아하지 않으니까 정신적으로는 편해서 좋지만…….

그런 눈에 띄는 용모의 아리아 씨를 본 나는 당초에 신경 쓰이던 걸 물었다.

"아리아 씨, 지금까지 어디에?"

"지금까지요? 그게, 계속 이 도시에 있었는데요?"

대답은, 설마 하던 이 도시에 머물던 솔로 모험가.

……정말 그렇다고? 이렇게 눈에 띄는 요소로 가득 찬 듯한 사람이?

"직업은 【마법검사】지만, 보는 대로 중전사라는 느낌의 여자니까, 여자라고 생각하지 않고 마음껏 부려 먹어 주시면 될 거예요."

아리아 씨가 손을 내밀었다. 나는 그 손을 악수로 답했다.

"일단 첫인상은 완벽하게 남았네요."

"……잊어주세요."

아무리 그래도 졸고 있을 때 갑자기 소리를 지르다니, 객관적으로 봐도 웃지 말라는 게 무리다. 마물의 습격을 받는 꿈이라도 꾼 걸까. 과거에 꾼 꿈이 대부분 그렇듯이, 깨어난 뒤에는 신기하게도 꿈 내용은 전혀 떠오르지 않았다.

……꿈은, 꾸지 않은 것 같은데…….

여관으로 돌아오자, 접수대의 사람이 보낸 발송인 불명의 편지를 내 앞으로 받아놨다고 전했기에, 나는 다짜고짜 그걸 받아서 세 사람을 피해 뒷골목으로 갔다.

그리고 당도한 내용은…… 기다리던 것이었다.

'용서해줬구나……!'

그 작은 종이에는 에미가 러셀에게 받아들여지기까지의 흐름이 상세하게 적혀있었다. 러셀의 능력 이야기, 그의 변화, 새로 나타난 여성 이야기 등등…….

전하고 싶은 말이 비좁게 적혀있다. 마치 에미가 기세에 몸을 맡겨서 마구 끄적인 것 같아서 키득 웃음이 나왔다.

그중의, 한 문장.

'소꿉친구를, 다시 시작하자……라.'

러셀이 꺼낸 말을 울면서 받아들였다고 한다.

내 걱정 따위는, 당연히 쓸데없는 걱정이었구나.

그는 무자각 왕자님이다. 언제나 에미를 구해줬다. 그러니까 이번에도 자연스럽게 최적의 해답을 도출해서 에미를 구한 것이다.

'내게, 그와 소꿉친구를 다시 시작할 권리가, 있을까?'

잠깐이라도 그런 생각을 하고 말았지만…… 나는 무의식적으로 고개를 내저었다.

—아니, 무슨 생각을 하는 거야, 자넷.
너에게 그럴 자격이 있다고 생각해?

나는, 러셀에게도, 빈스에게도…… 에미에게도 말하지 않은 게 있다.
이 비밀을 말하는 날은, 오지 않는게 낫다.
러셀은, 에미를 선택했다. ……에미가 라이벌이라고 말한 여자가 신경 쓰이긴 하지만.
그리고 에미는 러셀과 함께, 관계를 수복해서 함께 있다.
이걸로, 충분하다.

나는 손에 든 귀중한 친구의 추억을, 마음속 갈등과 함께 태웠다.
그래, 맞아. 이거면 충분하다.

자…… 내가 선택한 일상으로 돌아가자.

그로부터 며칠.
우리는 던전 탐색을 순조롭게 진행했다. 러셀이 잘못한 건 아니지만, 그래도 역시 레벨이 낮은 회복술사를 보호하면서 싸우는 건 힘들었겠지.

겨우 네 명이 된 용사 파티는 하층의 제11층에 발을 들였다.

붉은색 던전을 확인하던 케이티 씨가 제안했다.

"여기까지 온 것만으로도 충분해요. 일단 돌아가서 태세를 정돈하죠."

그 의견에 반대하는 사람은 없었고, 빈스도 나도 수긍했다. 아리아 씨는 기본적으로 지시를 받을 뿐이라 순순히 따랐다. ……좋은 동료, 라고 생각한다.

여관에서 나는 바로 잠기운이 몰려오게 되었다.

뭐지…… 최근 너무 고민해서 그런지, 에미가 무사하다는 걸 알고 안심해서 그 피로가 단번에 나오게 된 걸지도 모른다. 먼저 처음에 내가 자고, 선잠에서 일어나면 케이티 씨와 아리아 씨가 돌아온다.

아리아 씨는 케이티 씨 정도는 아니라도 복장을 신경 쓰지 않아서 주의를 줬다. ……정말로, 어째서 이 사람이 지금까지 솔로인 데다 발견되지 않은 걸까.

순조롭다.

너무 순조로워서, 이래도 괜찮은가 불안해진다.

그날도 결국, 선잠을 자다 눈을 떴다. 그리고 두 사람이 돌아와서……. ……돌아오지, 않았어?

나는 목소리를 죽이고 창문 근처로 갔다.

에미와 어떤 대화를 했는지 떠올리면서…… 커튼 틈새에서 밖을 봤다.

……그곳에는, 케이티 씨가 있었다.
아무도 없는 뜰에서, 달을 보고 있다.

"……있을 수 없어…… 빼앗겼어…… 빼앗겼어…… 빼앗겼어 빼앗겼어이런건있을수없어인정할수없어인정할수없어. 그냥 빨리 받을까? 오랜만, 인데, 아깝잖아. 그래도, 이이상은이이상은안돼안돼."

—이거다……!
에미가 말했던 건, 이거였나……!

나는 입을 누르면서 천천히 침대로 돌아갔다.
아리아 씨는…… 자고 있을, 터. 이걸 알고 있는 걸까?
받는다? 오랜만? 무슨 말을 하는 걸까? 무영창이라는 정보를 알고 있던 그녀가 『있을 수 없다』라고 말할 정도의 내용은, 대체 뭘까?
러셀의 정보? 그래도…… 이제 와서?
조금 더 들어봐야 하나.

그러나 다음에 이어진 말을 듣고, 나는 심장이 멎을 것만 같았다.

"……적어도 자넷 씨는, 빼앗길 수는……."

지금 한순간, 정말로, 소리를 내지 않은 나를 칭찬해주고 싶다. ……기분 탓이다. 혼잣말이다……. 들키지, 않았을…… 거다…….

나는 침대 안으로 돌아갔다. 최근에는 언제나 바로 잠기운이 쏟아졌는데…… 오늘은 잠들 수 있을까…….

에미…… 너는 이런 불안감과 싸워왔던 걸까…….

새삼스럽지만, 파티에서 제일 밝았던 너에게 이런 역할을 떠맡기고 느긋하게 잠이나 자던 자신에게 혐오감이 들어.

……이렇게나 태평한 내가, 너의 절친이 될 자격이 있을까?

하지만, 설령 강압이라고 해도.

러셀처럼, 강압인지 아닌지 신경 쓸 여유조차 없더라도.

그래도 나는, 절친이라고 생각하는 너의 행복을 바라고 있어.

16 믿음직한 파트너와, 소꿉친구와. 그리고 뜻밖의 사람과 함께 새로운 도시로

도시에 넘쳐나던 마물을 모두 쓰러뜨린 우리는 우선 길드에서 대기하던 병사에게 보고하러 갔다.

"병사~ 그렇게 됐으니까 모두의 피난은 해제해도 돼! 그 점원 씨도 풀어주고."

시빌라는 마왕 토벌 후에 흩어진 장신구 파편과 다른 하나를 꺼냈다. 그건 금색 표면이 벗겨져서 안에 있는 돌 같은 게 보이는, 위조된 금화.

그렇다. 진범이 위조 화폐를 사용했다는 결정적 증거다.

"이걸 가진 녀석은 우리가 책임을 지고 날려버렸어. 도시를 멸망시킬 생각이었던 모양이라서 체포 같은 걸 할 여유가 없었거든."

"이건, 압수한 위조 화폐와 똑같은 물건……! 감사합니다. 바로 보고하러 가도록 하겠습니다!"

병사는 시빌라에게 경례하고는 곧바로 주변 병사들에게 지시를 내리며 길드에서 나갔다. 그와 바꿔서 가장 먼저 길드로 돌아온 질풍신뢰의 리더가 앞으로 나왔다.

"당신들 정말로 굉장하구만……!"

"그렇지~? 좀 더 칭찬해도 돼~. 참고로 진범이라는 건, 그 검은 인간형 마왕이었어. 그래도 잘 풀렸던 건 이브가 있었기 때문이네!"

시빌라는 이브를 앞세워서 질풍신뢰의 리더에게 보여주고는 후드를 벗겼다. 얼굴이 전부 드러난 소녀의 모습을 보자 한층 커다란 목소리가 나왔다.

"여자아이…… 아니, 토벌에 협력했다는 건, 직업을 가질 나이인가?"

"응. 【어새신】 레벨 21인 이브! 투척 기술도 좋고, 머리도 좋아."

"그쪽의 파티 멤버인가?"

"이 아이는 솔로야."

시빌라가 『솔로』라고 확실하게 말하자, 이브는 「어?」 하고 중얼거리며 돌아봤다. 우리 파티 멤버에 들어왔다고 생각하고 있겠지. 나도 그렇게 생각했는데…….

어안이 벙벙해진 이브의 머리를 쓰다듬은 시빌라는 윙크했다. 그 반응에 이브가 곤혹스러워하던 사이, 『질풍신뢰』의 리더가 목소리를 높였다.

"이봐, 너. 이브라고 했나?"

"어, 아, 그, 그렇습다……."

"너만 괜찮다면, 우리 쪽으로 오든가, 아니면 도우미로 우리 파티에 참가해주지 않겠나?"

놀랍게도, 리더 남자가 이브에게 권유를 보냈다. 바로 며칠 전까지 고아원에서 틀어박혀 있던 이브는 이 도시 톱클래스의 파티 리더의 권유를 받자 눈을 반짝였다.

"어, 어, 그래도 저."

"우리 쪽에서 전위를 맡은 건 여자고, 한 명뿐이니까 부담이 크다고 생각해서 사양하고 있었거든. 만약 너만 괜찮다면……."

"아, 저기, 저는 고아원 꼬마들을 돌봐주기도 해야 해서…… 저기, 보수만 괜찮다면, 임시라면 들어가도 괜찮습다."

"좋아!"

질풍신뢰의 리더가 뒤를 돌아보자, 얼마 전 내가 치료해준 어새신 여성이 이브와 시선을 마주하면서 허리를 굽혔다.

"고아원에 이런 대단한 아이가 있었다니, 놀랐네. 잘 부탁해, 이브."

"아…… 자, 잘 부탁함다!"

이브가 꾸벅꾸벅 고개를 숙이자, 질풍신뢰의 멤버들이 머리를 쓰다듬어줬다. 시빌라는 이브가 마음에 든 모양이니까, 파티 멤버로 권유하지 않을까 싶었는데…… 지금의 저 일련의 흐름을 보고 알아챘다.

이브는 자기보다 연하인 고아들을 위해 모험가 길드에서 돈을 벌어야 한다. 그건, 이 도시에 있어야만 한다는 뜻이다.

그러나 우리는…… 마왕을 토벌한 『어스름의 서약』은 아마 다음 마왕을 찾으러 간다.

이브가 고아원 아이들의 보호자로서 노력하는 이상, 우리와 함께할 수는 없다.

이 마왕 토벌이 마지막 공투였다. 그래서 시빌라는 이브가 앞으로 생활하기 편하게 도시 제일의 모험가 파티에게 이브의 얼굴을 판 거겠지.

새로운 동료에게 둘러싸여서 마구 귀여움을 받는 이브를 보던 시빌라는 마치 자기가 기른 딸을 배웅하는 어머니처럼 지금까지 중에서 제일 온화하고 다정한 표정을 지었다.

얼추 대화를 끝낸 이브를 다시 데리고 나온 시빌라는 나와 에미를 어느 장소로 안내했다.

승리 축하회가 벌어지는 도시의, 그 소란스러움이 닿지 않는 곳. 바다를 일망할 수 있지만, 도시에서는 먼, 그런 조용한 장소.

그곳에 외로이, 헤진 것이 눈에 띄는 건물이 있었다.

"여기는, 폐교회인가……? 아니, 혹시 여기는."

"예상대로일 거야. 아니, 벌써 도착했네. 뭐, 그 사람이라면 오긴 하나."

시빌라가 마지막으로 한 말의 의미를 생각하기 전에, 그 시선 너머를 본 순간, 생각하던 것이 모두 날아갔다. 에미도 놀라서 이번에는 목소리도 내지 못했다.

그 시선 너머에는…….

"어, 어라? 프레데리카 언니잖아!"

아드리아에 있어야 하는, 언니나 다름없는 수녀 프레데리카 본인이었다. 게다가 이브가 그 이름을 당연한 듯이 불렀다.

"이브……!"

건물 밖에서 기다리던 프레데리카는 이브를 알아채더

니…… 놀랍게도 눈물을 펑펑 쏟으면서 그녀를 끌어안았다.

"미안해, 미안해……! 내가 있는데도, 이브에게 무거운 짐을 전부 밀어붙이게 되어서……!"

"어푭, 잠깐, 으헉…… 프레데리카 언니가 나한테 밀어붙이고 있는 건 가슴뿐임다……!"

머리를 끌어안긴 이브는 프레데리카를 몇 번 두드려서 풀어달라고 했다.

"책임을 떠맡았다고 생각하지는 않슴다. 저는 그게, 저쪽의 예쁜 언니한테 도움을 받았으니까 지금은 굉장히 축복받았다고요."

이브가 시빌라를 가리켰다. 프레데리카는 우리의 얼굴을 확인하더니, 기뻐하면서도 조금 초조한 얼굴로 시빌라에게 고개를 숙였다.

"연락, 정말 고마워. 아무것도 하지 못한 나를 대신해서……."

"아~, 그건 됐어. 오히려 내가 도움을 받았으니까, 프렛치는 책임감 느끼지 않아도 되거든. 일단 안에 들어가서 이야기하자. 두 사람은 무슨 일 인지 모를 테니까."

나와 에미를 말하는 거겠지. 눈을 마주하며 고개를 갸웃한 에미에게 어깨를 으쓱하며 대답했다. 보아하니 이야기는 해줄 모양인데…… 과연 어떤 경위로 프레데리카가 여기에 있는 건지 아직 모르겠다.

그래도 나는 세 가지, 확실히 알게 된 게 있다.

이곳이 이브가 사는 고아원이라는 것. 그리고 프레데리카가

이 고아원의 관계자라는 것. 마지막으로, 시빌라가 프레데리카를 미리 불렀다는 것이다.

들어온 고아원 안은, 천장의 마석이 빛을 거의 전해주지 못해서 전체적으로 어두움을 숨길 수 없었다. 망가진 의자 등을 그대로 두고, 바닥만 청소한 듯한 곳이었다.

……우리가 살던 고아원과는 전혀 다른, 최소한의 물건조차 없는 고아원. 이렇게나 환경이 다른 건가…….

그러나 어두운 건물 안에 프레데리카가 발을 들인 순간, 어딘가 밝기가 한 단계 올라간 것처럼 아이들의 목소리가 확 퍼졌다.

"프레데리카 씨?!", "프레데리카 씨다!", "언니!", "앗, 시빌라잖아."

프레데리카는 모여든 아이들을 보고 울먹이면서도 한 명 한 명의 이름을 불러줬다.

프레데리카가 「할 말이 있다」라고 전하자, 다들 그녀의 말은 확실하게 지키는지 나와 에미를 의아하게 바라보면서도 묵묵히 기다려주려는 것 같다.

그리고 시빌라는 아이들과 묘하게 친해 보여서, 편하게 부르는 아이들의 머리를 마구 쓰다듬어주고 있었다. 어제 이브와 이야기를 하러 갔을 때 이렇게 됐을 텐데…… 그나저나 너, 아이들에게 받아들여지는 게 빠르구나.

아이들은 잠시 기다리게 하고, 다섯 명은 별실에 들어가 프레데리카의 이야기를 들었다.

"이왕 이렇게 됐으니까 이 기회에 가르쳐줄게. ……나는 말이지. 원래 여러 고아원의 임시 교원으로 이 왕국을 돌며 아이들에게 최저한의 공부를 가르치고 있어."

"그렇다면, 아드리아에 없었을 때는."

"러셀이 돌아왔을 무렵에는 마침 이 세이리스 고아원에서, 나와 다른 신관 한 명이 공부를 가르쳤지."

다른 신관 한 명이라는 말이 나온 순간…… 이브가 일어나서 책상을 두드렸다.

"그런건…… 그런건 신관도 뭣도 아니잖아!"

"이브, 그건……."

"상처 같은건 전혀 치료해주지 않고, 그런 직업이 있나 싶을 만큼 일할 생각이 없었어. 끝으로는……!"

"……그래, 그랬지. 나도 그런 점에서는 엄격하게 해야겠어."

지금까지 없었던 이브의 분노와, 프레데리카조차 옹호하지 않는 신관. 그리고 나에게 소매치기를 하려던 이브. 그걸 고아원 아이들을 위해 간파한 시빌라.

이야기가 보였다. 즉, 그 신관은…….

"이 고아원의 재산을, 그 사이비 신관이 훔쳐서 달아났다. 그건가?"

"너무해……!"

에미도 사정을 알자 비통한 표정으로 고개를 수그렸다. 프레데리카는 내 대답에 수긍했다.

“응. 그래서 나는 시빌라에게 편지를 받은 동시에, 교회 고아원 관리 대표 멤버의 일원으로서 핏기가 가셔서……. 곧바로 다른 도시의 구조 의뢰를 일시적으로 거절하고, 오늘 겨우 여기에 도착한 거야…….”

그런가…… 프레데리카는 아드리아 고아원에서 때때로 없을 때가 있었는데, 이 정도의 권한이 있어서 여러 곳을 서포트하고 있었나.

언제나 온화한 사람이라는 인상이었지만, 사람은 겉으로만 판단할 수 없는 법. 진짜 프레데리카는, 지위가 꽤 높은 사람이었구나.

“그래도.”

거기서 프레데리카는, 표정을 부드럽게 풀었다.

“시빌라에게 추월당했네. 이브는 머리나 옷도 깨끗해졌지만, 무엇보다 표정이 정말 근사해졌어. 무슨 마법을 쓴 거야?”

“뭐~, 간단히 말하자면 시빌라 파워로 【어새신】 레벨 21로 올려주고, 도시 톱클래스의 파티 『질풍신뢰』와 연결해줬어! 임시 멤버 진입이네!”

그 어마어마한 정보량에 놀란 프레데리카는 반사적으로 이브를 봤다.

시선을 받은 소녀는 「헤헷」 하고 밝은 미소를 프레데리카에게 보여줬다. 그건 어떤 말보다도, 시빌라가 말한 내용을 긍정하는 힘이 있었다.

“그러니까, 앞으로는 프렛치보다 부자가 될지도 모르지~?”

시빌라가 열어준 이브의 미래. 그걸 알게 된 프레데리카는 눈을 크게 뜨고는 입가에 손을 대고…… 다시 눈물을 흘리기 시작했다.

"아아…… 정말로 고마워 시빌라……! 나는, 약하니까…… 아무리 애써도, 이 고아원을 포기해야 할 것만 같아서, 정말로 무서워서……!"

"응응. 프렛치는 너무 과하게 애쓰고 있잖아. 맡길 수 있는 건 맡겨도 되니까. 이브는 굉장한 아이야. 어엿한 모두의 언니. 그러니까, 이제 자립할 수 있어."

그 마지막 한마디를 듣자, 다시 북받치는 것을 참지 못하게 되었는지 프레데리카는 얼굴을 덮었다. 시빌라는 일어나서 프레데리카의 얼굴을 자기 품에 안으면서 머리를 쓰다듬었다.

"……당신 같은 타입은, 작고 약한 여자 손으로도 당연한 듯이 전원을 혼자서 이끌어야 한다는 생각을 갑자기 망설임 없이 한단 말이야. 이쪽이 곤란할 만큼, 쓰러질 때까지 노력해 버린단 말이지. 그러니까…… 가끔은 기대기도 해."

"으…… 으으……"

"프렛치처럼 누군가에게 의지할 수 없는 수녀를 위해, 여신님이 있는 거야. 곤란할 때는 여신님에게 부탁해보라고? 당신처럼 경건한 수녀라면, 분명 여신이 직접 구해주고 싶다고 생각할 테니까. 알겠지?"

그 말과 함께, 진짜 여신의 포옹을 받자, 우리의 눈에는 믿음직한 누나로 비치던 프레데리카가 몸을 맡겼다.

나와 에미는 프레데리카의 마음속 긴장의 실이 끊어지는 모습을 처음 봤다.

언제나 따스하고, 다정한 모두의 누나. 그게 내 마음속의 프레데리카였다. 어떤때라도 명랑하게 웃는 프레데리카는…… 이렇게나 무거운 짐을 짊어지고, 계속 애써왔던 건가……. 정말로, 굉장한 사람이다. 이런 사람을 진정한 의미로『강한 사람』이라 말하는 거겠지.

그리고…… 시빌라. 모두가 의지하고, 그 모든 기대에 부응하려는 프레데리카의 마음속을 짐작하고, 미리 구해준 그 멋들어진 수완과 다정함.

무엇보다도, 신세를 져온 만큼 답례를 하고 싶다, 구하고 싶다고 생각하던 프레데리카를 최고의 타이밍에 구해준 것, 그 행동에 정말로 진심으로 감사하고 싶다. 그러나…….

……역시 시빌라, 라고 말할 수밖에, 없나.

이날은 이브의 돈으로 프레데리카의 요리를 위한 식재료를 사고, 모두 함께 저녁을 먹게 되었다. 프레데리카는 어지간히도 기뻤는지 이브가 돈을 내겠다고 말한 시점에서 다시 가게 앞에서 펑펑 울기 시작해서 큰일이었다.

에미도 합세해서 프레데리카를 달래며, 셋이서 먹고 싶은 식재료를 고르러 갔다.

그런 세 사람의 모습을 보고 겨우 깨달았다. 시빌라는 이 도시의 문제를 한 번에 두 가지 해결한 거다.

파트너가 이렇게까지 대단하면, 나는 정말로 도움이 되고 있나 고민하게 된다—.

"—라는 생각을 하는 건 아니겠지?"

"마음을 읽지 마라."

시빌라는 나를 게슴츠레 바라보더니 가벼운 한숨을 내쉬면서 내 머리에 손등을 가볍게 두드렸다.

"……뭐냐."

"무자각인 것도 정도가 있지. 결국 이브에게 현금을 건네준 것도, 나와 프렛치가 면식이 생긴 것도, 숨어있던 마왕을 밝혀낸 것도, 마지막에 나이프를 꽂은 것도…… 네가 없었으면 할 수 없었던 것뿐이야."

"아무래도 너를 보고 있으면, 어깨를 나란히 한다는 기분이 들지 않아서 말이야."

"여신과 어깨를 나란히 하다니 건방져……라고 말하고 싶지만, 그~런~건 그렇게 단순하지 않아."

시빌라는 손을 뒤로 돌려 깍지를 끼고는 언젠가처럼 나를 바라봤다.

"한 명의 힘은 그리 대단치 않아. 그건 너도, 나도 그래. 결국 스스로는 【어스름의 마경】이 되지 못해서, 누군가에게 의지해야만 해. ……싸움에서는 약한 편이니까, 때때로 나는 도움이 되고 있기는 한 건가 고민될 정도야."

그 고백은, 놀라웠다. 시빌라는 언제나 자신만만, 아니 자신감 과잉이라고 생각했는데…… 마음속에서는 그런 생각을 하고 있었나.

"뭐…… 언제나 생각하는건 아니야. 반반, 이려나. 사람은 누구든 반성하면서 성장하는 법이니까. 그래도…… 정말로 한 명이 가진 힘은 뻔해. 그러니까 지금, 나는 오히려 『자기 혼자서는 할 수 없는 일을 해내서 기쁘다』라고 생각하게 되었어."

"혼자서는, 할 수 없었던 일이니까?"

"응."

시빌라의 말이 마음에 얹혔다. 과연…… 그건, 좋은 생각이다. 아아, 아까까지 고민하던 부분이 단숨에 맑아진 것 같다.

혼자서는 이뤄내지 못했을 성과는, 혼자서 이뤄낸 성과보다도 기쁜 건가.

"그래. 나도 그렇게 생각하기로 하겠어."

그렇게 대답하자, 시빌라는 가반히 손등을 내게 내밀었다.

그 손등을, 나는 내 손등으로 가볍게 두드렸다.

"의지하기로 하마, 파트너."

"의지해도 돼, 파트너."

아니, 그래서는 나만 의지하는 것 같잖아.

시빌라의 대답에 묘한 느낌이 들었지만, 동시에 스스로도 그렇게 생각했는지 서로 살짝 웃었다. 그로부터는 그냥 평소대로의 우리다.

에미가 부르는 소리를 들은 우리는 모두가 기다리는 방향으로 어깨를 나란히 하고 걸어갔다.

고아원의 저녁 식사는 어두움 같은 건 날려버릴 만큼 떠들

썩했다. 조그만 고아들에게 비장감 같은건 없었고, 기운찬 모습으로 프레데리카의 요리를 먹었다. 환경은 달라졌지만, 아이들은 달라지지 않았다. 그게 무척이나 존귀하게 보인다.

이 밝은 모습에서 아드리아의 꼬마들이 떠오른 나는 그리워졌다. 이런저런 것들이 얼추 지나가면, 얼굴을 보러 돌아가고 싶다.

마왕 토벌로부터 며칠 뒤. 하고 싶은 일도 끝냈고, 세이리스 다운 맑은 햇살을 받으며 기상했다. 변함없이 제일 먼저 일어난 시빌라는 우아하게 창문을 통해 거리를 내려다보고 있었다.

그리고 깨달았는데, 이 녀석은 그 브레이슬릿을 여전히 끼고 있었다. 그 정도로 활약했으니 추가 보수로는 싼 편이라고 생각하지만…… 이런 부분은 정말 마지막까지 시빌라군.

오랫동안 사용해온 세이리스의 여관도 오늘부로 나오기로 했다.

"신세를 졌네. 좋은 여관이었어."

"다시 방문해주시기를 고대하고 있겠습니다."

"응!"

시빌라는 상쾌하게 대답했고, 에미는 정중하게 인사하고는 여관을 나왔다.

그 여관 밖에 있던 건, 짐을 정리하던 프레데리카였다.

"예전에 말했던 거지만, 나는 잠시 기다리라고 했던 구조 의뢰 쪽으로 갈 예정이야. 시빌라가 애써줘서 조금 여유도 생겼으니까."

"그렇군."

그리고 시빌라는 우리를 돌아보더니 방침 확인을 해왔다.

"지금 이야기를 듣고, 러셀은 어떻게 생각해?"

"가지 않는다는 선택지가 있을 것 같아?"

말은 부족했지만, 말하고 싶은 바는 알겠다. 내 대답을 듣자 시빌라는 웃었다.

줄곧 신세를 져온 프레데리카. 내 눈으로 봐도 무척 긴장한 게 보일 정도였는데, 어제는 그것이 내가 보던 일부분에 지나지 않았다는 걸 깨달았다.

언젠가 은혜를 갚고 싶었는데, 그 기회가 바로 지금이 아닐까?

내가 에미를 돌아보자, 그녀도 웃으며 끄덕였다.

그런 우리의 모습에 제일 놀란 건 물론 프레데리카 자신이다.

"자, 잠깐만! 막 도움을 받았는데 또 도와주겠다니……!"

"그~런 게 아니라, 우리도 여기서 마왕을 쓰러뜨렸으니까 이 도시에는 볼일이 없어. 원래 어딘가 다른 도시로 이동할 예정이었거든."

"……마왕을, 쓰러뜨렸다?"

프레데리카가 이쪽을 바라봤기에, 에미와 함께 끄덕였다. 나를 어떤 식으로 보고 있는지는 모르겠지만, 적어도 에미는 허세를 부리는 녀석은 아니니까.

모두가 긍정하자, 프레데리카는 사실이라 인식한 모양이었다.

"저, 정말로 쓰러뜨린거네. 굉장하다아."

"그러니까, 프렛치만 좋다면 실례하고 싶은데. 어때? 나도 아는 얼굴이 많은 편이 즐거우니까."

"응, 응! 그런 거라면 꼭 와줬으면 좋겠어어! 앗…… 그래도 두 사람은 괜찮아? 아드리아에 한 번 돌아가도 되는데?"

나는, 한 가지 걱정거리를 프레데리카에게 물었다.

"그 여정, 안전한 건가?"

"……안전, 하다고 단언할 수는 없겠네. 그래도 가지 않을 수는 없어. 나 자신이 원하는 거고, 나를 찾는 아이들이 있으니까."

프레데리카는 역시 이런 때라도 타인 우선이다. 정말로, 내가 받은 성자라는 칭호를 그대로 성녀로 바꿔서 주고 싶을 정도로, 걱정스러울 만큼 애쓰는

"그렇다면, 더더욱 나도 돕고 싶어. 에미도 괜찮겠지?"

"물론. 프레데리카 씨가 그런 위험한 곳에 혼자 가려고 하는 게 더 놀라워. 섭섭하잖아. 의지해주세요."

"……후후, 정말 두 사람도 멋있어졌네."

프레데리카는 진심으로 기쁘다는 듯 눈을 가늘게 뜨며 우리를 바라봤다. 언제까지나 어린애는 아니야.

갑작스러운 방침 결정이지만, 필요한 판단인데도 망설일 필요는 없다. 그리고 나도 지인은 많은 편이 좋다.

문득, 이브에게 작별 인사를…… 그런 생각을 했다가 그만뒀다.

그 녀석은 이제 자립했다. 지금부터는 그녀 자신이 주역인 이야기가 시작된다.

분명 괜찮을 거다.

이브에게는 우리와 함께 마왕과 싸운 기억이 있다. 게다가, 지금의 그녀에게는 여신님이 내려준 힘이 깃들어 있다.

이야기로 만든다면……『고아 소매치기, 여신을 만나 며칠 만에 최상위 파티의 열렬한 어프로치를 받다』라고 해야 하나. 그저 사실이지만, 꽤 괜찮지 않을까?

"자, 그럼. 이번에도 기대되네!"

시빌라의 밝은 목소리에 의식이 되돌아왔다. 그곳에는 임무의 성패에 긴장하지 않는, 밝은 여신의 얼굴. 그래, 그렇지. 이번 여행도 새로운 만남이 있으면 좋겠다.

아직 도시의 이름조차 듣지 않은 데다, 어떤 구조 의뢰인지도 모르는 여행.

그러나, 그 도시에서도 분명 여러 사람을 구하겠지.

우리『어스름의 서약』은, 어떤 상대에게도 질 생각은 없다.

세이리스에 왔을 때 이용했던 마차 정류장으로 향하던 도중, 에미가 옆에 나란히 섰다.

"러셀은 말이야. 우리 고아원, 좋았다고 생각해?"

갑작스러운 의문에 당황했지만, 에미의 표정은 딱히 흐리지 않았다. 아마 내가 뭐라 대답할지 알고 있다는 얼굴이다.

"당연하지. 부자유도 없었고, 오히려 평범한 가족보다 떠들

썩했을 정도야."

"그렇지?"

그것만을 확인하고 싶었는지, 내 대답을 듣자 기쁜 듯 웃고는 앞서가는 프레데리카 쪽으로 달려갔다. ……대체 뭐지?

내가 에미에게 고개를 갸웃하자, 다음은 옆을 걷던 시빌라와 눈을 마주쳤다.

"뭔데? 귀여운 시빌라를 바라보지 않으면 죽는 병에 걸렸어?"

"어이어이, 그게 뭐야. 저주의 여신상 같은 거냐?"

나는 시빌라에게서 에미의 등으로 시선을 돌렸다.

"아까 질문, 대체 무슨 의도가 있었던 건가 싶어서 말이지."

"어머, 모르겠어?"

시빌라는 마치 어째서 모르느냐는 듯이 물었지만, 솔직히 전혀 모르겠다.

내가 고개를 흔들자, 시빌라는 어깨를 으쓱하며 웃더니 나를 따라 에미의 등을 바라봤다.

"행복을 재확인한 거야."

"행복의, 재확인?"

"그래. 러셀도 고아원 출신이지만 신경 쓰지 않고, 에미와 언제나 함께이고, 서로 돕는 관계가 되었어. 저 아이에게 아드리아 고아원에서 자랐다는 건 이보다 더할 수 없는 행복이야. 그걸 확인하는 게—"

시빌라가 이쪽을 보며 씨익 웃었다.

"—그 마왕을, 가장 부정하는 것으로 이어지는 거지."

그 말이 실로 기분이 좋아서, 나도 무심코 훗 웃었다.

그렇군. 나도 에미보다 좋은 소꿉친구는 이제 상상할 수 없다. 고아원에서의 만남— 그건 고귀함이나 지위, 하물며 금전 가치 따위와는 비교도 되지 않을 만큼 소중하다.

그리고 무엇보다, 아드리아에 찾아온 진짜 여신. 마왕을 상대할 힘을 내게 넘겨준 어스름의 여신 시빌라. 두 사람의 힘으로 지금의 내가 있다.

그 마왕이 죽을 때까지 손에 넣지 못한 행복이, 이 『어스름의 서약』에는 있는 거다.

프레데리카의 행선지에서는 이미 문제가 발생하고 있다고 한다.

"다음 도시에서도, 문제가 해결되게 노력해야겠지."

시빌라는 내 등을 찰싹 때리고는 앞을 걸어가면서 태평해 보이는 미소를 지으며 돌아봤다.

"너와 함께하고 있으니까, 괜찮아."

하긴. 너와 함께하고 있으니까, 괜찮겠지.

문득 바다를 바라볼 수 있는 곳에서 멈춰 섰다.

놀라움과 함께 우리를 맞이해준, 광대한 바다.

조용히 밀려왔다 돌아가는 파도 소리.

정말로 우리의 고민 따위는, 이 바다가 보기에는 사소한 것일지도 모르겠다.

그래도, 분명 작은 우리는 몇 번이고 고민하며 멈춰 설 것이다.

그때마다 이 바다를 떠올리자. 모든 고민을 받아줄 듯한 이 바다를.

이 도시에서 자랐으니까.
분명 그 녀석의 일상도 멋진 것이 되겠지.

오늘도 다부지게, 모두의 언니로서 노력할 소녀의 모습을 눈꺼풀 뒤에 떠올리며, 살짝 중얼거렸다.
"—또 만나자."
나의 목소리는, 창천을 비추는 바다에 다정하게 감싸였다.

■작가 후기

1권부터 이어서 구입해주셔서 감사합니다. 작가인 마사미티입니다.

바다의 도시 세이리스의 이야기, 어떠셨습니까? 결말까지 다양한 씨앗을 곳곳에 뿌렸으니, 마지막까지 읽은 후에 다시 읽어보시면 더욱 즐기실 수 있게끔 썼습니다.

갑작스럽지만, 『칭찬받고 싶다』라는 욕구는 모두에게 있다고 생각합니다. 저도 그렇습니다.

러셀은 시빌라에게 능력이 강하다는 말을 들었고, 자신의 능력을 인정받을 수 있었습니다. 동시에 러셀은 시빌라나 에미의 뛰어난 점도 보게 되었고, 그 능력이나 내면을 마음속으로 칭찬합니다. 이건 시빌라가 보는 두 사람, 에미가 보는 두 사람도 마찬가지입니다.

이런 『서로의 좋은 부분을 본다』라는 관계가, 정말로 근사하다고 생각합니다.

그럼 감사의 멘트를. 담당 Y님, 세심하게 읽고 수정 지시를 내려주셔서 감사합니다. 제가 알아채지 못한 부분도 퇴고할 수 있어서 더욱 좋은 이야기가 되었다고 생각합니다. 일러스트레이터 이코모치 님, 정말로 근사한 일러스트가 많아서…… 이 2권 부분의 로케이션을 바다의 도시로 해서 다행입니다. 최고입니다.

3권에서는 러셀이 더욱 활약하기도 하고, 또한 시빌라의 비밀에도 파고드는 이야기입니다. 현재 한창 제작 중이니, 기대해주시길 바랍니다.

■역자 후기

안녕하세요. 불초 역자입니다.

바다의 도시에서 벌어지는 러셀과 시빌라, 새로 합류한 에미의 모험 이야기였습니다. 놀러 나가기 꺼려지는 시국이 몇 년째 계속되고 있는지라 개방적이고 활기찬 바다 이야기가 나오니까 조금 그리워지네요. 올해에는 과연 마음 놓고 어딘가로 놀러 나갈 수 있을까요? 그렇게 되기를 바랍니다.

이번에는 러셀의 활약상은 조금 줄어들었지만, 대신 시빌라와 에미가 많이 눈에 띄었네요. 시빌라는 힘은 약하더라도 두뇌면에서 큰 활약을 보여줬고, 에미도 든든한 전위를 맡으면서 가슴 속에 품어둔 고민도 해결하게 되어 한층 큰 성장을 보여줬습니다. 러셀의 원맨팀이 아니라 이렇게 세 사람의 역할이 서로 어우러지면서 하나의 파티가 되어가는 모습이 좋네요. 이 세 사람이라면 다음 도시에서도 문제없을 것 같습니다.

그럼 후기는 이쯤 하고, 다음 권에서 뵙겠습니다.

흑연의 성자 2

초판 1쇄 발행 2022년 5월 10일

지은이_ MasamiT
일러스트_ icomochi
옮긴이_ 이경인

발행인_ 신현호
편집장_ 김승신
편집진행_ 원현선 · 권세라 · 최혁수 · 김경민 · 최정민
편집디자인_ 양우연
관리 · 영업_ 김민원

펴낸곳_ (주)디앤씨미디어
등록_ 2002년 4월 25일 제20-260호
주소_ 서울시 구로구 디지털로 26길 111 JnK디지털타워 503호
전화_ 02-333-2513(대표)
팩시밀리_ 02-333-2514
이메일_ lnovellove@naver.com
L노벨 공식 카페_ http://cafe.naver.com/lnovel11

Saint of Black Kite
~The Banished Healer Masters Dark Magic
with Abundant Magical Power~ 2

ISBN 979-11-278-6444-6 04830
ISBN 979-11-278-6228-2 (세트)

값 7,800원

L NOVEL
친구 여동생이
나한테만
짜증나게
군다
vol. 6
작가
미카와 고스트
일러스트 토마리
15세 미만 구독 불가
NOVEL